KB078304

FANTASTIC ORIENTAL HEROES
참마도 新무협 판타지 소설

귀열 1

참마도 新무협 판타지 소설

초판 1쇄 찍은 날 § 2012년 6월 19일
초판 1쇄 펴낸 날 § 2012년 6월 26일

지은이 § 참마도
펴낸이 § 서경석

편집부장 § 권태완
편집책임 § 주소영
디자인 § 이혜정

펴낸곳 § 도서출판 청어람
등록번호 § 제1081-1-89호
등록일자 § 1999. 5. 31
어람번호 § 제2-2234호

주소 § 경기도 부천시 원미구 심곡2동 163-2 서경B/D 3F (우) 420−822
전화 § 032-656-4452 팩스 § 032-656-4453
http://www.chungeoram.com
E-mail § chungeorambook@daum.net

ISBN 978-89-251-2911-2 04810
ISBN 978-89-251-2910-5 (세트)

FANTASTIC ORIENTAL HEROES

참마도 新무협 판타지 소설

1

도서출판 청어람

目次

작가의 말

　무언가 새로 시작한다는 것은 언제나 흥분되는 일입니다. 하지만 그것이 반드시 기분 좋은 것만은 아닙니다. 때로는 독자들에게 잘 받아들여지지 못하면 어쩌나 하는 우려도 가득하지요. 글을 쓰는 사람의 입장이라면 당연한 것이라 생각합니다.

　때론 그 부담감이 지나쳐 자다가도 가슴이 뛰어 벌떡 일어날 정도지만 그래도 글을 쓰는 사람들은 글쓰기를 멈추지 않습니다. 이는 글이라는 것이 가지고 있는 매력 때문일 것입니다.

　내가 꿈꾸는 세상입니다. 세상을 살기 위해 정해진 법이 우선되는 것이 아니고 쓰는 사람 스스로가 기준을 정합니다. 그런 세계를 만들고 또 그런 사람들을 만듭니다. 그런 사람들이 모여 사는 이야기를 풀어냅니다.

　그것이 제가 하는 짓(?)입니다. 제가 쓴 글로 인해 읽은 독자

분들께서 같은 세상을 느끼고 또 그 안의 사람들이 하는 것을 보며 같이 즐기고 웃을 수 있다면, 그것이야말로 글이라는 것을 쓰는 가장 중요한 이유가 아닐까 생각합니다.

그래서 전 특히나 사람들에 관한 이야기에 중점을 두며 쓰려 하고 이번에도 역시나 그리했습니다. 그것도 제 친구들의 모습들을 섞어가며 조금은 비현실적인 사람들까지 그려내도록 노력했습니다.

주인공과 함께 세상을 주유하는 여섯 명의 친구들, 아주 간단한 소재를 가지고 다시 이야기를 시작하려 합니다. 하지만 그들이 서로 뿜어내는 이야기들은 간단하지 않을 것입니다. 이야기를 글로 접하는 순간, 이미 머릿속에는 수많은 상상들이 흐르기 때문이지요.

더운 여름이 시작되려고 합니다. 개인적으로 일 년 중 가장 힘든 기간이라 생각하는 이 여름을 시원하고 즐겁게 나시길 기원합니다. 책의 작가이기에 그렇게 만드는 원인 중 하나가 이 책이 되기를 조심스럽게 빌어봅니다.

참마도 배상

서장

"끝… 난… 건가……."

휘청거리는 신형을 겨우 가누며 그녀는 입을 열었다. 앳된 외
모의 작은 키를 가진 여인이지만 자신의 키보다도 긴 검을 들고
있다.

"음, 그래, 끝났지. 끝난 거야."

쓰러질 듯한 그녀의 신형이 꽉 붙들려진다. 누군가 그녀의 어
깨를 둘러 안은 것인데, 그 역시 그리 나이가 많지 않은 듯한 청
년이다.

아니, 여기 있는 사람 모두가 다 어린 친구들이다. 이제 고작
스물이나 되었을까? 하지만 그들의 표정은 이미 강호의 노고수
나 다름없었다.

그들의 발밑에 놓여 있는 시신들, 그 시신들이 흘리는 피를

밟고 서 있는 사람들의 표정이 순수해 보일 리는 없다. 일순 그들의 눈동자가 시신을 향한다.

열세 구의 시신. 개중에는 여인도 있고 노인도 있다. 모르는 사람들은 이런 약자들을 죽인 것에 분개하겠지만 그건 이 열세 명이 누구인지 몰라서 하는 소리다.

십삼마(十三魔). 마교의 자랑이자 마교 그 자체라는 사람들. 개개인이 개세적인 무공을 익히고 있으며 한 사람만으로도 능히 일개 문파를 지울 수 있는 사람들이다.

그 열세 사람의 죽음 위로 일곱 사람이 서 있다. 모두 스물 남짓한 어린 친구 일곱 명.

"정말… 우리가 이 사람들을 다 죽인 거야? 정말로?"

한쪽 구석에서 판관필을 잡고 있는 사내가 입을 열었다. 그 말에 사람들은 숙연해졌고, 하나둘씩 고개를 떨구었다. 먹먹한 침묵은 긍정을 의미한다.

사실 열세 명만이 아니다. 이들이 데려온 수하들, 적어도 백여 명이 넘는 사람들도 죽였다. 그야말로 무아지경에서 손을 썼다고 할까?

죽이지 않으면 죽을 수밖에 없는 상황이긴 해도 왠지 모를 작은 죄책감이 감돌기 시작했다. 삽시간에 일곱 명은 무거운 공기 속에 휩싸였는데, 그때였다.

"그러려고 온 것이니까."

"……"

묵직한 목소리 하나가 사람들의 귓가에 들려오자 모조리 그 주인공을 향해 시선을 던졌다. 일곱 명 중 가장 앞에 서 있는 사내다.

거인, 그 누구든지 그를 보면 우선 그 생각이 먼저 들 터이다. 아니, 그 말에 어울리는 사람은 이자밖에는 없을 것이다.

칠 척이 넘는 키에 두터운 몸을 가지고 있었다. 가만히 서 있는 것만으로도 거대한 위압감을 느낄 정도다.

사람 머리보다도 큰 상박에 보통 사람보다 두 배 이상 두꺼운 가슴, 거기에 검게 그을린 구릿빛 피부는 그야말로 강인함의 표상이라 해도 틀린 말이 아닌 것처럼 보였다.

"그래, 자웅(慈雄) 네 말처럼 우린 그러기 위해 왔지. 그리고 성공했고."

"맞아. 그러니 우린 앞으로 나아갈 수 있을 거야. 성공한다면 한 가지 소원을 들어주기로 했으니 우린 드디어 십무원(十武園)의 밀지(密地)로 들어갈 수 있을 거야."

십무원, 그건 이 강호에 존재하는 거대한 교육기관이다. 한데 그곳은 여타의 학당처럼 글줄이나 가르치는 곳이 아니다.

구파일방에서 공동으로 운영하는 무공 교육소인 것이다. 밀지는 그 십무원에서도 심처에 있었다.

구파일방의 정수를 익힐 수 있는 곳이 밀지였다. 그곳에 들어가게 된다면 앞으로 출세가도를 달리게 된다고 믿어도 틀림없었다. 여기 있는 사람 모두 그 한 가지만을 보고 온 것이다.

그 생각을 한 것인지 여섯 명의 얼굴에 기쁜 표정이 살포시 떠올랐다. 피를 흠뻑 적신 채 웃는 그들의 모습은 섬뜩하기 그지없었는데 단 한 사람만이 다른 얼굴을 했다.

자웅이라 불린 청년이다. 그는 신형을 돌려 여섯 사람이 있는 곳으로 다가왔다. 그냥 오는 것만으로도 거대한 위압감이 느껴질 정도로 그에게서 풍기는 기도는 엄청났다.

거기에 오른손에 든 거도는 그 위압감을 한층 배가시키고 있었다. 월도같이 유려하게 휘어진 칼이었는데 그 두께와 크기는 월도에 비할 것이 아니었다.

특히나 칼끝 부분이 거의 원에 가까울 정도로 휘어져 있어 기병이라 해도 틀리지 않은 모습이다. 자웅은 그 거도를 슬쩍 들어 올렸다.

"난 좀 다른 생각이다. 그 소원… 다른 곳에 쓰겠다."

콰아악!

손에 들고 있던 거대한 칼을 내리꽂으며 그가 말했다. 이어 자웅은 도파에서 손을 뗐다.

"무슨 뜻이냐, 자웅? 월산도(月散刀)에서 손을 떼다니……."

쌍검을 들고 있던 사내가 앞에 나섰다. 자웅은 싱긋 웃으며 그를 향해 돌아섰다.

"보는 그대로다, 손소(孫昭). 난 십무원으로 돌아가지 않아."

"뭐?"

손소는 놀라 되물었다. 왠지 이 모든 것이 꿈인 것처럼 느껴졌으나 현실임이 확실했다. 자웅은 웃으면서도 고개를 끄덕이고 있었던 것이다.

"대체 무슨 말인지 모르겠다, 자웅. 우린 아홉 살 때부터 이렇게 살아왔다. 그 모진 훈련과 죽을 위기를 수없이 견뎠어. 그리고 겨우 살아남아 이제 좀 살 만해질 텐데 지금 나가겠다고?"

"낙이언(落梨嗎)."

판관필을 꽉 잡은 채 낙이언은 살짝 몸을 떨었다. 자웅보다는 확실히 작은 몸이지만 그도 그다지 작은 편은 아니었다.

　"그래, 이언의 말이 맞다, 자웅. 대체 무슨 말을 하는 거야?"

　"나도 그렇게 생각한다. 도무지 널 이해할 수 없어. 겨우 우리가 몸담은 정파연합이 승기를 잡은 이 시점에서 그게 말이 된다고 생각하나?"

　"현지초(賢志初), 송일(宋溢)."

　키만 한 검을 든 여인과 망치처럼 생긴 곤봉을 든 사내를 향해 자웅은 중얼거렸다. 하지만 그것뿐이었고 더 이상 자웅은 말이 없었다.

　"아무리 소원이라고 하지만 설마 그런 소원을 십무원에서 받아들여 줄 것 같나? 항자웅(抗慈雄), 네 무공이 강호에서 발에 채일 정도로 넘쳐 나는 무인들과 동급인 것 같아? 장담하는데 넌 절대 구파일방에서 놔줄 리가 없어! 설마 하니 우리에게 전투 중 네가 죽었다는 어설픈 거짓을 고하라는 것은 아니겠지?"

　송문고검을 든 사내가 소리쳤지만 항자웅의 표정은 변함없었다. 아무래도 이미 그는 결심을 굳힌 것 같았다.

　"핫핫, 그럴 리가 있겠나? 진덕승(眞德承) 네가 있으니 하는 말이다. 너라면 잘 해결해 줄 것이라 믿는다."

　"너… 진짜……."

　송문고검을 든 채 진덕승은 몸을 부르르 떨었다. 웃기는 일이지만 자웅의 말은 틀린 것이 아니다. 그는 그렇게 할 수 있는 능력이 있다.

　아니, 정확하게 말하자면 그의 가문이 할 수 있었다. 그의 가문은 검의 조종이라는 무당도 한 손에 좌지우지하는 곳이니 말이다.

"좋아, 간다면 그리 처리해 주지. 단, 이유는 들어야겠다. 대체 왜 그런 결정을 내렸는지 말이다. 그렇지 않으면 십무원의 집법처에서 널 찾아 움직이게 될 거다."

그 말에 자웅은 웃었다. 그러나 사실 웃을 이야기는 아닌 것이, 집법처에서 찾는다는 것은 제거한다는 말이나 다름없었던 것이다.

"봐, 벌써 삼월이야. 꽃이 피었다구."

"……."

자웅의 말에 모두의 고개가 갸웃거렸다. 대체 무슨 말을 하는 것인지 영 알 수가 없었다.

"그만하고 싶다. 그냥 보고 싶을 뿐이야. 굳이 꺾고 싶지가 않아."

꽃에 비유하는 말이지만 그 말이 무슨 뜻인지는 모두 다 알고 있었다. 살인을 그만두겠다는 소리이다.

"자웅, 무슨 어린애 같은 소리야. 우리 모두 올해로 스물이다. 그 정도는 다 알고……."

"아니, 그만하자, 덕승. 저 곰탱이 성격 알잖아. 뭐라 한다고 뒤집을 놈이 아니야."

손소는 덕승의 어깨 위에 손을 올렸다. 그 누구도 딱히 말을 하지 않지만 손소는 이들의 인솔자나 마찬가지였다.

서글서글한 성격에 재미있는 웃음을 가진 사내다. 그는 자웅에게 말했다.

"어차피 우리가 다 덤벼도 널 막을 수 없을 테니 할 수 없겠지. 갈 테면 가라. 근데… 언제부터냐, 그런 생각 한 것이?"

자웅은 피식 웃었다. 잠시 손소의 얼굴을 바라보는 듯하더니 이내 거대한 신형을 빙글 돌렸다.

"열두 살 때, 처음 누군가를 죽여야 했을 때부터."

첫 임무를 이야기하는 것이다. 비록 자신들이 살수는 아니지만 이 일곱 명은 그렇게 살아왔다.

정마대전(正魔大戰)이란 것이 그렇게 만들어온 것이다. 아무런 죄책감도 없이 서로의 목에 칼을 겨누는 시대가 지금이다.

"그럼 그동안은 어떻게 버틴 건데?"

다시 들려오는 손소의 목소리. 한데 자웅의 발걸음이 멎었다. 자웅의 어깨가 살짝 떨리는 듯 보였다.

"핫핫! 역시 손소 너란 놈은 참 망할 놈이야."

흥겹게 한바탕 웃고는 자웅은 다시 움직였다. 그러자 손소의 얼굴에 진한 웃음이 감돌았다.

"야, 말 좀 해봐. 꼭 네 입으로 듣고 싶어서 그래."

"닥쳐, 인마. 그냥 잘살기나 해!"

손소의 얼굴에 소리없는 웃음이 번져 나갔다. 비록 말을 하지는 않았으나 그는 알 수 있었다. 왜 항자웅이 지금까지 꾹 참고 사람을 죽여왔는지 말이다.

여기 있는 여섯 명 때문이다. 동료라는 이름의 족쇄 때문에 그간 최선을 다해온 것이다. 오로지 그 이유 하나 때문인 것이다.

동료 때문에 해왔던 일, 이제 동료들이 어루만져 줄 수밖에 없었다. 손소는 멀어져 가는 그의 등 뒤로 나직하게 중얼거렸다.

"고맙다, 항자웅."

슬쩍 그의 고개가 숙여진다. 더 이상 손소의 얼굴엔 웃음기가 남아 있지 않았다.

"장차 천하제일고수가 될 친구여."

남아 있는 여섯 명 모두 동의하고도 남는 발언이었다.

정마대전이 한참인 여름의 어느 날, 무이산 정상에서 마교의 정수라는 십삼마가 죽었다. 그리고 이는 이전까지의 정세에 막대한 영향을 끼치게 되었다.

분명한 열세였던 정파는 이 일을 기점으로 힘을 찾았다. 그리고 정마대전은 누구 하나 승자도 없는 무승부로 자리 잡게 되었다.

그리고 이십 년이 흘렀다.

第一章
유유자적한 사나이

1

"드르릉… 드르릉……."

거대한 동산 하나가 올라왔다 사라지기를 반복했다. 침상 위에서 이루어지는 이 오묘한 조화는 다름 아닌 한 사람의 배였다.

그것도 정말 커다란 사람이다. 침상의 아래위에 공간이 거의 없을 정도로 거대한 사람인데 아주 깊은 잠에 빠졌는지 배 이외에는 전혀 움직임이 없었다.

아니, 하나 있기는 했다. 그러나 그 움직임은 자는 사내가 한 것이 아니라 또 다른 사람의 움직임이었다. 어느새 침상 앞에 한 아이가 다가와 있었다.

"에헤헤."

이제 여섯 살이나 되었을까? 또랑또랑한 눈을 빛내며 아이는 무언가 잔뜩 호기심 어린 눈빛이었는데 이윽고 양손을 움직이며 부지런히 침상 위로 올랐다.

"엿차!"

기를 쓰고 침상에 올라간 아이는 잠시 눈을 돌려 자는 사내의 얼굴을 바라보았다. 그러다 전혀 일어날 기미가 없자 아이의 눈이 반짝였다.

"우웃!"

자는 사내의 옷을 잡아당기며 배 위로 올라간 것인데 힘겹게 정상에 올라오자마자 아이는 양손을 쫙 펴며 배 위에 착 달라붙었다.

"드릉… 드르르릉……."

"에헤헤헤헤."

배가 위로 올라갔다 내려갔다 반복하자 아이는 활짝 웃으며 발버둥을 쳤다. 아마도 이게 놀이라고 생각하는 듯했는데 그 놀이는 그리 오래가지 못했다.

"이 녀석, 큰아버지께 그 무슨 무례냐? 어서 이리 오렴. 웃차!"

아이는 번쩍 들어 올려져 침상 아래에 놓였고, 그러자 꼬마는 양볼 가득 바람을 불어넣어 불만 가득함을 알렸다.

"히잉, 재미있는데. 형아 미워!"

잔뜩 화난 아이의 머리를 쓰다듬으며 새로이 나타난 소년은 웃었다. 그리고는 눈을 돌려 침상 위의 사내에게 향했다.

"그만 일어나시죠, 큰아버님. 안 주무시는 거 다 알고 있습니다."

열서너 살 정도 되어 보이는 소년은 전혀 소년답지 않은 어투로 말했다. 그러자 침상 위의 사내가 몸을 꿈틀거리기 시작했다.

"쯧, 한창 재미있었는데 산통 다 깨는구나. 내가 안(安)이와 노는 것이 질투라도 나는 게냐?"

"그럴 리가 있겠습니까? 그보다는 할아버님께서 찾으시니 온 것이지요. 아니라면 큰아버님의 즐거움을 왜 방해하겠습니까?"

"넌 어째 점점 말하는 게 정 떨어져 간다?"

"점점 철이 드는 것이겠죠. 아울러 키도 커지구요."

씨익 웃으며 소년은 환한 웃음을 머금었다. 열다섯 정도 되어 보이는 소년은 사실 다 큰 청년이라 해도 믿을 만큼 컸다. 사람들이 꽤 큰 편이라 말하는 육 척을 넘어선 것이다.

"각(覺)이 넌 큰 게 뭐가 그리 좋다고 난리냐? 몸뚱이 큰 거 다 필요없다. 쓸데없이 밥만 많이 들어갈 뿐이야. 아이고."

끼이이이익.

침상이 부서질 정도로 비틀리며 사내가 일어났다. 일어난 사내 앞에 각이라 불린 소년이 서니 기이한 현상이 나타났다.

각이 난장이처럼 보였던 것이다. 칠 척이 넘는 키에 대체 얼마나 먹으면 이렇게 되는지 짐작도 할 수 없을 정도로 커다란 몸집을 지닌 사내다.

"큰아부지! 큰아부지! 나 창문, 창문 보고 싶어!"

"오, 우리 안이가 그토록 보고 싶다면 보여줘야지. 자, 어디 실컷 보려무나!"

"우아아아!"

한 손으로 안이를 번쩍 안아 들고 사내는 창가 앞에 섰다. 꼬마 아이는 좋다고 히히거리며 바깥세상을 바라보았는데 사내는 그저 기분 좋게 웃으며 그 모습을 바라볼 뿐이다.

"보통 사람들이 그런 말을 한다면 이해하겠습니다만 큰아버님이 말씀하시니 전혀 어울리지 않는군요. 어쨌든 할아버님께서는 큰아버님이 오실 때까지 조반을 드시지 않겠다고 하십니다."

"애고, 알았다. 곧 준비하고 갈 테니 네 동생 좀 봐주거라. 잇차!"

"우아아아아!"

슬쩍 손을 흔든 순간 안이의 신형이 허공을 날랐다. 그리고는 각의 품속으로 쏙 들어와 안기며 커다란 목소리를 내었다.

"이야, 큰아부지 최고! 우하하하하!"

"그럼, 내가 최고지. 우힛힛."

"후우, 담부턴 좀 살살 부탁드립니다."

이마에 흐르는 땀을 닦으며 각이 말하자 사내는 장난스런 미소를 지었다. 각은 고개를 좌우로 흔들며 안이를 안은 채 방문을 나섰다.

"흐음, 좋은 아침이구나."

찰싹찰싹.

퉁퉁한 뱃살을 손바닥으로 튕겨내며 그는 웃었다. 가뜩이나 큰 덩치에 살짝 처진 턱살까지 같이 웃으며 흔들리니 흡사 한 마리 거대한 곰과 같은 형상이다.

문득 그의 눈길이 창문 밖을 향했다. 어느덧 하얀 눈이 내려온 세상을 밝게 만들고 있었다. 그리고 그 중앙에 방금 여기서 나간 안이의 모습이 보였다.

쪼르르 움직이며 눈을 뭉쳐 점점 크게 만들고 있었다. 이리저리 왔다 갔다 하면서 땀을 흠뻑 쏟아내면서 말이다. 그리고 그 옆에선 그의 형인 각이 싱긋 웃으며 바라보고 있었다.

참으로 평화로운 모습이 아닐 수 없었다. 이것이야말로 그가 보고 싶었던 모습이다. 모든 것을 포기하면서도 말이다.

끼이이이!

손으로 창턱을 짚자 창턱도 부서질 듯 휘어졌다. 처음 본 사람이라면 놀라 소리쳤겠지만 그는 익숙한 듯 전혀 개의치 않은 채 조용히 중얼거렸다.

"후회는 없다. 확실히."

사내는 웃었다. 한때 피로 적셨던 그의 두 손은 이제 포동포동해졌고 근육으로 이루어졌던 몸은 피둥피둥 살쪄 둥근 몸이 되었지만 전혀 개의치 않았다.

사내의 이름은 항자웅. 일곱 살에 집을 떠나 이십 년 전에 다시 돌아온 사람이다. 물론 다시 세상에 나가고 싶은 마음은 추호도 없다.

이 모든 아름다운 광경을 보고 싶어 그만둔 것이기에.

"좀 더 먹는 것이 어떠냐?"

"생각보다 소식(小食)하는 것을 잘 아시지 않습니까? 이 정도면 적당합니다."

남들보다 배는 큰 그릇 두 개를 비운 채 항자웅은 부드럽게 말했다. 아주 넉넉한 미소는 덤이었다.

"물론 그렇게 생각한다만, 소식이란 말은 살짝 어폐가 있는 것 같구나. 진정 그리 생각한다면 그릇의 크기를 줄이는 것은 어떠냐?"

"좋은 생각이긴 합니다만 그리되면 여러 번 담아야 할 터이니 집안에서 일하시는 어머님이 힘들어지실 것은 자명하지요. 하여 권하고 싶지는 않습니다. 깔끔하게 딱 두 공기, 이게 최선인 것 같습니다."

슬쩍 관자놀이에 힘줄이 돋는 것을 바라보며 항자웅은 점점 말끝을 흐렸다. 상대는 그의 아버지. 어찌 보면 아주 싸가지 없는 상황이기도 했다.

그러나 이는 부친에게 틈을 주지 않으려는 항자웅의 고육지책이었다. 상대는 아주 작은 틈만 있어도 비집고 들어와 온 정신을 헤집어놓는 장기를 가지고 있었다.

부친의 이름은 항임(恒臨). 이 고을에서 서원을 열고 있고 제자만 오십여 명에 이르는 분이다. 석학이라 말하기는 좀 그렇지만 충분히 비범한 분이다.

그런 분에게 틈을 주면 바로 흔들리게 된다. 그것이 지금 항자웅이 꼬박꼬박 말대꾸하는 이유였다.

"뭐, 먹는 것이야 그리 중요한 것이 아니지. 사람이라면 너무도 당연히 해야 하는 일이니 탓하진 않는다. 하나 그렇게 살기 위해 사람은 일을 해야 하지. 그리 생각하지 않느냐?"

"지극히 타당하신 말씀입니다. 다소간의 차이야 있겠지만 일은 해야 하겠지요."

달칵.

항임이 들고 있던 찻잔 뚜껑이 살짝 비틀려진다. 심적으로 살짝 위기가 왔다는 뜻이다. 하지만 이내 그는 진정한 듯 차분히 찻잔을 입으로 가져갔다.

"후, 오냐, 나의 큰아들이 그러한 생각을 가지고 있다는 것에 아주 기분이 좋구나. 하면 그 구체적인 일을 좀 상의해 보자. 오늘 내가 아침부터 널 부른 이유가 이것이니라."

"짐작하고 있었습니다. 그렇지 않아도 자소(慈紹)가 손이 좀 필요하다 해서 가볼 생각입니다. 슬쩍 들어보니 꽤 힘든 일인 듯싶습니다."

달칵, 달카닥.

조금 더 찻잔이 흔들린다. 왠지 얼굴색도 살짝 변하신 것 같지만 이대로 끝날 수는 없었다. 그럼 진짜 생각하기도 힘든 일을 맡게 될 수도 있었다.

"자소가 너에게 맡길 것이 있다 한다면 참으로 다행이지만 내 알기로 자소는 현재 네 도움이 필요없다고 하는 것 같더구나. 조금 전에 들은 정보이니 확실하다고 믿는다."

항자웅은 남모르게 어금니를 꽉 깨물었다. 하긴 지금까지 너무도 일관된 핑계였다. 이제 좀 핑계를 다양하게 만들어야 하거늘.

자소는 그의 동생이다. 올해 서른다섯으로 마을에서 약방을 개설하고 있다. 손재주가 좋아 의원 일을 하고 있었던 것이다.

또한 그는 항자웅의 핑곗거리이기도 했다. 언제나 자소의 핑계를 대고 요리조리 빠져나갔다. 특이한 약초를 캐러 가야 한다는 둥, 못된 환자가 와서 좀 도와주러 가야 된다는 둥 기이한 핑 곗거리가 되었던 것이다.

물론 눈앞의 항임이 알면서 눈감아주는 것도 있었다. 그런데 오늘 이렇게 나오시는 것을 보니 정말 제대로 할 말이 있으신 것이 분명했다.

"네 나이 일곱 살 때 십무원이란 곳으로 들어가 무공을 배운 것으로 알고 있다. 난 무공이란 것이 어떤 것인지 잘 모르지만 그 십무원이란 곳은 잘 알고 있다. 꽤 들어가기 힘든 곳이라 하 더구나."

"……."

"거기서 십육 년을 수련했으니 네 무공도 아주 나쁘지는 않 겠지. 그러니 어떠냐? 이 진우현에 무관(武官) 하나 세울 생각은 없느냐?"

결국 이 이야기다. 이 이야기는 한두 번 나온 것이 아니었는 데 그때마다 항자웅은 차일피일 미루었다. 그게 그리 쉬운 게 아니라는 점을 최대한 부각시켰다.

그러나 그의 부친 항임은 집요했고 잊을 만하면 불러내 이렇 게 무관을 차릴 것을 종용했다. 항자웅으로서는 죽을 맛이었다.

"다행히 이 아비가 어느 정도 돈을 모아놓았고 또 네 동생이 출자도 한다 하니 이보다 더 좋은 조건이 어디 있겠느냐? 하니 이젠 시작해 보는 것이 좋다는 생각이다만……."

다음 말은 네 생각은 어떠냐는 것일 터였다. 항임은 그렇게 항자웅의 대답을 기대했겠지만 항자웅의 생각은 이미 정해져 있었다.

"전장보다 싼 이율이 흥미롭긴 하지만 그리 좋은 생각은 아닌 것 같습니다. 듣자 하니 자소의 일이 잘되어 병사(病舍)가 부족하다 하니 그쪽으로 돌리는 게 어떨까 합니다."

"……."

"물론 아버님의 말씀을 모르는 것은 아니지만 어디까지나 이윤의 극대화란 것에 초점을 맞추……."

"야, 이 시키야! 누가 그걸 몰라서 그래!"

뚜캉!

결국 찻잔 뚜껑이 반으로 뚝 잘려 나가며 항임의 입에서 커다란 목소리가 튀어나왔다. 찻잔 뚜껑과 함께 이성의 끈도 같이 잘려 나간 것이다.

"네 나이를 생각해! 너, 올해로 사십이야, 사십! 난 네 나이에 이미 서원을 차려 일가를 이루려 노력했다. 한데 넌 대체 뭐 하는 짓이야!"

항자웅은 바로 옷매무새를 고쳤다. 이제부터 반 시진 이상은 자세를 잘 취해야 한다. 조금의 허점만 줘도 일각이 더 추가된다.

"허구한 날 빈둥빈둥……. 네 조카들 보기 민망하지도 않아! 아니, 결혼이라도 하면 내가 말을 안 해!"

얼굴을 벌겋게 물들인 채 항임은 잔소리를 시작했고, 항자웅은 경건한 자세로 듣기 시작했다.

오늘 하루 일과의 삼분지 일이 시작되려 하고 있었다. 물론 각기 한 꼭지마다 얼마의 시간이 걸릴지는 모른다.

한데 오늘 부친의 표정을 보니 생각보다 좀 걸릴 것 같았다.

한 시진 반. 기록이다.

항자웅은 뚱한 얼굴로 어디론가 움직이고 있었다. 커다란 몸을 흔들며 움직이는 그의 모습은 그야말로 곰 한 마리가 움직이는 것과 다를 바가 없었다.

"에휴, 무관이 뭐가 좋다고 그러시는지 정말. 이해가 안 돼."

작은 불만이 서린 목소리가 흘러나왔지만 항자웅의 표정은 전혀 불만과는 거리가 멀었다. 싱글싱글 웃고 있었던 것이다.

심적으로 항자웅은 부친의 마음을 이해한다. 아니, 사실 그라도 화가 날 것이다. 사지 멀쩡한 아들이 빈둥거리고 있는 것을 누가 좋아할까?

그냥 안정적인 일을 하는 것을 바라는 것뿐이다. 무공을 한 사람이 몸 안 다치고 돈 벌 수 있는 것이 무관이라 생각하시는 것 같았다.

그래서 저토록 무관 내는 것을 원하시는 것이지만 무관이야말로 항자웅이 제일 싫어하는 것이다. 그는 누구에게 무공 같은 것을 가르칠 생각이 전혀 없었다.

그에게 있어 무공의 의미는 그리 썩 좋지 않았다. 열네 살부터 남의 피를 보고 살아왔기에 그런 것인지 모르지만 이런 기술을 남에게 전수까지 해주는 것은 무리였다.

그렇다고 무공이 싫은 것은 아니다. 무언가 새로운 것을 알게 되고 느끼게 되는 것은 무한한 즐거움이다. 하나 그건 자신 혼자만의 즐거움일 뿐이다.

지난 이십 년 동안 그렇게 살아왔다. 돈이 필요하면 동생 가게에서 일하면서 조카들과 놀면서 말이다. 그 시간이 항자웅에게는 너무도 소중했다.

"큰 도련님 오셨습니까?"

"아, 기별 좀 부탁해. 날 보자고 하셨다면서."

잠시 생각하다 보니 어느새 목적지에 도착했다. 이곳은 후원. 항자웅의 어머니가 계신 안채다.

하루 일과의 다른 한 꼭지가 이곳이다. 어떤 의미로 본다면 아버님보다 더 힘든 일이기도 했다.

벌컥!

"아우, 우리 큰아들 왔구나. 어쩜 듬직하기도 하지."

시비들이 기별하기도 전에 육십대의 여인이 방문을 확 열어젖히며 빠른 걸음으로 다가왔다. 그녀가 바로 항자웅의 어머니 여시인(與始引)이었다.

아마 이 집안에서 가장 작은 사람일 터이다. 힘껏 허리를 펴도 항자웅의 허리에서 조금 더 올라오는 키였는데 이곳 진우현의 불가사의 중 하나였다. 어떻게 이렇게 작은 여인이 이 덩치 큰 항자웅을 낳았는지가 말이다. 항간에는 그래서 항자웅이 다리 밑에서 주워왔다는 말이 있으나 둘째 자소의 출산 이후 그런 소문은 사라졌다. 자소 역시 항자웅만큼이나 큰 것이다.

"어우, 요즘 마음고생이 심한 것 같구나. 얼굴 살이 쪽 빠졌네. 너 혹시 굶는 것 아니니?"

"어머니, 아무리 자식이라도 그런 표현은 곤란합니다. 이 뱃살의 존재감이 전혀 느껴지지 않으십니까?"

출렁.

멋들어지게 뱃살을 한 번 흔들어준 후 항자웅은 씨익 웃었다. 뭐가 그리 자랑스러운 것인지 모르지만 여씨부인 역시 항자웅과 같은 미소를 지으며 항자웅의 손길을 잡아끌었다.

"무슨 소리! 사내라면 의당 그만한 풍채는 있어야 되는 거야. 대체 비루먹은 대꼬챙이들 같은 것들이 뭐가 좋다고 난리들인지…‥. 난 요즘 처자들이 이해가 안 간다."

"역시 저와는 사뭇 다른 미적 감각이시군요. 개인적으로 이런 몸 상태에 대해 전 우리 집안의 저주라 생각합니다만…‥."

당당히 자신의 의견을 밝히지만 여씨부인은 전혀 개의치 않았다. 마치 항자웅의 말이 전혀 들리지 않는 듯이 말이다.

"흥, 언젠가 제 년들도 한번 살아보면 알 거야. 작고 마른 게 얼마나 짜증나는 것인지. 저잣거리 한번 다녀보라 그래. 내 등 뒤에 태산만 한 게 둥둥 다녀야 사람들이 길을 비켜준다고."

"그것은 매우 적절치 않은 예라 생각하지 않으신지요?"

"아, 시끄러! 일단 들어와, 아들. 그다음에 이야기하자."

어쨌든 항자웅은 여씨부인에게 질질 끌려(?) 들어갔고, 그러자 기이한 광경이 눈에 들어왔다.

널따란 방 벽 쪽에 수십여 개의 족자가 붙어 있었다. 한데 모두 아리따운 여인들이 그려져 있는데, 그 밑과 옆에 주해가 빼곡히 달려 있었다.

"오호호호! 어떠냐, 아들아? 내 너를 위해 특별히 준비한 것들이다. 너무도 기분 좋지 않느냐?"

의기양양한 여씨부인의 목소리에 항자웅은 현기증을 느꼈다. 일단 그는 한 걸음 앞으로 나아가 한번 훑어봤다.

"어머님 취미가 독특하신 것은 알고 있었습니다만 청부업까지 손대시는 줄은 몰랐습니다. 웬 현상수배 전단들이⋯⋯."

"어머, 아들아. 그 무슨 망언일까? 이리도 아름다운 현상범이 어디 있다고. 자꾸 그리 까불다간 이 어미 손에 죽는 수가 있단다."

여씨부인은 무공을 할 줄 모른다. 그러나 그녀가 죽인다면 죽일 수 있다. 쉴 새 없이 날아드는 잔소리로.

"아하하! 농담입니다, 어머님. 그간 참 힘드셨나 보군요. 이정도 농담도 받아주시질 않는 것을 보니."

"우오호호홋! 나의 소중한 큰아들이 나이 마흔이 되니 그런가 보구나. 그렇게 혼자 있는 것을 볼 때마다 누군가 죽이고 싶어지는걸."

등 뒤에 식은땀이 쪼르륵 하고 흐르는 것이 느껴지는 가운데 항자웅은 애써 시선을 돌렸다. 그러다 문득 몇몇 족자가 아주 이상하다는 것을 느꼈다.

"여기 있는 이 여인들이 다 제 배필감이라는 것에 대해선 아주 감사하게 생각합니다만 살짝 의구심이 드는군요."

개중 특히 눈에 보이는 것이 있었으니, 정말 아름다운 용모에 육감적인 몸을 가지고 있는 처자였다. 한데 그 육감적인 몸이 문제였다.

언뜻 봐도 목보다 허리가 더 가늘다. 이건 과장이 아니라 새빨간 거짓말이라 해도 과하지 않은 표현이다.

"대체 이 여자는 살아 있기는 한 겁니까? 어떻게 허리 두께가⋯⋯."

"오호호호호! 아들아, 원래 여인들은 자신을 그렇게 보이고 싶어 하는 것이다. 뚱뚱한 사람이 예민하다더니 그 말이 사실인가 보구나."

"확실한 사실이지요. 그리고 그 예민함이 지금 빛을 발하기 시작하는군요. 여기 이 여인은… 응?"

솔직히 항자웅은 놀라는 일이 거의 없다. 가족들이야 모르는 일이지만 사람 목 치는 것도 눈앞에서 지켜본 그였으니 놀랄 일이 있을 리 없다.

하나 이번엔 놀랄 수밖에 없었다. 놀랄 만한 미인이 그려져 있었고, 그 옆에 주해로 이름이 쓰여 있었다. 한데 그 이름이 문제다.

양귀비(楊貴妃).

"……"

당나라 현종과 사시던 분이 왜 여기 있는 것인지 알 수 없는 가운데 그는 눈을 돌려 주변을 돌아보았다. 혹 서시(西施)나 초선(初選) 같이 이미 타개하신 분들이 계신가 하는 마음에서였다.

"혹시 어머님은 이 아들에게 영혼결혼식이라도 해주실 요량이십니까? 이 세상 분들이 아닌 듯한 사람들이 몇 명 보입니다만."

꼭 황당한 일은 일어나고야 마는 것이 세상 이치다. 웃자고 한 이야기였건만 진짜 서시와 초선, 거기에 왕소군(王昭君)까지 꿈의 사대미녀가 모두 모여 있었다. 그것도 한두 개가 아니다.

"안 된다면 그렇게라도 할 생각이란다. 그러니 좀 제대로 봐주실까?"

짝짝, 파라라락.

여씨부인의 손짓에 따라 시비들이 움직이더니 몇 개의 족자가 추려졌다. 아마도 그것이 진짜 오늘의 목적이 아닌가 싶었다.

"자, 이 아가씨는 저기 남쪽의 자미골 처녀로 올해 스물셋인데 얼굴이 그리 예쁘대요. 온 동네 총각들이 침을 줄줄 흘리는데, 아, 글쎄 자신은 죽어도 덩치 큰 사람에게 시집간다 그런대. 오호호호! 천생연분이야, 천생연분."

"……"

여씨부인의 목소리가 계속되는 가운데 항자웅은 입을 닫았다. 그는 아버님의 면전에 이어 또 한 번 조용한 사색의 시간을 마음속으로 갖기 시작했다.

그렇게 하루를 여는 두 꼭지가 흘러가고 있었다.

2

마지막 세 꼭지는 굳이 해도 되고 안 해도 되는 것이다. 바로 그의 동생 항자소를 만나러 가는 일이다.

그나마 마음 편한 일이 이것이다. 이 순간만큼은 참으로 즐거웠고 또 기분 좋은 순간이기도 했다. 그가 하루 중 운동하는 거의 유일한 시간이기 때문이었다.

항자웅이 사는 진우현은 그리 작은 촌이 아니었다. 성도에 비할 수는 없지만 가구만 오백여 세대가 넘어가는 꽤 큰 마을이다.

그건 이곳이 귀주에서 운남으로 나아가는 마지막 관문이기 때문이다. 상인들의 출입이 활발했으니 교역도 많았다. 굳이 서로 경계를 넘어가지 않고서도 상업을 할 수 있으니 이보다 더 좋은 목이 없었다.

거기에 치안이 안정된 것도 상당히 좋은 요인이었다. 보통 이렇게 궁벽진 곳으로 온다면 어떻게든 제 한 몸 먹고살려 별 짓거리를 다 하는 게 보통이지만 이곳 현령은 그렇지 않았다.

그렇다고 아주 깨끗한 인물은 아니지만 파렴치한 사람도 아니었다. 다행히 맡은 바 임무를 충실하게 해주니 그것만으로도 족할 뿐이다.

"여 대웅(大熊)이로구나. 소웅(小熊)에게 가는 거냐?"

"뭐 어디 가겠습니까? 갈 곳도 없어요."

자웅과 자소라는 이름이 있지만 실상 현에서는 이렇게 대웅과 소웅으로 간단하게 불리는 처지다. 물론 아무나 그리 부르진 못한다. 자웅은 몰라도 자소는 별로 안 좋아하는 별명이니까.

그러니 이렇게 부를 수 있는 사람은 한정되어 있었고, 이 사람은 그중 하나다. 좌판을 벌여 점을 치는 조 노인으로 친근한 척하지만 사실 그리 친한 사이는 아니다.

아니, 친한 것은 둘째 치고 점도 보기 싫은 노인네다. 대충 때려 맞혀놓고 맞으면 제 덕이고 아니면 남 탓이니 상종 안 하는 게 좋은 인생인 것이다.

"이야, 대웅이 오늘 운이 아주 빵빵 터지는데? 좋은 일 생기 겠어!"

"돈 없어요, 조 노야. 봐요, 봐."

주머니를 탈탈 털며 항자웅이 말했다. 그러면 보통 그는 입맛을 다시며 돌아서는 것이 일반적이다. 그런데 오늘은 좀 달랐다.

"예끼, 이놈아. 좋은 일에 뭔 돈을 바라. 아주 복이 텄어, 텄어. 낄낄낄."

"……."

어째 악마의 속삭임을 들은 것 같은 기운이 스멀스멀 등줄기를 기어올라 오자 항자웅은 몸을 살짝 떨었다. 이거 왠지 느낌이 영 좋지 않았다.

"자, 그럼 오늘도 좋은 하루를 보내게나. 점 보세요, 점. 이봐, 친구. 자네 이대로 가면 재수없어져. 에헤. 화내지 말고 일단 말부터 들어봐. 어이구! 이 친구야, 이래 봬도 이 탁자 자단목이야. 거봐, 다리 아프잖아. 왜 발로 차고 그래. 내 말이 맞지? 재수 꽝이지?"

영업을 잘하는 것인지 목숨은 내놓고 도박을 하는 건지 도무지 판단이 서지 않는 노인을 뒤로한 채 항자웅은 움직였다. 양손을 휘적거리며 한참을 걸어가자 목적한 건물이 나타났다.

물론 중간 중간 놀러 오라는 기녀들과 술집 주인들과 희희낙락거리는 것은 잊지 않는다. 그게 아니라면 이렇게 나오지도 않았다.

생의지원(生意之園).

항상 생기로 가득 차라는 뜻에서 부친이 지어준 이름이다. 그 말이 진짜로 먹혔는지 그간 이곳에서 죽은 사람이 없었다. 그 때문인지 모르지만 상당히 장사가 잘되는 곳으로 소문이 난 상태였다.

"큰 나리님 오셨습니까?"

"아, 그래. 일 봐, 일 봐."

일하는 사람 대부분을 항가에서 일하던 사람들 중 손재주 있는 이들로 채용했기에 언제나 이렇듯 깍듯했다. 뭐, 그나마 이곳에 오는 작은 즐거움 중의 하나라고나 할까?

"의원님은 후원에 계십니다. 어서 드시지요, 큰 나리님."

"음, 고마워. 어서 할 일들 하라고."

술집이면 몰라도 여긴 의원이다. 이들의 손을 멈추게 하는 것은 사람의 생명을 멈추게 하는 것과 다름없기에 항자웅은 빠른 걸음으로 움직였다. 그리고는 후원으로 가 자소가 있는 방문을 열었다.

"요우, 좋은 아침이야. 잘 잤나, 동생."

"한 시진 있으면 점심시간이야. 난 이미 한 번 진료를 돌았고. 놀리는 거유?"

"옷, 오늘은 뾰족한데? 뭔 일 있어?"

샐쭉한 어투가 흘러나오지만 참으로 어울리지 않는 상황이다. 탁자 위에 앉아 있는 항자소의 몸 또한 항자웅과 거의 비슷해 보였다.

물론 키도 좀 작고 몸은 더 홀쭉하다. 마른 편은 아니지만 체중 조절을 잘해서 그런 것으로 소응이라 불리기에 전혀 부족함이 없는 몸을 가지고 있었다.

"피곤하니 그렇지, 뭐. 누구처럼 늘어지게 자고 싶기도 하고. 아오, 왜 내가 결혼은 해가지고 진짜."

"아들 둘에 곧 태어날 셋째 아이까지 있는 사내가 할 말은 아닌 것 같다만……."

오래전에 결혼해 훌륭하게 자식을 생산하여 부모님의 사랑을 듬뿍 받는 사람이 바로 항자소다. 하나 그건 그대로 고충이 있어 보이는 듯했다.

"진짜 며칠이라도 좋으니 형처럼 살아보고 싶다. 말이라도 타고 훌쩍 떠나고 싶기도 하고."

"오호, 그 말은 나도 이제 일 좀 하라 이거냐? 나가서 돈 벌어 오라 이거지?"

살짝 장난스러운 미소를 지으며 항자웅은 말했다. 그런데 자소의 표정이 좀 이상했다. 조금 전까지 서려 있던 장난기는 이미 사라졌다.

"아니, 안 해도 돼. 돈이야 뭐 아버지도 일하시고, 어머니도 요리원(料理園)을 적자 없이 운영하시는데 뭐가 문제야. 형은 그저 형 하고 싶은 대로 해. 그냥 놀아도 돼."

"크어, 이것 참, 눈물 좀 흘려야 되나? 내 동생이 이런 사람이 었다니."

짐짓 과장된 표정을 지으며 항자웅이 말하던 순간이다. 방문이 열리며 한 여인이 들어왔다. 항자소의 아내인 장씨였다.

여인치고 꽤 키가 큰 편이었는데 서글서글하게 생긴 미인형
이다. 한데 배가 상당히 크게 부른 것이 산달이 얼마 남지 않은
것 같았다.

"어머, 아주버님 계셨군요. 저 나중에 다시 올게요."

"아니에요, 제수씨. 그냥 들어오세요. 그렇지 않아도 나갈 참
이었어요. 할 말 다 끝났거든요."

"아, 그래요?"

항자웅은 한 번 손을 들어 보이곤 신형을 돌렸다. 더 이상 이
곳에 있어봤자 할 일도 없다. 그냥 나가서 이리저리 다니는 것
이 더 나았다.

"참, 오늘 손 형님 온대. 아까 연락 왔었어."

"에? 손소가 와? 근데 그놈은 왜 맨날 너한테 연락한다냐? 친
구는 나면서 말이야."

"귀한 약재 좀 부탁했거든. 표국주(鏢局主)가 일부터 챙겨야
지 어찌 친구부터 챙기겠어? 그런 표국이면 부탁도 안 해."

"하여간 너나 그놈이나 그놈의 일타령은. 알았다."

탁.

방문을 닫고 항자웅이 나가자 항자소는 피식 웃었다. 그러자
부인이 항자소의 옆 탁자에 와 앉았다.

"후우, 몸이 무거우니 힘드네. 근데 아주버님 또 놀러 나가신
거야? 오늘 아침에 보니 아버님이 아주 경을 치시던데."

"뭐? 아버님이 또 뭐라 하셨어?"

항자소의 미간이 찡그려졌다. 그가 싫어하는 것 중의 하나가
이것이다. 어떻게 하든 항자웅을 일하게 만들려는 것.

"사실 아버님은 그럴 만하시지. 올해로 마흔 되시는데 집에만 계시니 그렇잖아. 난 우리 애들 잘 봐주셔서 좋긴 하지만."

아내의 목소리에 항자소의 미간이 더욱더 찡그려졌다. 그러자 그녀는 조심스런 얼굴을 했다.

"당신은 꼭 아주버님 이야기만 나오면 그러더라. 누가 진짜 그렇게 만들재? 그저 그렇다는 거지."

항자소는 그녀에게 눈을 돌렸다. 평소 같았으면 언성을 높였을 상황. 그러나 이번엔 그러지 않았다.

뱃속에 있는 아이 때문이다. 임신부 심기 거슬려 봤자 좋을 게 없다는 판단에 그는 속에 있는 이야기를 꺼냈다.

"언젠가 이야기했지. 우리 형… 일곱 살 때 십무원에 들어갔다고. 그리고 그곳에서 십삼 년을 보내고 스무 살 때 돌아왔다고 말이야."

"응, 기억나. 그때 이 진우현이 난리 났었다며? 천재가 탄생했다고 말이야."

항자소는 고개를 끄덕였다. 비록 어린 시절의 일이지만 그는 똑똑히 기억한다. 구파일방의 대단한 고수들이 모두 머리를 숙이며 형을 데려갔던 일을 말이다.

"그래. 그러던 형이 어느 날 돌아왔다. 진짜 거대한 몸을 가지고 말이야. 그런데 형이 가져온 것은 그저 탄탄해진 몸만이 아니었어."

주먹을 꽉 쥐며 항자소는 눈을 감았다. 항자웅의 나이 스무 살 때, 그때는 아직 항자소가 결혼할 때가 아니기에 장씨부인은 전혀 알 수 없는 일이다.

"엄청난 살기도 같이 가져왔지. 그 후로 형님이 스물셋이 될 때까지 삼 년 동안 그 누구도 형에게 말을 걸지 못했어. 곁에 있는 것만으로도 가슴이 떨려오고 몸을 움직일 수가 없었다. 마치 고양이 앞의 쥐처럼 말이야."

"정말?"

지금 항자웅의 모습을 보면 도무지 믿어지지 않는 이야기지만 항자소의 얼굴은 심각했다. 거짓이 아닌 것이다.

십 년, 완전히 살기를 지우는 데 정말로 십 년이 걸렸다. 하지만 정말 스무 살부터 스물셋까지 그 삼 년은 두렵고도 무서운 기억으로 남아 있었다.

"만일 형이 돈을 벌게 된다면 아마도 그때 배운 것을 가지고 뭔가를 할 수밖에 없을 거야. 그렇게 된다면 난 두려워. 돈을 못 버는 것보다 다시 그때로 돌아간다는 것이 더 두렵단 말이야."

십무원은 서원이 아니다. 그곳은 구파일방의 무공을 가르치는 곳이었고, 무공이 무엇인지 항자소는 대충 알고 있었다.

결국 사람을 죽여야 하는 것이 그 목적이 되는 것이다. 항자소가 해야 하는 일과 정반대의 일을 목표로 하니 얼마나 끔찍한 일인가?

"그렇구나. 하지만 그렇다 한들 오래전 이야기잖아. 이젠 배도 나오시고 하니 잘 움직이기도 못하실 텐데 걱정 안 해도 되지 않을까?"

"훗."

항자소는 웃었다. 아내의 말 중 한 가지가 말도 안 된다고 생각하기 때문이었는데, 잘 움직이지도 못한다는 말이 원인이다.

"배가 나왔다……. 지금 형님이 하루에 얼마나 드시지?"

"아주버님이야 하루 여섯 공기씩 드시지. 좀 큰 그릇에."

"그렇지. 한데 그 양이 그토록 많아 보이던가?"

"응? 뭐, 꼭 그렇지만은 않아. 자기도 그만큼 먹으니까. 아버님도 사실 비슷하게 드시고."

그러고 보면 살짝 이상한 느낌이 들기는 했다. 굉장히 많이 먹는다고 생각했는데 의외로 그렇지 않은 것이다.

"그래, 그리고 형님은 군것질을 좋아하지도 않지. 술은 가끔 마시지만 그것도 일 년에 몇 번 안 되고."

표국을 운영하는 친구 손소가 와야 술을 마시는 항자웅이다. 표국주가 한곳에 죽치고 있을 수는 없으니 기껏 일 년에 두 번 정도 봐야 많이 본다.

"더욱이 형님은 스무 살 때도 그리 드셨어. 꾸준히 같은 것을 먹고 같은 움직임을 보이는데 이상하게도 살만 계속 찌고 있어. 과연 그게 살인지 아닌지 난 모르겠어."

"…뭐야? 그렇다면 당장에 진맥을 해봐. 혹시 큰 병이라도 나신 거면 어쩌려고."

말을 듣다 보니 과연 이상한 점이 한두 가지가 아니다. 생각보다 날렵한 신형도 있지만 그건 과거에 한가락 하셨기에 그렇다 생각했다.

"아니. 진맥해 봤자 별 소용 없을 거야. 그건……."

슬쩍 웃으며 그는 고개를 돌렸다. 저 멀리 창문 밖으로 휘적거리며 나가는 항자웅이 보였다.

언제나처럼 퉁퉁한 몸, 후덕한 인상에 푸근한 차림의 그가 보이자 항자소는 입가에 작은 웃음을 띠었다. 과거의 항자웅과 비교한다면 지금이 백번 나은 모습이다.

"의술의 영역이 아니거든."

오늘따라 유난히 항자웅의 턱이 눈에 들어온다. 적당이 각이 진 강인한 인상의 턱이 그것이다.

비대한 뱃살과 비교한다면 너무도 갸름한 턱 선이다. 주름 하나 없었던 것이다.

"아우, 귀여운 대웅 아저씨! 뭐 해? 이층으로 올라와요."

"가긴 어딜 가! 이쪽이야, 이쪽! 어서 와!"

사실 항자웅은 이 진우현에 불만이란 것이 없었다. 있어야 할 것은 다 있고 절묘하게 없어야 할 것도 없었다.

그런데 딱 한 가지 아주 애매한 게 있으니 이 객잔이 그것이었다. 중원의 객잔들에 비해 다른 점이 딱 하나 있었다.

홍루(紅樓)와 청루(靑樓)의 구분이 없는 것이다. 즉, 어딜 가더라도 기녀들이 있었고 따로 객잔이라 해서 잠만 자고 먹는 곳이 없었다.

바로 요릿집이 따로 있기 때문인데 그곳에서는 또 술을 팔지 않았다. 여기 현령이 하는 요상한 짓 중에 하나가 그것인데 그래서 술을 마시려면 무조건 기녀가 있는 곳으로 올 수밖에 없었다.

아마 기루들과 뭔가 검은 거래가 있는 것 같지만 물증이 없었다. 또 굳이 파고들고 싶지도 않았다.

"한 번만 더 귀엽다 그럼 이 뱃살 아래 입을 막아버린다. 자꾸

눈에 보이는 거짓말 할래?'

"그럼 손님에게 뚱뚱하다고 해? 나 굶어 죽으라고 그러는 거지, 지금?"

항자웅은 고개를 갸웃거렸다. 왠지 묘하게 설득력이 있는 말이다. 아주 화려한 복색의 기녀였는데 진한 화장으로 인해 몇 살인지조차 가늠하기 어렵다.

"그러지 말고 대웅 아저씨, 오늘은 나랑 놀아요. 요즘 영 돈이 안 돼."

"그런 소리는 저 위쪽의 남자 손님들 좀 숨겨놓고 해야지. 딱 봐도 거의 만석(滿席)이거늘 뭔 소리야."

"아우 아저씨, 다 돈 안 되는 사람들이야. 내가 확 다 쫓을까? 그래야 내 진심을 알아줄 거야?"

끈적끈적한 목소리가 옆에서 들리지만 항자웅은 그저 피식 웃을 뿐이었다. 술잔에 술을 따라 입으로 가져가자 여인은 더욱 더 적극적으로 달려들었다.

"에이, 진짜 대웅 아저씨. 나 좀 봐봐. 이럼 나 화낸다?"

"허어, 딱 봐도 같은 연배신데 거 혀 짧은 소리 좀 그만하쇼."

"어머! 무슨 소리야? 나 이십대야! 꽃다운 이십대!"

"이십 년 전에?"

항자웅의 목소리에 여인의 눈꼬리가 무섭게 올라간다. 얼굴색은 그대로지만 그건 화장 때문이었다. 목 어림은 이미 붉게 달아오른 지 오래였다.

"거참, 진짜… 딱 봐봐. 내가 언제 여기서 돈 쓴 적 있어? 나말고 다른 사람 보라고. 저기 오잖아. 오늘 물주."

"얼씨구! 아주 여기서 세월을 낚고 계시는구만. 진짜 부러운 팔자다."

낯선 음성 하나가 앞에서 들려오자 여인의 표정이 환하게 바뀌었다. 혼자가 아니라 그 뒤로 이십여 명의 사내가 한꺼번에 들어오고 있었던 것이다.

뽀얀 먼지와 눈을 같이 뒤집어쓴 채 들어온 이들은 딱 봐도 오랫동안 거친 황야를 달려온 사람들이 분명했다. 그건 곧 여기서 쉬고 간다는 말과 다름없는 것이다.

곧 돈을 쓴다는 이야기다. 여인은 거의 날다시피 달려갔고, 사내들은 밝은 웃음으로 여인의 환대에 답했다.

"허이고! 너 여기 취직이라도 한 거냐? 우리 와서 매상 올려 줄 테니 구전이라도 받기로 한 거야?"

"오호라! 그것도 꽤 괜찮기는 하네. 왜 그 생각을 못했을까 나?"

쪼로로록.

술잔에 술을 따른 후 항자웅은 손가락을 튕겼다. 그러자 술이 담긴 잔이 그대로 미끄러져 나아갔다.

그러자 앞에 앉은 사내는 바로 술잔을 낚아채 입으로 가져갔다. 그리고는 시원하게 털어 넣으며 중얼거렸다.

"후아! 얼마 만에 먹는 중원의 술이냐. 싸구려지만 최고다."

허리춤에 찬 두 개의 청강검을 옆에 놓으며 그는 외투를 벗었다. 그러자 강하게 생긴 사내의 모습이 나타났다.

젊었을 적 여인들깨나 울렸음 직한 얼굴이다. 뭐 지금도 하려면 할 수 있을 정도로 나이가 든 것은 아니지만 말이다.

"어서 와라, 손소."

항자웅의 목소리에 손소는 고개를 들었다. 그리고는 환하게 웃으며 그 말에 답했다.

"그래, 반갑다, 항자웅. 일 년 만이지?"

항자웅의 얼굴에 싱그러운 미소가 퍼져 나갔다.

"호오, 현지초가 이번에 승적에 올라간다고?"

"그래. 그 일로 아미파는 거의 축제 분위기다. 차기 장문인이 들어왔다고 아주 입들이 찢어졌어."

"흐음, 싫다고 눈이 찢어지는 놈들도 있을 텐데?"

"뭐 그게 강호니까. 그렇지만 그런 놈들에게 당할 현지초가 아니지."

"그건 그래. 그래도 진육협(眞六俠)의 당당한 일인인데 말이야."

"술 그만 먹고 싶지? 나 표국으로 돌아가?"

"에이, 발끈하시기는."

타닥, 탁.

실내인데도 장작불이 피어올랐다. 그건 손소가 통 크게 이 객잔을 통째로 빌려 버렸기 때문인데, 커다란 돼지 한 마리가 그 위에서 돌려지며 익어갔다.

"지들 맘대로 진육협이지. 네가 없는 우리가 무슨 협사야. 다 네 녀석이 만들어놓은 것, 우린 그저 얹혀갔을 뿐인데."

"쯧, 이봐, 구파일방의 정수를 받은 것은 너희야. 충분히 그렇게 불릴 만해."

항자웅은 고개를 끄덕였다. 손소를 포함한 과거 십무원의 동기들을 사람들은 진육협이라 불렀다. 이는 그들의 무용을 기리는 의미에서 붙여진 별호였다.

손소, 낙이언, 현지초, 송일, 한구사, 그리고 진덕승 이 여섯 명이 바로 진육협이다. 십 년 전까지 계속되었던 정마대전에서 거대한 버팀목이 되었던 자들이 바로 이들인 것이다.

확실히 이들은 그렇게 불릴 만했다. 정파의 후기지수들에게 진육협이라면 침을 질질 흘리며 따라붙을 만큼 인기인. 물론 항자웅의 앞에선 소용없는 이름이지만.

"무이산 정상에서 십삼마를 상대로 싸워 이길 수 있었던 것은 너 때문이다. 네가 없었다면 우린 다 죽었다. 그런데 어찌 우리가 협을 자처하겠어? 웃기는 일이라고."

"취했구나, 손소. 그 뒤로 십 년 동안 천약련(天約聯)을 위해 싸운 건 잊었나? 충분히 그리 불릴 자격이 있어."

사실이었다. 구파일방의 연합인 천약련, 정파의 희망이라는 그 단체를 위해 여섯 명은 싸웠다. 무이산의 격전 이후 구파일방의 진수를 얻은 후 그만큼 희생한 것이다.

"그 뒤로는 그리 힘든 일이 없었다. 기껏 해봤자 우리와 동수들을 만났을 뿐이었지. 무이산에서 이미 마교는 그 힘이 꺾인 거야."

"징하구나, 너도. 그만 잊어, 이제."

항자웅은 잊으라 하지만 손소는 그럴 수가 없었다. 왠지 모르게 빚을 졌다는 생각이 들었고, 이는 천약련의 높은 지위를 뿌리치게 만드는 이유가 되었다.

그는 정마대전이 무승부로 귀결된 후 천약련을 나왔다. 그리고는 가업인 표국을 이었고, 지난 십 년 동안 많은 발전을 이루어내었다.

손진(孫進)표국이 바로 그것이다. 이제 강호에서 가장 큰 표국일지도 모른다는 평가를 받을 정도로 성장했지만 여전히 손소는 항상 선두에 서서 움직였다.

원래 그런 사람이다. 항상 움직이며 새로운 것을 갈망하는 그, 그래서 진육협 중에서도 수좌의 자리를 차지하고 있는 것일 터였다.

"뭐, 그렇다 치고, 요즘 강호는 좀 어때? 이젠 좀 괜찮아졌나?"

"훗, 강호가? 만일 그렇다면 강호가 아니지."

항자웅의 미간이 살짝 찡그려졌다. 손소가 이렇게 말하면 뭔가 있다는 뜻이다.

"마교는 정마대전으로 입은 정기를 복구하느라 정신없는데 엉뚱한 놈들이 튀어나왔다. 사도(邪道) 쪽 녀석들이 요즘 이상하다."

"사도?"

말이 좋아 도라는 단어를 사용하는 것이지 실제로는 도와 거리가 먼 자들이다. 어떤 면에서 본다면 마교보다도 더 우려되는 자들이다.

힘을 원하고 그 힘을 향해 노력하는 마교는 단순하다. 명확한 원리에 명확한 방법을 사용한다. 순전히 강한 힘으로 부딪칠 뿐이니 그에 맞게 싸우면 된다.

그런데 사도 쪽은 아니다. 각종 독부터 방중술에 이르기까지 오만가지 수단을 들고 나오는 자들이다. 강함보다는 기이함에 더 신경을 쓴다고나 할까?

그래서 숫자는 그리 많이 늘지 않는 것이 특징이었고, 또 숫자가 된다 한들 고수의 숫자가 현격히 떨어진다. 이러한 점을 알기에 항자웅은 고개를 갸웃거렸다.

"사도 중에 그리 강한 세력이 있었나? 네가 주목할 정도로 말이야."

"아아, 말도 마. 요즘 여기저기…… 응?"

손소는 갑자기 말문을 닫은 채 고개를 돌렸다. 그의 고개가 향하는 곳에 웬 여인이 서 있었다.

드리워진 발을 밀고 온 것인데, 입구에는 아마 오늘은 영업하지 않는다는 표시가 되어 있을 것이다. 손소가 이미 빌렸으니 말이다.

"이봐요, 아가씨. 앞에 써 붙인 글 못 봤소? 글 몰라요?"

점소이 하나가 쪼르르 달려와 앞을 막았다. 한데 둘이 서고 보니 아가씨의 키가 꽤 작았다. 아주 작은 것은 아니지만 항자웅과 비교하면 가슴께나 올까 말까 한 정도다.

"아뇨. 읽었어요. 전 용무가 있… 어서……."

가냘픈 목소리가 흘러나왔다. 장옷을 깊게 눌러쓰고 있어 용모는 알 수 없었지만 아마도 좀 마른 사람이 아닐까 싶었다.

"아하, 일하러 온 거야? 그럼 진작 말을 하지. 자, 올라가자. 큰언니에게 소개……."

"사, 사람을 찾으려 왔어요. 여기 오면 있다고 해서… 그래서… 여기에……."

"에? 사람? 누구?"

상당히 말을 더듬는 것이 아무래도 이런 곳이 처음인 모양이다. 항자웅은 문득 흥미가 이는 것을 느꼈는데 왠지 마음이 가는 친구였다.

"하, 항, 항자웅이란 사람이에요. 혹시 여기 있나요?"

"어?"

점소이가 눈을 동그랗게 떴다. 그러나 놀란 걸로 따지자면 당사자가 더했다.

"뭐야? 아는 여자야?"

"얼굴도 못 봤는데 어찌 알아? 목소리도 처음 듣는구만."

진심이었다. 만나는 사람들의 폭이 워낙 좁기에 목소리만 가지고도 누구인지 알 수 있었다. 한데 확실히 아는 사람은 아니었다.

"그럼 뭘 전달하러 온 사람이겠네."

"에이, 불러보면 알겠지. 이봐요!"

쪼로로록.

항자웅은 술잔에 술을 부으며 그녀를 불렀다. 그러자 그녀가 뒤집어쓴 장옷이 부르르 떨리는 것이 보였다.

"내가 항자웅이오만, 뉘신지……?"

"……!"

그녀는 한 번 잔떨림을 더 하더니 이내 푹 눌러쓴 장옷이 홱 돌아가도록 시선을 돌렸다. 그리곤 항자웅을 향해 쪼르르 달려왔다.

"저… 저기……"

스륵.

탁자 앞으로 다가온 그녀는 장옷을 벗었다. 그러자 그 안에 있던 얼굴이 타오르는 모닥불에 환하게 드러났다.

굉장히 어려 보이는 여인이다. 몇 살인지 확인할 수는 없지만 이십대도 안 돼 보이는 얼굴이다. 보이는 것이라고는 커다란 눈에 작은 콧날, 그리고 그 콧날에 어울리는 작고 붉은 입술이었다.

머리가 좀 헝클어지긴 했어도 상당히 단정해 보이는 모양이 여염집 이상의 환경에서 살아온 듯했다. 다만 혼자 있는 것이 좀 마음에 걸렸다.

"이야기해 봐. 무슨 일이지?"

입으로 술잔을 가져가며 항자웅이 말했다. 여인이 찾아온 것도 별일이지만 이렇게 어린아이가 찾아오는 일은 더 없었다. 궁금하긴 했어도 별일 아닐 것이라 그는 생각했다.

그러나 그녀의 입에서 나온 이야기는 절대 별일이 아니지 않았다. 항자웅은 태어나서 처음으로 정말 소스라치게 놀랐다. 이건 그럴 수밖에 없는 이야기였다.

"서, 서방님!"

"푸우우우웃!"

항자웅의 입안에 있던 술이 허공으로 뿌려졌다.

第二章
빙궁에서 온 손님

1

항자웅은 눈을 감았다. 그리고는 대체 이게 무슨 일인가 다시
한 번 생각을 시작했다.

간만에 본 친구랑 술 먹다가 봉변당한 것이다. 웬 여자애 하
나가 다가오더니 기껏 하는 말이 서방님이란다.

기녀들이 재미 삼아 하는 장난일 수도 있다. 아니면 정신이
이상한 아이일 수도 있다. 하나 그 어느 쪽도 이 정도로 심각한
상황까지 오진 않는다.

"네 이놈, 자웅! 대체 밖에서 무얼 어찌하고 다니는 것이냐!"

아버지 항임의 불호령에 항자웅은 눈을 떴다. 그러자 잔인한
현실이 눈앞에 펼쳐졌다. 절대 꿈이 아님을 증빙하는 장면이 적
나라하게 보인 것이다.

여기는 항가장의 대청이고 그 대청엔 항가장에 기거하는 모

든 사람들이 나와 있었다. 물론 그 이유는 자신과 옆에 있는 조
그만 여자애 때문이다.

"내 널 어찌 가르쳤거늘 고작 이런 파렴치한 짓이더냐! 입이
있으면 어서 말을 해보아라!"

서슬 퍼런 항임의 목소리가 들려오지만 왠지 오늘만큼은 그
리 심각하게 생각되지 않는다. 그건 항임의 표정 때문이었다.

"어째 아버님의 표정과 목소리가 조화를 이루지 못하는군요.
어느 쪽이 진심이십니까?"

화는 내지만 얼굴은 웃고 있다. 그것도 활짝 말이다.

이십 년 전에 돌아왔을 때 한 번 보고 오늘로서 두 번째 보는
얼굴이다. 아마도 기쁜 쪽이 본심이리라.

"나의 진심이 이 상황과 무에 그리 중요하겠느냐! 중요한 것
은 너와 저 아이의 의지이니라! 무슨 일인지 어서 말하지 못하
겠느냐?"

'당장에 매파부터 보내야 하니 어서 집안을 밝혀라' 라는 이
야기를 절묘하게 돌려서 이야기하는 항임을 보며 항자웅은 머
리가 지끈거리는 것을 느꼈다. 아무래도 상황이 기이하게 흘러
들어 가는 듯했다.

"아버님, 잠시 진정하고 제 말 좀 들어보시지요. 전 이 아이를
지금 태어나서 처음 봅니다. 목소리도 처음 듣구요. 한마디로
전 상당히 억울한 상황이라 이겁니다."

"뭐 술 취해 기억 안 날 수도 있지 않나?"

"얌마, 손소!"

"아니 뭐, 그런 경우도 있다는 말이다."

한쪽에서 헤실헤실 웃는 손소를 보자 항자웅은 한층 열불이 터졌다. 그는 정말 진기한 구경거리를 보고 있는 듯 지대한 관심을 표명하고 있었다.

"너, 안 가냐? 요즘 일 바쁘다며?"

"응, 애들 보냈다. 알아서 할 거야."

"그래서 안 간다고?"

"미쳤냐? 이 좋은 구경거리를 두고 왜 가?"

"……."

부친이 눈앞에 없으면 참으로 오랜만에 무공 한번 꺼낼 뻔했다. 하지만 지금은 이 녀석에게 신경 쓸 때가 아니었다.

"으음, 인정하기 싫지만 확실히 손소 자네 이야기도 틀린 것은 아니구나."

"그렇지요? 아우, 내가 정말 그쪽 부모님께 죄송해 죽겠네. 사죄라도 해야 할 것 같은데 부모님들은 살아 계신가?"

"아, 왜 결론이 그렇게 납니까! 이성적으로 생각해 보자구요!"

항자웅은 뱃살을 출렁이며 항변했다. 하지만 이미 항자웅의 부모님은 뭔가 충실하게 마음을 굳히고 이 자리에 선 듯했다.

아무래도 평소와 같은 강도로 나갔다간 밀릴 듯한 기세라 항자웅은 어금니를 깨물었다. 그리고는 한 걸음 나서며 오른손을 들어 옆을 가리켰다.

"아무래도 이 상황이 잘 인식 안 되는 것 같으시니 한마디 드리지요. 어이, 각아, 너 이리 나와봐라."

"저요?"

한쪽 구석에서 신기하게 바라보는 항각을 불러 세운 후 항자웅은 그 옆에 문제의 작은 여아를 데려다 놓았다. 아이는 항각의 어깨 어림에 머리끝이 닿았다.

"자, 보셨습니까? 이 아이는 제가 아니라 각이와 같이 있는 게 어울릴 정도입니다. 그것은······."

"너 이 시키! 키 작은 게 뭐 어때서! 너와 네 동생을 낳은 게 누군지 몰라서 그래!"

당장에 항자웅의 어머니 여씨부인이 울컥하며 소리쳤다. 그가 세상에서 제일 듣기 싫은 말이 두 가지 있는데, 하나는 '올해 큰아들 장가가야지'와 '아이고, 그 키에 대견하네'라는 말이었다.

"어머님, 논점이 틀리셨습니다. 그걸 말하는 게 아니라 아직 이 아이는 성장이 덜 되었다는 것이 논점입니다. 즉, 이 아이는 아직 보살핌을 듬뿍 받아야 할 아이라는 것이지요."

"음······."

항임은 작은 침음성을 내었다. 확실히 이건 일리있는 이야기였다. 다른 것 다 떠나서 올해 열다섯도 안 된 각이와 비슷한 나이 대라면 문제였다.

어쩌면 정신이 온전치 못한 것일 수도 있었다. 그 나이 또래의 아이들의 생각, 그런 것이 전혀 없다는 것은 큰 문제였다. 특히나 교육을 업으로 삼았던 사람이기에 그 중요성을 뼈저리게 깨닫고 있는 것이다.

스스로 며느리를 자처하지만 그렇게 어린 나이라면 일단 인성이 형성될 때까지 기다리는 것이 순리였다. 굴러들어 온 복이 아깝지만 말이다.

"저……."

그때였다. 여태껏 조용히 있던 아이가 입을 떼었다. 땅속 삼
장 이상 깊숙이 기어들어 가는 듯한 아주 작은 목소리였다.

"아이… 아닌데요."

"음?"

항자웅은 잘못 들었다고 생각했다. 아마도 너무 작은 목소리
라 그랬을 수도 있었다. 하나 그 내용은 상당히 충격적이었다.

"저… 스물아홉이에요."

"……."

불난 데 기름 붓는다는 말이 무엇인지 확실하게 깨닫게 되는
상황이다. 항자웅은 뭔가 수를 내야 된다고 생각하며 힘차게 눈
알을 굴렸지만 이미 상황은 돌이킬 수 없었다.

"흡!"

머리 뒤편으로 엄청난 기운이 느껴진다. 흡사 살기라도 되는
듯한 느낌이지만 살기는 아니다. 그보다 더 무서운 시선이 느껴
지고 있었던 것이다.

천천히 항자웅은 고개를 돌렸다. 그곳엔 여기 있는 사람들 중
가장 작은 사람이 있었다. 그녀의 어머니 여씨부인이다.

번뜩이는 두 개의 눈에서 인광이 폭사되고 있었다. 아울러 그
녀의 입꼬리는 귀 바로 아래까지 쭉 이어지는 것처럼 보였다.

"호오, 그으으으으래? 오호호호호홋!"

오늘만큼은 어머니의 웃음소리가 마성의 울림처럼 들리는 항
자웅이었다.

"후우우우!"

항자웅은 큰 한숨을 내쉬었다. 왠지 몸도 마음도 축축 처지는 듯한 그런 기분이다.

꼬박 반 시진 이상을 온 집안사람들에게 시달리고 난 후였으니 당연한 일일 수도 있었다. 하지만 그보다는 이 여인 자체가 문제였다.

대체 왜 자신에게 이런 이야기를 하는지 도통 알 수가 없었다. 분명 그녀는 기억 속에 없는 사람이었고, 이는 하늘이 두 쪽 난다고 해도 확실히 증언할 수 있었다.

어쨌든 시간이 꽤 늦어져 다음 이야기는 내일 하기로 하고 일단 오늘의 취조(?)는 끝이 났다. 한데 문제가 발생했다.

"일단은 내가 저 아들놈을 못 믿어서 말이야. 아가씨는 손님이니 손님의 의견에 따르는 것이 주인 된 도리겠지?"

어머님은 그리 말씀하시고는 막무가내로 항자웅의 방에 아가씨를 밀어 넣었다. 그래서 지금 탁자를 가운데 두고 항자웅과 여인은 목하 대치 중이었다.

"진짜 술이 확 깨버리는구만. 에이!"

찻잔의 물을 한 번에 털어 넣은 후 항자웅은 그녀를 바라보았다. 그러고 보니 그리 못난 얼굴은 아니다.

일단 아름답다는 말을 사용하기엔 무리가 있기는 했다. 일반적인 아름다움과는 꽤나 거리가 먼 요소가 한두 군데가 아니다.

키가 큰 것도 아니고 가슴과 엉덩이가 사내의 마음을 홀릴 정도로 대단한 것도 아니다. 오히려 그쪽으로 본다면 많이 부족하다 생각하는 것이 옳을 정도다.

한데 의외로 아예 없는 것도 아니다. 육감적인 몸매를 그대로 축소했다고나 할까? 하여튼 그럭저럭이란 말이 딱 어울린다.

하얀 피부에 큰 눈, 그리고 작고 붉은 입술은 그저 귀엽다는 말로 표현할 수 있었다. 아무리 봐도 여인이라기보다는 아이에 가까운 느낌이지만 그렇다고 아예 매력이 없는 것도 아니다.

"이봐, 아가씨?"

후비적후비적.

새끼손가락을 들어 콧구멍에 밀어 넣고 돌렸다. 평소엔 잘 넣지 않지만 오늘따라 유난히 크게 돌렸다. 너무 크게 돌려서 코가 당겨 아플 정도다.

찔끔거리는 여인의 표정이 보인다. 뭐, 당연한 일이다. 그러라고 하는 짓이니까.

"그러니까, 내가 그쪽의… 카아아아악, 퉤!"

나오지도 않는 가래를 박박 긁어모아 힘차게 뱉었다. 우라질, 기관지가 좋은지 결국 가래는 안 나오고 침만 툭하니 나왔다.

"서방님이라 이거지? 그지?"

부우우욱.

시원하게 방귀도 한 번 뀌어주니 표정이 가관이다. 귀밑머리에 슬쩍 고이는 땀을 보니 억지로 참고 있다는 것이 확실하게 느껴졌다.

"그럼 어디 뽀뽀나 한번 해볼까? 응?"

"에… 에?"

큰 눈이 더욱더 커진다. 사람이 두려우면 눈동자가 떨린다고 하더니 진짜였다. 좌우로 흔들리며 당장에라도 눈물을 흘릴 듯한 얼굴이다.

"서방이면 그 정도의 권리는 있잖아. 그러니 이리 와봐. 혹시 알아? 내가 그 느낌에 누군지 기억이라도 날지 말이야."

끼이이익.

"꺅!"

여인이 앉아 있던 의자를 잡아당기자 외마디 비명이 흘러나왔다. 하나 그녀는 도망치지 않았다.

"웬 비명? 세상에 제 아내 입 한번 못 맞추는 서방이 어디 있다고 그래? 자자, 그러지 말고 고개 좀 젖혀봐."

두꺼운 어깨로 여인의 어깨를 두르자 가뜩이나 작은 여인의 몸은 항자웅의 몸에 파묻혀 보이지도 않았다.

"저… 저… 정말 해야 하나요?"

"……."

'요것 봐라' 하는 생각이 든다. 마치 자신은 모든 것을 다 포기했다는 듯한 어투. 그러나 두려움에 바들바들 떠는 몸은 거짓말을 하지 않는다.

분명 이 여인은 자신을 모른다. 기녀도 아니고 여염집의 아낙이다. 그러면서도 꾹 참고 이렇게 버틴다.

"그쪽이 정말 더러운 거야 참을 수 있는데요. 그런데… 그런데……."

왠지 이건 이것대로 슬쩍 기분 나빠지는 대사다. 항자웅은 콧구멍에 넣은 손가락을 한층 더 깊숙이 밀어 넣었다.

"저… 저쪽은 어떻게 안 될까요? 좀 민망해서……."

"응?"

여인은 손가락을 들어 한쪽을 가리켰고, 항자웅은 시선을 돌렸다. 그러자 그곳에는 삐딱한 시선의 손소가 손가락으로 콧구멍을 막은 채 앉아 있다.

애당초 다탁엔 여인과 항자웅, 그리고 손소까지 세 사람이 같이 있었던 것이다. 아마도 여인은 남들 앞이라 부끄러웠던 모양이다.

"괜찮아. 원래 일 년에 한 번 보는 사람 같지 않은 놈이라. 그저 들짐승 하나 앉혀놨다고 생각해."

대수롭지 않다는 듯 항자웅은 중얼거렸고, 손소는 인상을 확 썼다.

"뱃살로 사람 삼키는 너보단 내가 더 사람 같다고 생각한다만. 뭣하면 누가 더 인간같이 보이는지 한번 그 아가씨에게 물어볼까?"

"시꺼. 질 것 같은 내기는 안 해."

왠지 방향이 좀 틀어진다는 느낌과 함께 항자웅은 짧게 고개를 흔들었다. 콧구멍에 넣은 손가락 때문에 흔들 때마다 작은 아픔이 느껴진다.

"아, 아무리 친구 분이라도… 그래도 부부인데……."

"신경 안 써도 된다니까. 관객은 필요한 거야. 주인공 두 명만 서로 연기해 봤자 무슨 소용이야?"

"네?"

"연기는 그만두라는 이야기야. 이봐, 아가씨. 당신 대체 누구야?"

항자웅의 분위기가 바뀌었다. 더 이상 그의 몸에서는 장난스런 느낌이 나오질 않았다.

진중한 느낌 그 자체였다. 단 한 가지, 콧속에 들어가 있는 손가락만 빼고는.

"내가 아무리 강호에서 방탕하게 살았다 하더라도 결혼한 기억조차 못할 것이라 생각해? 아까 대청에서는 그쪽 생각해서 참은 거야. 뭔가 사정이 있을 것이라 생각했거든."

"……."

"그러니 지금 말해. 그렇지 않으면 당장 내쫓는 수밖에 없어. 진짜야."

투명한 항자웅의 눈이 여인에게 향했다. 마치 꿰뚫어 보는 듯했는데, 문득 항자웅은 그녀의 이름조차 알지 못한다는 사실을 깨달았다.

더 추궁하려면 지금이 적기였다. 여인의 눈동자가 다시 한 번 심하게 떨렸다. 이건 두려움 같은 것과는 조금 다른 의미였다.

"이름부터 시작하지. 난 항자웅, 저기 있는 저 친구는 손소라는 친구야. 나는 별 볼일 없이 빈둥거리며 노는 사람이고 저 친구는 그래도 번듯한 표국을 가지고 있지."

"소개는 고마운데 손가락은 빼고 해. 내가 더러워서 더는 못 보겠다."

"그러지. 충고 고맙네, 친구."

"별말씀을……."

콧구멍이 확 뚫리는 느낌과 함께 항자웅은 탁자에 새끼손가락을 비벼대었다. 여인과 손소 두 사람의 눈길이 동시에 찌푸려진다.

"잊지 마라. 여긴 내 집이다."

"내 집이었음 죽였다. 어디 와 있는지 잘 알고 있으니 걱정 마."

참견 말라는 이야기와 함께 항자웅은 씩 웃었고, 손소는 고개를 흔들었다. 그때 여인의 목소리가 들려왔다.

"이화… 하이화(河梨花)라고 해요."

"음?"

하이화, 예쁜 이름이다. 그리 흔하게 볼 수 있는 이름도 아닌 것이 점점 그 사연이 궁금해지는 순간이었다.

"전… 빙궁(氷宮)에서 왔습니다."

"…빙궁이라면 북해빙궁?"

"네, 북해빙궁이요."

항자웅과 손소는 살짝 멍한 느낌이었다. 이건 정말 생각외의 발언이었던 것이다.

"저기… 그 빙궁이라는 데가… 섬서성의 빙궁?"

"맞아요. 저희 빙궁은 그곳에 있지요. 가보신 적 있나요?"

빙궁을 아는 듯한 말에 그녀는 반색하며 항자웅을 쳐다본다. 이제껏 그를 두려워하던 그런 표정이 아니다.

환하게 웃으며 두 눈을 반짝거리는, 마치 아주 눈이 큰 귀여운 새끼 고양이 한 마리를 보는 듯한 착각이 확 드는 가운데 항자웅은 이상한 생각 하나가 떠올랐다.

왠지 어디선가 좀 본 듯한 느낌이 들기 시작한 것이다. 분명 그는 이 여인을 만난 적이 없다. 그런데 왠지 낯이 살짝 익은 것 같기도 한 느낌이 어렴풋이 들었다.

기억은 나지 않는다. 느낌만 들 뿐. 그런데 그건 항자웅만이 아니었다.

"그렇다면… 하 낭자, 혹시 빙궁의 한음도(寒陰刀君) 하린벽(河 隣碧) 대협과는 어떤 관계시오?"

"제 아버님을 아시나요?"

손소의 목소리에 하이화는 얼굴 가득 웃음을 담아 외쳤다. 반 색이란 말이 딱 들어맞는 표정이다.

"호오, 그런 건가?"

항자웅은 고개를 끄덕였다. 한음도 하린벽이라는 말을 듣는 순간 그는 수수께끼가 한 꺼풀 벗겨지는 것을 느꼈던 것이다.

드디어 이 여인과 자신의 접점을 찾은 것이다. 다름 아닌 하 린벽이란 사람 때문인데, 그라면 손소와 항자웅 두 사람 다 알 고 있었다.

그는 두 사람이 같이 있던 십무원의 교관 중 한 사람이었던 것이다.

"자, 그럼 이제……."

항자웅은 슬쩍 자세를 고쳐 잡았다. 그리고 보니 아직까지 그 는 하이화를 안고 있었다.

"그간의 이야기를 좀 듣고 싶은데?"

고쳐 잡았다 한들 살짝 숨통을 틔워주는 정도라고나 할까? 하 지만 그녀는 희한하게도 신경 쓰지 않는 듯 너무도 편안한 얼굴로 입을 열기 시작했다.

  섬서성에 있는 북해빙궁에서 여기 광서성의 끝자락까지 오려
면 얼마나 걸릴까? 천천히 온다면 기간이야 끝이 없겠지만 빠르
면 보름이면 온다.

  강호에서 가장 빠른 신법을 펼치는 사람이라면 말이다. 그러
나 그럴 이유도 없거니와 여기 있는 이 하이화가 그런 신법을
가지고 있는 것 같지는 않아 보였다.

  일반적인 수단은 말을 타고 달리는 것인데 그럼 빨라야 두 달
이다. 그것도 내리 말을 바꾸면서 달려야 가능하다. 그런데 하
이화는 두 달이 좀 안 되게 도착했단다.

  마차를 타고서 말이다. 대체 얼마나 무섭게 몰고 왔으면 그
정도밖에 안 걸리겠나 싶지만 그것보다 그 마차를 몬 사람을 만
나고 싶은 것이 솔직한 심정이다.

  "두 달도 안 걸려 마차로 이곳에 왔다니 진짜 대단하시군요.
한데 말을 직접 몰아 온 것이오?"

  손소는 궁금한 표정을 지으며 물었고, 하이화는 고개를 좌우
로 저었다. 그녀는 슬픈 표정을 짓더니 차분히 말했다.

  "같이 오던 사람들이 있었어요. 그런데 오다 보니 한두 사람
씩 사라져서……."

  "사라져요?"

  손소의 눈이 살짝 커진다. 잡혀갔다거나 죽은 게 아니라 사라
졌다는 것이라면 짐작할 수 없었다. 아무래도 이 여인의 주변에
서 무슨 일인가 일어나고 있는 것 같았다.

"예, 이곳 진우현에 도착하기 직전에 아버님의 제자 분이 마지막으로 남아 계셨어요. 그런데 진우현에 들어서기 직전 항자웅 대협을 찾으라고만 하고 볼일이 있다며 어디론가 갔어요."

"날 찾으라고? 아버님이 그리 말씀하셨단 말이야?"

아래위로 끄덕이는 그녀의 얼굴을 바라보며 항자웅은 고개를 갸웃거렸다. 아무래도 단서가 너무 적다.

이래선 추측할 조각조차 제대로 맞춰볼 수 없다. 그런데 그때 하이화의 목소리가 다시 들렸다.

"찾아서 말하랬어요, 이것이 내가 원하는 소원이라고."

"뭣이라?"

항자웅의 눈썹이 꿈틀거렸다. 소원이라니? 대체 이게 무슨 황당한 소리란 말인가?

소원은커녕 약속 하나 한 적이 없는 상황이다.

"이 무슨 개풀 뜯어먹는 소리야? 소원이란 말이 왜 나와?"

"글쎄다. 이건 나도 금시초문이군. 너와 사천무성(四天武星) 간에는 우리가 모르는 끈끈함이 있기는 하다만 그런 약조까지 했냐?"

손소까지 이렇게 이야기하자 항자웅은 머릿속이 헝클어지는 기분이었다. 대관절 소원이라는 것이 무언지 당최 기억이 나질 않았던 것이다.

사천무성은 십무원 내에 있던 네 명의 사부를 이야기한다. 원래 강호에서는 다른 의미로 불리지만 그곳에서는 그저 구파일방이 아닌 세가 출신의 무림인을 말한다.

한음도 하린벽은 그중 한 명인데 그 네 사람은 유난히도 항자웅을 아꼈다. 손소가 모르는 뭔가가 있는 것도 있을 법한 일이다.

"끈끈하긴 무슨, 항상 날 잡아 먹지 못해 안달 난 네 사람인데 뭐가 끈끈해?"

불만 가득한 표정으로 항자웅이 이야기하자 손소는 웃었다. 말은 이렇게 해도 그 네 명과 가장 사이가 좋은 것은 틀림없는 사실이었다.

"저기……."

그렇게 항자웅이 한참 동안이나 머리칼을 쥐어뜯고 있을 때였다. 하이화의 목소리가 살짝 들려온다.

"혹시 기억이 안 나시면 이걸 보여주라 하셨어요."

말과 함께 그녀가 내민 것은 작은 종이였다. 작게 접힌 것인데 항자웅은 받아 들고 펼쳐 보았다.

항(恒).

딱 한 글자가 쓰여 있는 그 종이를 보자 항자웅의 미간이 꿈틀거린다.

"뭐야? 이거 수결(手決) 아니야? 네 글씨 맞는 것 같은데?"

뭔가 조금 생긴 것이 이상하지만 틀림없이 항자웅의 글씨다. 문득 항자웅의 눈썹이 파르르 떨린다.

"맞기는 맞지. 빌어먹을. 이게 대체 언제 때 건데 이제 와서 난리야! 게다가 이게 무슨 소원이야!"

"만일 제가 네 분의 무공을 배운다면 어떤 일이든 한 가지씩 들어드리죠. 뭣하면 수결이라도 할까요?"

열세 살 심무원에 들어갔을 때다. 구파일방의 교관들은 각자 아는 애들을 데리고 와서 그들만 가르쳤다.

항자웅에겐 스승이 필요했다. 그래서 구파일방이 아닌 이 네 명에게 간 것이고, 그때 이야기하며 호기롭게 쓴 수결이 이것이다.

즉, 코흘리개 어릴 때 쓴 것이란 뜻이다. 그런데 그걸 지금까지 보관하다니…….

"큭큭. 소원 맞네. 그럼 뭐 별수 있나? 그리해야지. 잘 찾아왔네요, 하 소저."

"아후, 진짜… 내가 늙는다, 늙어."

한숨을 푹 쉬며 항자웅은 고개를 숙였다. 기억이 난 이상 그리하긴 해야 했다. 하나 그것보다 더 신경 쓰이는 것은 이렇게 결정을 내린 하린벽의 상황이다.

누구보다 자존심 강하고 협을 최우선하는 사람이다. 자기 아픈 건 참아도 남 아픈 건 못 참는 사람. 그런데 딸을 짐처럼 보내는 상황에 처해 있다니…….

"근데 그거랑 내 아내라고 하는 것과는 무슨 상관이야? 그것도 하 교관… 아니, 아버님이 하신 거야?"

"그건…….

하이화의 입술이 비죽거린다. 아이 같은 모습이긴 하지만 그 모습이 왠지 묘하게 끌린다.

"오다 마을 초입에서 웬 점치는 사람에게 물어봤는데… 그리하면 어떤 부탁이든 들어줄 것이라 이야기해서…….

"…혹시 쪼글쪼글한 노인네?"

"네."

"말 더럽게 많은?"

"네."

조 노야다. 이제야 생면부지의 아내가 생긴 수수께끼가 풀리는 순간 항자웅은 이를 부득부득 갈았다. 내일 아침 눈뜨자마자 한 사람 죽이고 감옥 간다고 스스로에게 다짐하는 항자웅이었다.

"핫핫! 뭐 틀린 말은 아니네. 그렇게 하면 확실히 이 안에 들어올 수 있으니 말이야. 게다가…….

슬쩍 하이화의 모습을 보며 손소는 웃었다. 이상하게도 하이화는 아직까지 항자웅의 품속에서 몸을 빼지 않고 있었다.

아니, 빼는 것이 문제가 아니다. 이젠 꾸벅꾸벅 머리를 흔들며 졸기까지 한다. 참으로 대책 없는 아가씨였다.

"세상에서 제일 안전한 곳에 있기도 하니 말이야. 네 품 안에 있을 때 감히 누가 건드리겠어?"

"뭐야, 이 아가씨? 진짜 날 서방으로 생각하는 거야? 아니, 내가 무슨 침상인 줄 아나? 지금 잠이 와?"

슬쩍 건드려 보지만 하이화는 깨기는커녕 오히려 항자웅의 품으로 더 파고들었다. 항자웅은 어이가 없었다.

"도로롱… 도롱…….

"얼래?"

한술 더 떠 본격적으로 자기 시작한다. 항자웅은 어이가 없어 피식 웃었다.

"그동안 진짜 힘들었나 보네. 하긴 두 달이 안 걸려 오려면 잠 자는 시간에도 달려야 했을 테니 제대로 잠잔 적이 없었겠다."

손소의 말에 항자웅은 그녀의 상태가 이해는 갔다. 그러나 역 시 상식에 반하는 행동은 틀림없었다.

"이거야 원, 아내로 온 건지 자식으로 온 건지……."

"오호, 아내로 맞아들일 생각은 있고?"

"아서라. 벌써부터 이렇게 손 많이 가는데 무슨……."

"킥."

손소는 웃으며 항자웅이 하는 요량을 지켜보았다. 항자웅은 그녀를 번쩍 안아 자신의 침상에 내려놓았다. 그리고는 솥뚜껑 같은 손으로 두어 번 머리를 쓰다듬었다.

손이 너무 큰 건지 얼굴이 작은 것인지 모르지만 한 번 쓰다 듬을 때마다 얼굴의 반이 가려졌다. 모르는 사람이 보면 목을 꺾으려 한다고 생각할 수도 있을 터였다.

"그래서 오늘따라 이렇게 도둑고양이들이 설쳐대는구만. 참 나, 오랜만에 보는 청하지 않은 놈들일세."

"내가 나설까 하다 집주인이 나서는 게 나을 것 같아 그냥 있 었다. 잘했지, 나?"

"아주 잘해서 신물이 올라온다, 인마. 밥 주고 재워줬더니 주 인한테 일까지 시켜?"

"어이어이, 자네 어머님이 해준 밥이야. 너도 얹혀사니 주인 이란 표현은 좀 그렇지 않나?"

한마디도 안 지는 손소를 보며 항자웅은 눈꼬리를 쭉 늘렸다. 그러다 방문을 향해 성큼 나서며 중얼거렸다.

"쯧. 간만에 세입자 좋은 일 한다 생각하지, 뭐. 근데 대체 몇 마리야?"

"오호라! 오래간만에 그 몸뚱이 움직이는 거 보겠구만."

좋아라 하며 냉큼 그 뒤를 따르는 손소였다.

2

흔히들 살수라 하면 그저 조용히 기다리다 상대가 방심할 때 일검을 꽂아 넣는 사람으로 생각한다. 그러나 그건 정말 저급한 생각이다.

살법(殺法)에만 수백 종류가 있다. 아니, 가장 쉬운 움직임만 가지고 보더라도 수십 종류가 있다.

그중 이렇듯 지붕 위를 타는 것은 사행(蛇行)이라 해서 아주 독특한 움직임이 있는데 익히기는 쉬워도 숙련은 쉽지 않은 행법(行法)이다.

그러나 그건 하수들의 이야기. 적어도 자신은 그럴 일이 없었다. 벌써 살수로서 십여 년 이상 굴러먹은 중견이기에 사행 따윈 진작에 떼어버렸다.

신경이 쓰이는 것은 같이 온 초보 살수다. 미래를 위해 초심자들과 경험자를 섞어 한 조를 이루게 되는데 이 녀석만 잘해준다면 별다른 어려운 일은 없을 것이다.

사사삿.

몸을 좌우로 비틀며 마치 뱀처럼 기어 움직이는 것이 사행이다. 서서 가거나 허리를 살짝 숙여 가면 되지 모양 빠지게 뭔 사행이냐는 놈들도 있지만 그런 놈들은 쥐뿔도 모르는 것들이다.

은밀하고 티 안 나게 가려면 사행뿐이었다. 사행을 하면 지붕 아래 사람이 있더라도 그 움직임을 눈치채지 못한다. 그만큼 은밀하고 효과적인 방법인 것이다.

다행히 오늘 같이 온 놈은 초보 중에서도 좀 나은 놈인 듯 기척도 별로 없다. 이런 날은 그저 빨리 일 마치고 돌아가면 그만이다.

슷, 스슷.

손가락 두 개를 펴서 아래로 향한 후 눈동자 쪽으로 보냈다가 다시 앞으로 뻗었다. 그러자 옆에 있던 복면인이 고개를 끄덕였다.

여기서 밑을 볼 테니 옆에서 있지 말고 눈앞으로 오라는 이야기다. 그는 이어 손을 들어 신중하게 기와를 만졌다.

긱, 기긱.

처마부터 잘 깔려 있는 기와를 중간에서 한 장 빼는 것은 의외로 어렵다. 잘못하면 옆의 기와가 떨어질 수도 있었고 먼지 같은 것이 떨어져 내릴 수도 있다.

보통 사람은 몰라도 상대가 무림인이라면 당장에 기척을 알아낼 것이다. 그러나 다행히 오늘 상대는 그렇지 않은 것 같았다.

"……."

예상대로 바로 아래 침상이 보였고 그곳에 한 여인이 자고 있는 것이 보였다. 가만히 그 특징을 바라보다 품속에 손을 넣어 양피지 한 장을 꺼냈다.

양피지를 펼치니 한 여인이 그려져 있었다. 기억한 특징을 확인해 보니 오늘의 표적이 확실했다. 고개를 끄덕이며 사내는 소매에서 뭔가를 꺼냈다.

바늘에 꿴 실이었다. 그는 계속 아래로 내려 보냈고, 실은 죽죽 잘 내려가 어느새 여인의 입가 바로 위에 닿았다.

왼손으로 줄을 단단히 잡은 채 오른손을 품속에 넣었다. 그리고는 약병 하나를 꺼냈는데 그건 오공(蜈蚣)의 독이었다.

오공의 독은 다른 독에 비해 점성이 그리 높지 않아 이런 것엔 안성맞춤이었다. 이제 여인이 고개를 돌려 입을 천장으로 향하면 바로 독을 부어 실을 타고 흘릴 것이다.

그럼 끝이다. 요 근래 맡은 임무 중에 가장 쉬운 임무에 절로 웃음이 날 때였다.

"…이 녀석이……."

아주 작은 소리가 사내의 입에서 흘러나왔다. 저 앞쪽에서 나야 할 인기척이 바로 옆에서 나고 있었던 것이다.

같이 온 녀석이 아직 안 간 것이다. 순간적으로 노화가 치밀어 오르니 절로 미간에 힘이 들어갔다. 그 상태에서 그는 고개를 돌렸다.

"……."

사내의 눈이 커졌다. 복면을 써 눈밖에 안 보였지만 부릅떠진 정도를 봤을 때 입까지 딱 벌리고 있는 것이 분명했다. 그곳엔 거구의 사내 하나가 자신과 같이 누워 있었다.

살찐 팔뚝 하나가 그의 머리보다 더 큰 사내다. 그는 고개를 빠끔히 내밀더니 드러낸 기왓장 사이로 눈길을 던졌다.

"뭐하냐? 재미있는 거라도 있어?"

너무 놀라 하마터면 대답할 뻔했다. 순간 그는 아차 하는 심정에 눈길을 돌려 앞을 바라보았다.

같이 온 놈은 제대로 했다. 앞에 가 있었는데 그의 목 뒤에 검이 검집째 내리누르고 있는 모습이 보였다.

그리고 검집을 양손으로 누르며 그 위에 턱을 받친 사내가 보였다. 뭔가 아주 재미있다는 듯 두 눈을 반짝이며 웃고 있었다.

"어이, 내가 묻고 있잖아. 뭐하냐고?"

살찐 돼지가 옆에서 묻지만 그는 아무런 말을 할 수가 없었다. 슬쩍 보니 같이 온 복면인 녀석은 두건 아래 거품을 질질 흘리고 있다. 독환을 깨물어 스스로 자결한 것이다.

슬쩍 독병을 다시 품속에 넣은 채 사내는 상황을 살폈다. 그러다 어느 한순간 기왓장을 짚은 손을 쭈욱 밀며 허공에 몸을 띄우려 할 찰나였다.

꾸우우욱.

"흡!"

비명이 튀어나올 뻔했다. 어느새 그의 두툼한 왼손이 자신의 목덜미를 누르고 있었던 것이다.

밀어내기는커녕 옴짝달싹도 못할 정도로 대단한 힘이다. 순간 그는 가슴이 덜컥 내려앉았다.

'고수!'

틀림없었다. 두꺼운 손이고 당연히 힘도 좀 있을 테지만 그렇다고 자신이 일어나는 것을 막을 수는 없었다. 그는 지금 내력도 운용하고 있으니 말이다.

"이것 참, 피차간에 통성명 정도는 할 수 있지 않나? 난 사람 죽이는 것 그리 좋아하지 않아서 말이야. 말만 잘하면 서로 간에 좋은 관계가 시작될 수도 있을 텐데……."

거한은 온 진심을 다해 이야기한다. 하나 그건 그의 관점이고 눌려 있는 사내의 관점은 달랐다. 차갑고 사이하기 이를 데 없는 협박인 것이다.

"웃기는 놈이군. 살수를 잡고 시간을 끌다니… 무모한 건지 바보인 건지 모르겠구만."

돼지 같은 사내에게 툭하니 내뱉은 후 사내는 왼손을 움직였다. 어느새 둥근 봉 같은 침 하나를 꺼낸 것인데 그는 손목의 움직임만을 이용하여 허공에 이를 던졌다.

피잇, 피이이잇.

아주 작지만 기묘한 소리가 허공에 울렸다. 공격용이 아니라 효시 같은 알리기 위한 병기. 그리고 그 효과는 바로 나타났다.

사사사삭.

대여섯 개의 발걸음이 한꺼번에 그의 주변에 느껴졌다. 구원을 요청하는 신호는 제대로 먹혔고 그를 누르던 사내는 인상을 구겼다.

"아, 진짜 사람 귀찮게 구네. 이야기 좀 하겠다는데 왜 이 난리야."

"아마도 그건 네 인상 때문이 아닐까?"

"이 야밤에 내 인상이 보여?"

"지금 달빛 무시하냐? 아주 적나라하게 보이거든."

돼지 같은 거한은 힐끗 허공을 바라보다 인상을 벅벅 썼다. 오늘은 만월이 뜨는 날, 보고 싶지 않아도 아주 적나라하게 얼굴이 보였다.

"헤우, 잠시 이 친구 좀 맡아, 망할 친구 놈아."

"걱정 말라고. 잘 보관하고 있을 테니 한번 놀아봐."

사사삿.

바로 앞에 서 있는 자와 이야기하고 있는 동안 주변에는 이미 동료들이 덤벼들고 있었다. 모두 네 사람. 그 정도면 이 위기를 빠져나갈 수 있었다.

아마도 저 네 명은 이 돼지를 죽이려는 심산은 아닐 것이다. 중요한 것은 도망갈 순간을 만들어내고 또 그 시간을 늘리는 것. 과연 돼지는 그를 잡고 있는 손을 놓고 움직였다.

그런데 그 움직임이 참으로 예사롭지 않았다. 일어나서 움직이는 것이 아니었다. 그저 오른손 중지만을 지붕 위에서 살짝 퉁긴 것이다.

토오오옹.

그 작은 동작으로 인해 돼지 같은 거한의 몸이 둥실 떠올랐다. 마치 몸무게가 없는 솜처럼 말이다.

그리고 그 상태에서 네 명의 공격을 받아내었다. 아주 간단하게 허리를 틀어 신형을 한 번 휘돌린 것이 전부였다.

투투투퉁.

"……!"

사내는 자신도 모르게 눈을 크게 떴다. 옷자락 스치는 소리가 들리는 듯하더니 네 명의 방수가 모두 지붕 아래로 튕겨 나갔던 것이다.

돼지 같은 거한은 이어 발을 내려 지붕 위에 올라섰다. 그런데 전혀 소리가 나지 않는다.

살수인 자신보다 더 은밀하다. 이어 너무나 두꺼운 다리가 살짝 접히는 듯하더니 바로 펴진다.

토오오옹.

한 번 더 솜처럼 가볍게 그는 허공으로 몸을 날렸다. 저 몸에 저토록 허리가 젖혀지는 것이 가능한가 싶을 정도로 유연한 동작으로 말이다.

삽시간에 그의 모습이 사라지자 사내는 퍼뜩 정신을 차렸다. 어쨌든 도망치려면 지금이 적기였던 것이다.

바로 일어나 달리면 그만이다. 적어도 행법과 보법은 살수들에게는 필수의 기술. 이 정도라면 그는 살아난 셈이었다.

그렇게 그는 바로 달려가려 어깨에 힘을 주었다. 그러나 그 순간 정말 엄청난 압력이 그의 온몸을 내리 짓누르기 시작했다.

"쓸데없는 생각은 하지 않는 게 좋다. 정말 죽고 싶지 않다면."

사내, 바로 눈앞에 서 있던 사내가 입을 열었다. 조금 전까지 친구에게 말하듯 친근하게 굴던 목소리와는 전혀 다른 목소리였다.

감정이라고는 전혀 실리지 않는 차가운 목소리였는데, 그가 움직이지 못하는 것은 그 목소리 때문이 아니었다. 그건 정말 유형화된 거대한 압력이었던 것이다.

아마도 이 사내의 내력인 듯 보였다. 그는 죽을힘을 다해 고개를 들었다.

보통 키에 어디서든 볼 수 있는 흔한 인상의 사내가 보였다. 그는 자신이 아니라 처마 아래를 내려다보고 있었는데 아마 그 돼지 같은 친구를 보고 있는 듯했다.

슬쩍 시선이 흘러 허리춤을 보자 한 개의 검이 더 보인다. 검집째 뽑아낸 것이 하나에 차고 있는 게 하나. 도합 두 개의 검을 쓰는 자인 듯한데 패용한 흔적이 좀 이상했다.

허리춤 양쪽으로 갈라서 차는 것이 일반적이거늘 이 사람은 달랐다. 같은 크기의 장검을 모두 오른쪽 허리에 차고 있었던 흔적이 진하게 남아 있는 것이다.

거기까지라면 참 특이하다고 생각하고 끝났을 텐데 밝은 달빛 아래 장검의 모습이 보였다. 한데 그 모습은 패용법만큼이나 독특했다.

두 개의 용이 서로 얽히는 것 같은 모습이다. 각기 검마다 하나의 용이 새겨져 있는데 두 개를 나란히 놓으면 멋들어진 두 마리의 용이 움직이는 모습이 될 터였다.

문득 그의 머릿속에 한 가지 사실이 떠올랐다. 기본적으로 살수라면 강호의 소식에 정통할 수밖에 없다. 특히 고수들의 인상착의는 보지 못해도 달달 외우고 다니게 된다.

사십대의 용모에 쌍검을 쓰는 사람, 그것도 이렇게 한쪽으로 패용한 채 서로 붙어 있는 검을 쓰는 사람은 기억 속에 단 한 명밖에 없었다.

"쌍룡검객(雙龍劍客)… 손소?"

그럴 리 없다 생각했다. 이런 궁벽한 장소에 있을 사람이 아니다. 그는 중원에서 세 손가락 안에 들어간다는 손진표국을 운영하고 있으니 화려한 전각에 머물고 있어야 했다.

"음? 날 아나?"

"……"

그는 두 눈을 부릅떴다. 사내는 스스로를 손소라 했다. 너무나 쉽게 인정한 것이다.

정파의 전설이라는 진육협, 그중 첫째인 쌍룡검객 손소. 사내는 고개를 떨구었다.

그리고는 이빨 사이에 넣었던 독 구슬을 혓바닥으로 밀어 올렸다. 상대가 누구인지 알게 된 이상 더 이상 미래 따윈 없다는 것을 깨달은 것이다.

항자웅은 미간을 찡긋거렸다. 상황이 그리 썩 좋은 방향으로 흐르고 있지 않기 때문이다.

차라리 조금 전처럼 그냥 덤벼드는 상황이라면 좋으련만 네 명의 살수는 모두 겁이라도 집어먹었는지 조용히 상황을 바라보고만 있었다.

여차하면 도망가겠다는 표정이 분명한데 그러려면 차라리 도망갈 것이지 왜 이렇게 대치하고 있는지 모를 상황이다.

어쨌든 이 대치 상황에 종지부를 찍는 무언가를 하긴 해야 했다. 항자웅은 순간 고개를 슬쩍 틀었다.

"응?"

왼쪽 대각선 방향, 아무도 없는 방향을 따라 눈길을 돌리자

네 명의 살수가 흠칫한다. 하지만 그들의 눈빛은 항자웅의 몸뚱이에 박혀서 떠날 줄을 몰랐다.

잠시 그 대각선 방향으로 눈길을 주던 항자웅은 이내 피식 웃으며 뒷머리를 긁었다. 물론 그곳엔 아무것도 없다.

"이것 참, 예전엔 잘 먹히는 거였는데 요즘은 안 되네. 아오, 요즘 애들은 왜 이리 정서가 메말랐을까나?"

"……"

살수 네 명의 눈길이 사나워진다. 마치 자신들을 놀리느냐는 듯한 눈길로 말이다. 순간 그들의 무릎이 살짝 굽혀지며 몸이 앞으로 숙여진다.

아주 작은 변화지만 항자웅에게는 더할 나위 없는 상황이다. 무공을 할 줄 몰라도 이들의 다음 계획을 뻔히 알 수 있을 터였다.

"일합종료(一合終了). 회신(回身)."

그중 한 명의 입에서 작은 목소리가 흘러나오자 바로 공격이 시작되었다. 사방에서 달려오는데 발소리 하나 들리지 않았다.

아마도 일격에 승부를 가른 후 바로 집결지로 모인다는 뜻일 터였다. 한순간 좌우, 그리고 전방에서 섬뜩한 느낌이 느껴진다.

셋 다 단검을 들고 있었다. 한데 좌우에서 오는 칼날이 그 방향을 바꾸었다. 조금 더 뒤쪽으로 돌아가고 있었다.

네 방향이 아니라 세 방향에서 오는 것이다. 정면은 머리, 좌측 후면은 허리, 우측 후면은 가슴을 노리고 있었다.

삼재진의 중앙에 있으면서 이런 공격을 당한다면 피할 곳은 오직 허공뿐이다. 그 외에 어느 곳으로든 피한다면 바로 다음 공격이 이어진다.

죽지는 않겠지만 뒷맛이 좋지 않다. 더욱이 공중으로 올라가면 아직 오지 않은 한 명이 공격해 올 것이 십중팔구. 항자웅은 살짝 한숨을 쉬었다.

"에후, 이게 쉬운 게 아닌데……."

장난스러운 목소리를 낸 후 그는 허리를 쭉 폈다. 이후 날아오는 단도를 바라보고 있었는데 그게 다였다.

피한다든지 반격한다든지 하는 동작이 전혀 없었다. 이러다가는 바로 몸이 꿰뚫려 죽는 수밖에 없는데 오히려 공격하는 세 사람이 동요했다.

날아오는 칼끝이 살짝 떨렸던 것이다. 하나 그 반응은 이내 사라지고 세 사람은 움직이는 속도를 배가했다. 죽인다면 그것 또한 성공이라 할 수 있는 것이다.

피피핏!

결국 단검 세 자루는 항자웅의 몸을 꿰뚫었다. 아니, 그냥 꿰뚫는 것이 아니라 서로 손목을 지나 교차될 정도였다. 당연히 항자웅은 피를 흘리며 죽어야 했다.

스스슷.

그러나 그렇지 않았다. 죽어 피를 뿌리긴커녕 그는 기묘한 형상으로 변했다. 항자웅의 모습이 마치 종잇장처럼 얇아졌던 것이다.

그냥 얇아진 것이 아니라 아래위로 쭉 늘어나면서 대꼬챙이처럼 길어지기도 했다. 사람이라면 이럴 수 없었다.

"귀, 귀신!"

"사람한테 그 무슨 섭한 소리야."

터터텅!

세 살수의 신형이 허공으로 떠올랐다. 세 사람 모두 다리를 채여 중심을 잃었던 것이다.

그때 항자웅의 모습이 다시 보였다. 피둥피둥 살찐 모습 그대로 멀쩡하게 중앙에 서 있었다. 마치 이 모든 것이 환상으로 느껴질 정도로 편안한 모습이었다.

그러나 환상은 아니다. 땅에 내리꽂히는 아픔은 아주 생생하게 느껴졌다. 어떻게 한 것인지 모르지만 일수에 세 사람이 당한 것이다.

토톡, 톡.

세 사람이 쓰러지는 순간 입속에서 작은 소리가 흘러나왔고, 항자웅은 미간을 찡그렸다. 이 소리는 조금 전 지붕 위에서 들었던 소리다.

입속에 든 독단을 깨무는 소리였다. 세 사람은 잔 경련을 일으키다 곧 쭉 뻗었다. 그대로 죽어버린 것이다.

타탁, 휘이이잇!

나머지 한 사람은 재빠르게 담을 넘어 저 멀리 사라졌다. 상황을 보니 더는 안 되겠다 싶었을 터다. 현명한 판단이다.

슥.

항자웅은 도망간 살수를 쫓지 않고 죽은 살수들의 앞에 앉았다. 그리고는 손가락을 들어 그들의 복면을 내렸다.

"어린애들이군. 기껏해야 스무 살 정도."

"그래도 살수는 살수지. 그것도 아주 독한."

항자웅은 대답 없이 한 사람의 턱을 내려 입안을 살펴보았다. 왼쪽 어금니 부분이 없고 대신 검은 액체가 그곳에서부터 시작해 온 입안을 시꺼멓게 물들이고 있었다.

"생니를 빼 독단을 물리다니. 그리 얕볼 수 없는 놈들일 것 같아."

"아아, 당연한 거야. 이 녀석들, 원살토(原殺土) 놈들이거든."

"원살토?"

어느새 다가온 손소를 향해 항자웅은 물었다. 지난 이십 년간 강호와는 완전히 발을 끊었기에 너무도 생소한 이름이다.

"그래, 살수 조직 중에서도 아주 독하고 큰 조직이야. 그저 살수가 아니라 일개 방파에 버금가는 조직이지. 천살토(天殺土)와 지살토(地殺土), 이렇게 두 개로 나뉘는데 이놈들은 아마 지살토 놈들일 거야."

"지살토는 또 뭐야?"

완전히 새로 배우는 기분을 느끼며 항자웅은 물었지만 손소는 피식 웃으며 동쪽 하늘을 턱짓으로 가리켰다.

"자세한 이야기는 내일 조용한 곳에서 하도록 하지. 그보다는 얼마나 이 근처에 있고 왜 왔느냐가 중요할 것 같아."

"꽤 잘 아네? 그래서 잘 보라고 맡긴 저 녀석을 죽게 놔둔 거냐?"

"그 녀석이 알고 있는 거라고 해봤자 나도 알고 있는 것일 테니까."

인솔자로 보이는 살수를 죽게 놔둔 이유였다. 가끔 느끼는 거지만 손소는 때론 너무도 차가운 모습을 보인다.

"미리 수하들에게 이야기해 놓았다. 조금 전에 도망친 놈에게 꼬리가 붙었을 테고… 이게 좀 마음에 걸린다. 저 녀석이 하낭자에게 하려던 거야."

손소는 손안에 든 것을 던졌고, 항자웅은 큰 손을 들어 잡았다. 그건 아주 작은 자색의 병이었다.

퐁.

마개를 열자마자 매캐한 냄새가 올라온다. 그 속에 비릿한 내음도 같이 섞여 있었다.

"독… 그것도 오공의 독이네."

"그래. 오공의 독이면 확실하지. 오직 죽음뿐이야."

머릿속이 복잡해졌다. 농담이나 찍찍 하며 놀고 있는 와중에서도 항자웅은 많은 생각을 했었다. 대체 이들이 온 목적이 무엇인가를 말이다.

물론 여러 가지 예상이 있었고 그중의 하나가 맞을 것이라 생각했다. 그런데 이건 전혀 다른 결과였다.

"그럼 지금 하 낭자를 죽이는 것이 목적이란 뜻이야?"

"그렇게밖에 생각할 수가 없어. 그래서 아주 이상해. 대체 그렇게 해서 얻는 게 뭐가 있을지가 판단이 안 돼."

누구든지 생각할 수 있는 결론이다. 하이화가 빙궁의 비밀 같은 것을 알고 있거나 혹은 저 원살토의 뭔가를 건드렸다면 이해할 수 있겠지만 아무리 봐도 그런 느낌은 아니다.

무공 하나 제대로 못하는데다 사회성도 살짝 부족하다. 돌아다니며 사고치는 유형이 아니라 방 안에 콕 박혀서 절대 안 나가는 유형이 분명했다.

"이거 상대의 의중을 판단하는 데 시간이 좀 걸릴 것 같다. 아무래도 네가 내일부터 신경 좀 써야겠다."

"얼씨구? 왜 나야? 신경 쓰고 싶음 손소 네가 해."

"그러고 싶지만 난 결혼한 몸이라 말이지. 지금 현재 남편은 너라고."

"달밤에 농담도 그 정도면 저주다. 결혼은 무슨……."

뚱한 얼굴로 항자웅은 툴툴거렸다. 하나 손소는 하얀 이를 내보이며 웃었다.

"글쎄다? 내일부터 어머님께서 그리 놔두실지 그게 궁금하네."

"말이 씨가 된다. 그만하자."

항자웅은 애써 현실을 부정했다. 더 할 말도 없다는 듯 그는 방 안으로 향했다. 손소는 남아 한 손을 허공으로 들어 올렸다.

스스스스.

그러자 어디선가 사람들이 나와 시신들을 치우기 시작했다. 그가 데리고 있던 표국 사람들로 살수의 존재를 느낀 순간 이미 곳곳에 배치해 놓은 후였다.

"훗, 누구 말이 맞는지 한번 볼까?"

왠지 자신있어 보이는 손소였다.

第三章
시작된 변화

1

"내기라도 할 걸 그랬어."

"시끄러, 이 시키야. 다 네가 입방정 떨어서 그래."

손소는 히죽거리며 웃었고 항자웅은 울 것 같은 얼굴을 했다.
두 사람은 지금 어깨를 나란히 하며 저잣거리를 걷고 있었다.

그냥 걷는 것이라면 별문제가 없지만 문제는 그 앞에 있는 사
람들이다. 항자웅의 앞에는 세 사람이 앞서 이동하고 있었다.

"아우, 노마님, 정말 보기 좋네요."

"오호호호호! 자네도 그리 생각하는가? 오호호호홋!"

항자웅의 어머니인 여시인을 필두로 항자소의 아내 장씨부인
과 하이화가 같이 움직이고 있는 것이 문제였다. 그 뒤를 항자
웅이 졸졸 따라가는 그런 광경이다.

"아니, 이분은 못 보던 분 같은데… 뉘신가요?"

"우리 큰아들을 마음에 둔 아가씨라오. 오호호호호!"

"아이구, 노마님, 축하드려요. 드디어 자웅이가 결실을 맺는군요."

"뭐 그거야 좀 더 지나봐야지. 아참, 오늘 시간나면 우리 가게에 들러. 내 오늘 점심은 무료로 줌세."

"정말입니까? 그럼 아는 친구들 다 연통을 넣을게요. 정말 좋은 일이네요."

"오호호호! 얼마든지 데려오게나!"

심하게 흥분하신 게 분명했다. 이러지도 저러지도 못하고 항자웅은 한숨만 푹 내쉬었다. 물론 오늘 아침 분명하게 이야기했다.

이리저리 된 것이라 이 모든 것은 점을 치는 조씨 노인네의 농간이라고. 따라서 이 아들은 오늘 이후 그를 지상 최대의 적으로 삼을 것이고 때에 따라서는 관아에 붙잡혀 갈 일도 마다하지 않겠다고 맹세했다.

그러나 이런 그의 말을 여씨부인은 깔끔하게 무시했다. 대신 강렬한 기운을 담아 확실하게 본인의 의사를 전달했다.

"닥쳐라, 아들! 내 평생 굴러들어 온 복을 찬 적이 없어!"

그리하여 아주 오랜만, 진짜 너무도 오랜만에 이렇게 아버지를 제외하고 온 가족이 저잣거리를 걷게 되었다. 서원 일에 바쁜 아버님은 놔두고 다 같이 아침 먹으러 가게로 가자고 말이다.

아버님만 놔둘 수 없기에 오늘은 그냥 넘어가자고 말씀을 드렸지만 이번 요구 역시 묵살되었다. 아버님께서 난 괜찮으니 다녀오라는 말을 정말 인자한 목소리로 해주셨던 것이다.

환하게 웃으시면서 말이다.

"왠지 모르게 미안하다, 동생. 이것 참, 대체 왜 이런 일이 일어나게 되는지."

"아아, 나야 어차피 밥 먹으면 그 순간으로 끝이지. 신경 쓰지 마. 지금이라도 환자 핑계 대고 도망칠 수 있어."

"내가 환자가 될 순 없을까?"

"그러다 어머님 손에 진짜 환자 될 수도 있어, 형."

항자웅은 고개를 푹 숙였다. 죄 없는 자소까지 옆에서 같이 움직이는 중이다. 하지만 이 녀석은 언제든 움직일 수 있다.

앞으로 이 상태로 이각 이상 가야 할 텐데 그 시간이 너무도 지옥 같았다. 무엇보다 제일 당황스러운 것은 이 어지러운 관도의 모습이었다.

항자웅과 자소가 뒤에서 어깨를 나란히 하고 가니 앞에선 절로 길이 좌우로 쫙 갈라지고 있다. 여씨부인은 이 광경을 즐기는 것과 동시에 마을 사람들로 하여금 다 보여주어 못 박아버릴 심산인 것이다.

너무도 뻔한 상황에 얼굴이 다 붉어질 정도다. 그런데 희한하게도 당사자는 이런 눈치를 전혀 채지 못하는 것 같았는데 다름 아닌 하이화에 대한 이야기였다.

그녀는 좌우로 휙휙 얼굴을 돌리며 구경하기에 여념이 없었다. 때로 방물장수 앞에 서서 어머님이 사주는 것들을 패용해

보기까지 한다. 정말 정신머리 없는 아이다.

"어머님, 웬만하면 어서 가는 게 어떨까요? 자소도 일해야 하고 또 이 친구도 당황할 거예요. 뒤에서 덩치 둘이 압박하는 것 같잖아요."

"무슨 소리야. 내 분명 이야기했을 텐데. 덩치들 뒤에 데리고 다니는 기분이 최고라고. 안 그러냐?"

그래, 차라리 이렇게 본인이 정면으로 반박하는 것이 좋을 터였다. 하이화는 장신구를 패용하다 어머님의 얼굴로 시선을 움직였다.

이제 좌우로 고개를 흔들면 그만이다. 그럼 어머님도 미안하다 하시며 빨리 가자고 하실 거다. 자, 어서 좌우로 짤짤 흔들어 봐.

"네!"

응? 지금 뭐라고라? 항자웅은 잘못 들었다고 생각했다. 그러나 고갯짓을 잘못 볼 리가 없었다.

흔들긴 흔든다. 그런데 아래위로 흔든다. 그것도 무척이나 강렬하게.

"들었냐? 기왕 나온 거 바로 가지 말고 포목점까지 들렀다 가자. 계획 수정이다!"

"······."

여씨부인의 외침에 항자웅은 머릿속이 아득해지는 것을 느꼈다. 이건 완전히 빙 돌아서 가겠다는 이야기다. 포목점은 마을 끝에 있고 가게는 가운데 있으니.

아니, 그것보다 항자웅은 도무지 이 하이화란 여인이 이해가 가질 않았다. 진짜 그렇게 생각하는 것인지 도통 판단이 안 되는 것이다.

어쩌면 여씨부인의 눈초리에 그리할 수밖에 없을 수도 있다는 생각이 들자 항자웅은 눈을 들어 그 증거를 살폈다. 그러나 보이는 증거들은 전혀 다른 것을 이야기하고 있다.

두려움과 낯설음에 쭈뼛거리던 그 아이가 아니다. 쭉 펴진 허리에 턱이 살짝 들려 있다. 아울러 양어깨도 살짝 뒤로 젖혀졌고 그 각도만큼 콧대도 높이 들려 있다.

망할 지지배. 진짜 즐기고 있는 것이다.

"소리없이 웃지 마. 짜증난다, 손소."

"미안. 소리 내 웃으면 때릴 거 같아서 말이지."

손소의 어깨가 들썩거리는 것이 느껴진다. 애써 뒤쪽을 외면하며 항자웅은 고개를 돌렸다. 한데 바로 그때, 낯익은 목소리 하나가 들려왔다.

"이야, 노마님께서 진짜 오랜만에 나오셨군요. 축하드립니다."

"이게 누구십니까? 신산(神算) 조 노야가 아니십니까? 장사는 잘되시겠지요? 오호호홋!"

번쩍.

항자웅의 눈길이 매서워졌다. 그야말로 만나고 싶은 사람을 지금 만난 것이다. 이 모든 일의 원흉이 나타난 것이다.

신산은 무슨……. 시체를 만들어 버리고 싶은 욕구를 겨우 꾹 누르며 항자웅은 앞으로 나섰다. 그러자 조 노야가 환한 얼굴로 그를 맞는다.

"오우, 대웅! 축하하네, 축하해. 요즘 자네의 운세가 하늘로 뻗어나가는 것 같다니까. 크하하하!"

"나 말고 오늘 조 노야 운세는 어떨 것 같아요? 생각이란 것이 있으면 그리 좋지 않을 것이라 판단할 수 있을 텐데."

"아… 아하… 하하하… 왜 그렇게 생각할까? 하하… 하…….."

애써 태연한 척하지만 이미 조 노야의 이마엔 땀이 송골송골 맺히고 있었다. 평소와 같은 상황이라면 이쯤에서 조 노야는 한껏 비굴한 표정과 함께 슬며시 빠져나갈 궁리를 할 터였다.

그러나 오늘은 달랐다. 빠져나갈 궁리를 하는 것 같은데 그 대상을 이미 정해놓은 후였다.

"노마님, 이거 제가 괜한 일을 만들어놓은 것인가요? 대웅이 표정이 그리 좋지 않네요."

"그럴 리가 있겠습니까? 우리 아들이 괜히 민망하니 하는 소리입니다. 당연히 고마워하지요."

여씨부인이 빠져나갈 구멍이었다. 항자웅은 그저 어금니를 지그시 깨물며 양 주먹을 으스러져라 쥘 수밖에 없었다.

"민망하긴요. 잘못된 일을 바로잡는 것 아니겠습니까? 말씀 드렸듯 애당초 이 여인은 조 노야의 꼬드김에 넘어가 우리 집으로 온 것입니다."

"꼬드김은 무슨, 원하는 것을 얻기 위한 작은 방편일 뿐이지. 젊은 애가 어찌 그리 사고가 유연하지 못할까?"

"설사 그렇다 한들 그 방편이 그리 좋은 것은 아닌 것 같습니다. 마음에도 없는 말을 그냥 해본 것 같은데……."

"말이 씨가 되는 법이지. 뭘 그리 신경 쓰나, 아들? 오호호홋!"

"……."

시쳇말로 이빨도 안 들어가는 상황이다. 항자웅은 한숨을 폭 내쉬며 고개를 숙였다.

"조 노야도 이따 점심때 가게로 오시지요. 오늘 제가 맛있는 점심 한 끼 대접해 드리겠습니다. 꼭 오세요."

"아이구, 이런 황송할 데가! 반드시 그리하겠습니다. 암요."

두 사람은 서로 양손을 꽉 마주 잡고 알 듯 말 듯한 미소들을 흘렸다. 특히나 조 노야의 얼굴에 떠오른 미소는 시간이 지날수록 점점 화려해졌는데 그건 그 손에 들린 것 때문이었다.

그냥 손만 잡은 것이 아니라 여씨부인이 뭔가 살짝 쥐어준 것이다. 손가락 사이로 비친 그것은 누런 황금빛이 분명했다.

"자, 그럼 어서 포목점으로 가볼까? 아가들아, 어서 가자! 오호호홋!"

"네, 어머니."

양쪽에 둘째 며느리와 며느리 후보(?)를 거느린 채 여씨부인은 움직이기 시작했다. 항자웅은 말없이 그 뒤를 따르다 조 노야 앞에서 잠시 멈추었다.

"어이, 조씨."

"응?"

들려오는 음산한 목소리에 조 노야는 황급히 고개를 들었다. 황금에 정신이 팔려 있다가 어느새 다가온 항자웅의 기척을 눈치 못 챈 것이다.

"밤길… 조심하쇼."

"……."

산만 한 덩치가 하는 말이다. 어찌 두렵지 않겠는가? 조 노야
는 대답도 하지 못한 채 그저 얼어붙었다. 다행히 항자웅의 시
위는 거기에서 끝났다.

　아마도 멀어지는 어머님 때문일 터였다. 그와 친구 손소까지
사라지고 나서야 그는 작은 한숨을 쉬었다.

　"후우……."

　어릴 때부터 느낀 거지만 항자웅의 압박감은 대단했다. 무공
수위는 모르지만 젊어서 천약련에 뽑혀갈 정도인 놈이다. 그런
놈이 지금 자신을 위협하고 있는 것이다.

　두렵지 않다면 그것이 더 이상한 일이다. 하나 그 손에 쥐어
진 것은 그런 두려움 정도는 충분히 날려 버리고도 남음이 있었
다.

　"뭐 당분간 밤에 안 다니면 돼지."

　휘파람을 불며 가벼운 발걸음을 옮기는 조 노야였다.

*　　　*　　　*

　"실패했습니다."

　사내의 담담한 목소리가 허공에 울렸다. 들어주는 사람이라
고 해봤자 눈앞에 있는 사십대의 사내뿐이지만 그 목소리 속에
는 상당히 정중한 기운이 묻어났다.

　"실패? 지금 실패라고 했나?"

　수수한 옷을 입은 채 책을 읽던 사내다. 어디서든 볼 수 있는
흔한 사내. 글줄이나 조금 읽을 줄 아는 그런 유생이다.

"실패할 리가 있나? 내 알기로 투입된 애들은 정찰만 하고 오는 것이라 알고 있다만?"

"그렇습니다. 그런데 그냥 정찰만으로 끝내지 않았던 듯합니다."

보고를 하는 사람은 이십대의 젊은이다. 영준한 모양에 허름한 옷을 입고 있었지만 눈빛이 상당히 맑은 사람이었다.

"조장으로 간 놈이 공명심에 나섰단 말이냐? 그래서 싹 다 죽었고?"

젊은 사내는 묵묵히 고개를 끄덕였다. 장년인은 쓴웃음과 함께 읽고 있던 책을 덮으며 자리에서 일어섰다.

"조삼(趙刻)이란 놈이었지? 사고 한번 칠 것 같더니 결국 제대로 쳤구만. 여섯 명 모두?"

"네. 한 녀석은 밀마를 남기고 자결했습니다. 꼬리를 달고 온 듯합니다."

"허, 미치겠군. 이래 놓고 강호에서 살아갈 수 있겠어? 제 놈들이 살수라는 것은 잊은 게야? 시키는 일만 할 것이지 왜 영웅 흉내는 내고 난리야."

사내는 언짢은 표정을 진하게 지었다. 그도 그럴 것이, 그는 지살토에서 광서성 전체를 총괄하는 사람이다. 이렇게 수하들 죽어나가는 것을 보고하다간 더 한직으로 내려갈 수도 있었다.

그의 이름은 우천간(友天幹). 광서성의 성도 남녕(南寧)에 사는 사람이다. 작은 상단을 꾸리는 것으로 위장하고 있었던 것이다.

"진우현이면 꽤 먹을 게 있는 동네긴 하지. 그러나 그곳에 우릴 위협할 만한 자는 없다고 생각한다. 그런데 대체 누구에게 당한 거지?"

"여기 밀마를 해석한 것입니다."

우천간은 작은 종이 하나를 받았다. 다른 무림문파도 그렇겠지만 지살토는 그들만의 독특한 밀마가 있다. 주해서가 없다면 그조차도 해석하기 힘든 기호였다.

"……!"

한데 그 해석서를 받아 펼쳐 본 순간 우천간의 눈이 커졌다. 그곳에는 자신들이 누구 때문에 실패했는지가 쓰여 있었다.

"호인(好仁)아."

"예, 우 대인."

호인이라 불린 사내는 허리를 숙였다. 우천간은 손안에 든 종이를 뚫어지게 쳐다본 채 계속 말했다.

"지금 진우현으로 다른 조들이 향했겠지?"

"물론입니다. 예비 조들이 소식을 듣고 자동으로 움직였습니다. 삼 개 조가 그곳을 향하고 있습니다."

"중지시켜라."

"네?"

호인은 살짝 놀란 표정을 지었다. 임무의 중지는 그리 간단한 일이 아니다.

그냥 표사들이 물건 하나 배달하는 것 그만두는 것과 질적으로 다른 일이다. 실행을 하지 않는다면 이는 곧 실행을 의뢰한 사람과 척을 지게 되는 것을 의미한다.

친구 아니면 적인 것이다. 더욱이 지살토 본토에서도 좋아할

리가 없다.

"가장 빨리 소식을 전해. 두 시진이면 충분하겠지? 모든 조는 하는 일을 중지하고 진우현 밖으로 이동한다. 그곳에서 다음 명령을 기다려라."

"예, 알겠습니다."

이해할 수 없는 명령이지만 따르지 않을 수는 없다. 그는 호인의 상관. 명령은 절대적이다.

그러나 의문은 남는다. 그리고 그 정도의 질문은 충분히 할 수 있다고 호인은 믿었다.

"이유를 알아도 되겠습니까?"

우천간은 그제야 종이에서 눈을 뗀다. 조금은 불만스럽다는 눈길을 하고 있는 호인, 젊은 혈기가 충만한 눈길이 보인다.

혈기만큼 무공도 녹록지 않은 놈이다. 지살토에서도 눈여겨볼 정도로 미래가 창창한 녀석. 그런 놈이라면 충분히 가르쳐줄 수 있었다.

"그곳에 쌍룡검객이 있다."

"……"

호인은 잠시 그 말이 무슨 뜻인지 알지 못했다. 그러다 조금의 시간이 흐른 후에야 그 말뜻을 깨달을 수 있었다.

"진육협의 첫째 손소가 있단 말입니까?"

대번에 그의 얼굴이 긴장감으로 굳어진다. 그제야 그는 상황을 바로 알 수 있었는데 진육협이라면 이야기가 다르다.

십 년 전에 끝난 정마대전에서 끝까지 무위를 떨친 자들이다. 이십 년 전 무이산에서 마교의 최정예 백여 명과 십삼마를 단

여섯 명이 이긴 후 그 능력을 검증받아 구파일방의 진산무공을 배운 자들.

무슨 말이 필요할까? 아무리 지살토원들이 무공이 높다 한들 그보다는 아니었다.

"당장 그리 전하겠습니다."

호인은 빠른 걸음으로 신형을 움직였고, 작은 방 안에서 그의 신형은 순식간에 사라졌다. 그러자 홀로 남은 우천간은 미간을 찡그리며 다시 한 번 손안에 든 종이를 보았다.

"손소 그자가 왜 이번 일에 나서는 것인가? 설마 다시 강호에 뜻을 품었단 말인가?"

십 년 전 정마대전이 누구의 승리도 아닌 서로 간에 피해만 남긴 후 진육협은 천약련에서 떠났다. 그들 모두 스스로의 미래를 위해 살고 있는 것이다.

손소도 표국을 하고 있었고, 그 때문에 원살토에서도 그의 손진표국만은 건드리지 않았었다. 한데 왜 이번 일에 손을 보태는 것인지……

아니, 의문은 그것뿐만이 아니다. 밀마를 해석한 종이에는 그의 이름만 쓰여 있는 것이 아니었다.

쌍룡검객 손소 외(外) 일 명(一名).

"외 일 명은 또 뭐야?"

이래저래 복잡한 하루가 계속되고 있었다.

끼기기긱.

항자웅의 엉덩이 밑에서 기이한 소리가 흘러나왔다. 소리의 주인공은 나무로 만든 의자. 항자웅이 몸을 뒤로 젖히자 내는 비명 소리였다.

하나 항자웅은 의자가 울든 말든 상체를 뒤로 확 젖히며 양손까지 추욱 늘어뜨렸다. 뭔가 상당히 힘들어하는 듯한 표정이다.

"잘한다. 일각만 더 흔들면 확실하게 부서지겠다. 그래도 자단목으로 만든 건데 대단하십니다."

"내 몸뚱어리야. 키우는 데 얼마나 힘들었다고. 아니, 이게 중요한 게 아니지, 참."

끼이이, 쿵.

신형을 바로잡으며 항자웅은 왼편을 바라보았다. 그곳엔 정확히 항자웅의 반 정도 되어 보이는 여인이 앉아 있었다. 하이화가 바싹 붙어 앉아 있었던 것이다.

스물아홉이란 나이가 믿어지지 않을 정도로 동안에다 아이 같은 체형, 식성도 그런지 지금 경단 하나를 손에 잡은 채 할짝거리고 있었다.

"맛있냐?"

말 대신 고개를 아래위로 흔드는 것으로 대답을 대신한다. 목 부러질 정도로 흔들어대는 것으로 봐서 정말 맛있는 모양이다.

"먹는 중에 말 시켜서 미안하긴 한데, 아버님께서 아무 말 없으셨나? 나에게 혹시 뭐 전해주라면서 넘겨준 거 뭐 그런 거 없었어?"

"아뇨. 그런 건 없었어요."

또박또박 이야기하면서도 그녀의 눈은 경단에 가 있었다. 왠지 항자웅은 갑자기 한숨이 푹 나오는 것을 느꼈다.

"너 같이 온 사람들은 어떻게 되었는지 혹시 아냐? 연락 온 것 있어?"

그때였다. 조금 모자라 보였던 여인의 얼굴에 슬픈 감정이 떠올랐다. 한데 그 모양이 참으로 묘했다.

입술과 뺨에 경련이 일어나며 우는 표정과 웃는 표정이 한꺼번에 떠올랐던 것이다. 항자웅과 손소는 그 모습에 살짝 놀랐다.

어째서 저런 표정이 되는지 영 알 수가 없었다. 그 표정만큼이나 떨리는 목소리가 들려온다.

"아뇨. 저도… 몰라요."

금방이라도 눈물을 뚝뚝 떨어뜨릴 것만 같은 얼굴. 그러나 결국 그녀는 울지 않았다. 다시 경단에 눈을 돌린 채 가만히 있는다.

"아우, 오라버니, 이제 우리 장사도 못하게 만드는 거야? 여기에 아가씨를 데리고 오면 어떻게 해!"

"망할 아줌마가……. 그동안 팔아준 게 얼만데 이 정도도 못해? 어두워지면 갈 테니 조용히 해봐."

짙은 화장의 기녀 하나가 이층에서 종알거렸다. 이곳은 어머님의 가게가 아닌 기루였다. 급하게 아침을 먹은 후 손소와 하이화를 데리고 피난 온 것이다.

"하긴 뭐 대웅 오라버니가 해준 게 있으니 내 그럼 딱 한 시진만 참아줄게. 아가씨, 마음 놓고 울어. 나 아가씨들 우는 거 싫은데 한 시진만 참을게."

"에? 무슨 소리야, 그게?"

그녀의 목소리에 항자웅이 두 눈을 동그랗게 뜬 순간이다. 하이화의 두 눈에서 눈물이 떨어지기 시작했다.

뚝, 뚜둑.

"흑… 흡… 흑……."

"어이, 어이, 이봐."

항자웅은 당황했다. 바로 옆에서 여인이 우는 광경은 그로선 전혀 예상하지 못한 상황이다. 당연히 겪어본 적도 없다.

이럴 땐 뭘 어떻게 해야 할지 몰라 황망할 따름이다. 그러자 기녀의 입술이 열렸다.

"대웅 오라버니, 멀었구나. 울고 싶지만 억지로 참는 거잖아. 무슨 일인지 모르지만 그 아가씨 많이 힘들었나 보네."

"……."

알 턱이 없다. 아니, 알고 싶지도 않다. 말도 없이 행동조차 숨기는데 무슨 수로 알까?

평소의 그라면 지금이라도 화를 내며 집으로 가버렸을 일이다. 그런데 이상하게도 오늘은 그러지 않았다. 그녀의 모습, 왠지 항자웅의 한쪽 가슴에 진하게 박혀들고 있었다.

소리없이 어깨만 흔들거리며 눈물을 흘리는 하이화를 보다 항자웅은 왼손을 들었다. 그리고는 그녀의 머리 위에 손을 올리며 입을 열었다.

"어이, 꼬마 아가씨."

그녀의 몸이 움찔거린다. 항자웅은 쓴웃음을 머금었다. 자신의 황당한 상황만 생각하고 그녀의 입장에서는 한 번도 생각해 보지 않았다.

두려운 것이다. 빙궁에서 여기까지 그 먼 거리를 도망쳐 온 사람이라는 것을 그는 깜박했다. 그런 두려움을 밝은 모습으로 가리고 있었을 뿐이다.

어제 자신의 품에서 잔 이유도 그것일 터였다. 제대로 잠도 못 자고 달려와 이젠 안전할 것이라는 생각에 긴장이 풀린 것으로 짐작할 수 있었다.

"걱정 마. 적어도 꼬마 아가씨 목숨은 지켜주지. 덤으로 같이 온 사람들도 알아보고 말이야."

나름 웃으며 한 말이다. 그러나 항자웅의 웃는 모습은 보통 사람들에겐 그리 보이지 않는다. 억센 인상으로 인해 대부분 주머니를 뒤져 무언가를 꺼내는 것이 일반적인 현상이다.

한데 그녀는 그저 고개를 끄덕거릴 뿐이다. 그리곤 오히려 몸을 움직여 항자웅의 몸에 어깨를 기대었다.

"고마워요."

"응?"

전혀 예상하지 못한 움직임에 항자웅의 두 눈이 크게 떠졌다. 그는 순간 얼음처럼 얼어붙은 듯 미동도 없이 석상처럼 굳어졌다.

사십 년간 살면서 단 한 번도 이런 적이 없었다. 누군가를 옆에 두기는커녕 오히려 쫓으면서 살아온 세월이다.

어떻게 할지 몰라 그저 안절부절못할 때였다. 손소의 목소리가 들려왔다.

"어이, 친구. 얼굴에서 피 나오겠다. 뭘 그리 벌게지고 그래?"

"그러게. 누가 보면 오라버니 누구한테 당한 줄 알겠어. 목까지 그런데?"

"뭐긴 뭐야. 웬 술이 이리 독해? 아우, 사람 죽겠어, 아주!"

인상을 있는 대로 찌푸리며 항자웅은 항변했지만 씨알도 안 먹히는 소리였다. 손소와 기녀는 그저 빙글빙글 웃으며 항자웅과 하이화를 바라보고 있었다.

"뭘 그렇게 봐? 사람 처음 봐?"

"그럴 리가 있나? 이 모습을 기억해 두려고 말이야. 피곤할 때 두고두고 떠올리게."

"집에 가라, 이제. 너 집 나온 지 너무 오래됐나 보다."

이래저래 쫑알거리지만 절대 미동도 하지 않는 항자웅이었다.

2

"꺄꺄꺄!"

"아우~ 아우야."

아침을 여는 소리치고는 참으로 괴이한 소리가 아닐 수 없었다. 부스스한 얼굴로 항자웅은 창문 밖을 바라보았고, 그곳에서 괴이한 소리의 정체를 알 수 있었다.

하이화와 항안이다. 어느 날인가부터 항안은 더 이상 아침에 항자웅에게 오지 않는다. 대신 눈을 반짝이며 달려든 하이화와 함께 참으로 즐겁게 놀고 있었다.

아마도 그녀는 아이를 참 좋아하는 듯싶었다. 조금만 더 크면 항안이 하이화와 비슷한 키가 될지도 모르지만 엄연히 이십 년 이상 차이 나는 두 사람이다.

"한 폭의 그림이지? 슬슬 진짜 결혼하고 싶어지지 않아?"

"누가 결혼 안 한대? 뭐 살다 보니 그럴 기회가 없어서 그런 거지."

"호오, 그러서? 그럼 기회가 왔으니 지금은 어때?"

"아침부터 흰소리는 그만해. 뭐 좀 나왔어?"

옆에 턱하니 앉는 손소와 즐거운 정담을 나눈 후 항자웅은 고개를 돌렸다. 손소가 빙글거리며 있었는데 요즘 들어 참 웃음이 헤퍼진 친구다.

"아직까지 별다른 것은 없어. 본가에서 사람이 오면 좀 달라지겠지만 지금까지 빙궁에서는 별다른 움직임이 없어."

"그럼 한참 암중에서 움직이고 있다는 뜻이구만. 그곳에서도 원살토라는 놈들이 움직이는 건가?"

"글쎄, 확실히는 모르지만 그건 아닐 거야. 아무리 빙궁의 세가 예전만 못한다 하더라도 빙궁은 외부인들이 흔들 수 있을 정도로 약하지 않아. 원살토가 급성장한 곳이긴 해도 함부로 덤빌 수는 없을 거야."

항자웅은 턱을 괴며 생각에 빠졌다. 아무리 생각해도 이건 무언가 좀 이상했다. 저 하이화를 생각해 보면 대체 뭣 때문에 그의 아버지가 이쪽으로 보냈는지 알 수가 없다.

한음도 하린벽은 그저 딸을 사랑하는 아버지만이 아니다. 강호에서 열 손가락 안에 들어갈 정도로 대단한 고수다.

그런 사람이 자신의 딸을 보호하겠다고 남에게 보낸다는 것은 보통 일이 아닌 것이다. 더욱이 과거 자신을 가르칠 때 느꼈던 성정으로 보면 엄청나게 자존심이 강한 사람이다.

아무래도 뭔가 있었다. 그것이 무엇인지 모르지만 이렇게 그냥 있을 수만은 없었다. 수를 내긴 내야 했다.

"강호 정세는 어떻지? 참, 그때 빙궁과 어디가 적대관계라 하지 않았었나?"

"아, 맞다. 그 이야기하다 말았구나. 이런, 이런, 내 정신 좀 보게."

손소는 이마를 탁 하고 치더니 항자웅을 향해 돌아섰다. 본격적으로 이야기를 시작할 모양이다.

"표면상으로는 아무 일 없어. 그러나 상계에서 돌아다니는 소문이 있는데 빙궁과 사파(邪派)와의 관계가 그리 좋지 않다 하더라."

"사파? 사파가 어디 한둘이어야지. 딱 짚어봐. 어딘데?"

틀린 말이 아니다. 그냥 넘어가려 해도 이건 그럴 수가 없었다. 사파 수는 정말 셀 수 없다는 말이 딱 정답이다.

폐쇄적인 마교는 그 수가 그리 많지 않았다. 대신 그들은 그 소수의 인원이 대부분 고수였는데 사파는 그 반대였다. 사람은 많아도 고수의 수는 많지 않았던 것이다.

그러나 고수건 아니건 숫자라는 것은 무시할 수가 없다. 게다가 몇 년간 기근으로 인해 농민의 생활이 말이 아니다. 높은 세금과 부역을 피해 그들은 스스로 도적이 되는 경우가 부지기수다.

그들 모두 사파로 분류되다 보니 그 숫자는 가히 하늘을 가린다 할 정도였다. 절대 쉽게 볼 수 있는 것이 아니다.

"짚어주고 싶은데 그럴 수가 없다. 딱히 누가 있는 게 아니야."

"무슨 말이야, 그게?"

알 듯 말 듯한 소리에 항자웅은 미간을 찡그렸다. 손소 역시 미간을 찡그리며 말을 이었다.

"그 친구들이 점점 한목소리를 내거든. 아무래도 어디선가 그들을 규합하는 세력이 있는 것 같다."

"사파를 규합한다고? 그게 가능한 일이었나?"

"후. 그거야 모르지만 증거는 곳곳에서 나온다. 기존의 지리 멸렬한 움직임이 아니라고."

"흠."

손소의 말이 사실이라면 보통 일이 아니었다. 그 덩치에 머리 까지 생긴다면 그건 마교에 비할 바가 아니다.

마교야 어떻게든 운신의 폭을 좁히면 그만이지만 이들은 그렇지 않다. 오히려 이쪽의 운신이 더 좁아질 수도 있었다. 그만큼 그들의 숫자는 전국에 퍼져 있다.

"사실 요즘 천약련에서는 마교가 아니라 사파들의 움직임에 더 주목하고 있어. 마교는 그 힘을 아직 완전히 복구하지 못한 것 같으니 일단 넘어가자는 분위기지."

정파의 연합인 천약련에서까지 신경을 쓴다면 확실히 그냥 웃어넘길 일은 아니다. 하나 지금은 어디서부터 풀어야 할지 그 실마리조차 없었다.

"증거라 했는데 어떤 증거가 있어? 아무래도 너무 막막한 것 같아."

"흠, 이 일에 나설 생각이 있는 거야?"

손소는 눈을 반짝이며 항자웅에게 물었다. 자웅은 피식 웃으며 턱짓으로 창밖을 가리켰다.

"일단 약속했잖아, 지켜주겠다고. 그럼 그에 필요한 것은 해야겠지."

"호오."

놀라운 일이다. 거의 강호를 떠난 것이나 다름없던 항자웅. 그가 이제 다시 움직이려고 하고 있다. 거의 이십 년 만의 일이다.

"그런 표정 지을 거 없다. 그저 최소한의 것을 하려는 것뿐이야. 이십 년 전 같은 일은 없을 거야."

손소의 마음을 들여다본 듯 항자웅이 말하자 손소는 입맛을 다셨다. 물론 그리될 줄 그는 알고 있었다.

항자웅은 남들 평생 살며 보아도 못 볼 만큼의 시신을 보았다. 아니, 그냥 보기만 한 것이 아니라 시신을 만들었다. 그것도 엄청난 무위를 가지고서.

손소는 그가 아깝다. 젊은 나이에 무림에 환멸을 느낀 친구, 그래서 스스로 주 무대에서 사라진 그의 친구가 말이다. 그러나 억지로 끌어낼 수는 없었다.

한 사람의 무인이기 전에 그는 가장 친한 친구다. 그가 어떤 결정을 내리든 항상 도와줄 의무가 그에겐 있는 것이다.

"뭐, 그렇다 치고, 증거는 아주 가까운 데 있어. 얼마 전에 너도 본 사람들이지."

"응?"

"원살토가 그 증거다. 원살토는 애당초 과거로부터 이어진 조직이 아니야. 어느 날 갑자기 살수 단체들이 통합된 거야."

"뭐라고?"

항자웅은 놀랐다. 그냥 문파 두 개가 합쳐지는 일이야 강호엔 흔하다. 약한 곳은 강한 곳에 흡수되는 일이 비일비재했다.

그러나 살수는 다르다. 살수들끼리 부딪치는 일이 드물기도 하거니와 일단 부딪치면 그 결과는 뻔하다. 둘 중 하나가 완전히 사라져야 끝나는 것이다.

살수라는 직업의 특성 때문이었다. 목표를 살려두는 살수들을 누가 쓰려 하겠는가?

"물론 표면상에 나타난 인물은 있어. 살왕(殺王) 육야혼(陸惹混)이란 인물이야. 무공도 대단한 자로 모르긴 해도 강호 십대고수 안에 들어갈 정도라 하더군."

"살왕? 별호 한번 살벌하네. 하여튼 그 인물이 살수들을 통합했다고?"

"진살곡(進殺谷)과 살무원(殺武園). 살수 집단 중 가장 강한 두 곳을 모두 통합했지. 그들이 원살토가 되면서 진살곡이 천살토, 살무원이 지살토가 된 거야."

손소의 말은 그 뒤로도 계속되었는데 천살토와 지살토가 어떻게 다른지가 대부분이었다. 요약하면 천살토는 고수급, 지살토는 하수급이었다.

천살토의 인원은 그리 많지 않지만 지살토의 인원은 상당했다. 그렇게 따지만 서로 간에 조화가 이루어진다고 칠 때 상당히 두려운 효과가 나올 수도 있었다.

"그런데 그들이 저 꼬마 아가씨를 노리고 있다······. 이걸 어떻게 해석해야 하나."

"나도 그게 참 궁금하다. 일단 지난번에 꼬리를 쫓았지만 결국 실패했다. 수하들에게 진우현 전체를 신경 쓰라 일렀지만 아직은 좀 한계가 있어."

"그렇겠지. 그들은 표사일 테니. 본가에서 사람까지 부른 거냐?"

"아무래도 이건 그리 작은 일이 아닐 것 같아. 이번 일엔 무인이 필요하다고. 그것도 상당히 고수가 말이야."

비록 일개 표국이지만 손진표국의 힘은 그리 작은 것이 아니다. 진짜 마음먹는다면 일개 문파와 맞먹는 힘을 가진 것이 그들이었다.

그저 무공만 높은 것이 아니다. 표국을 하면서 쌓은 금력 또한 그들에겐 힘이었다. 이들이 나선다면 큰 힘이 될 것이 자명했다.

"며칠 내로 도착할 거야. 한데 그전에 한 번 정도는 부딪쳐야 될 것 같은데. 아무래도 진우현 부근에 상당한 사람들이 숨어 있는 것 같아."

"아아, 느끼고 있어. 집 주변에도 몇 명 있는 것 같아. 요 며칠 사이 몇 놈 솎아냈는데도 끝없이 오는구만."

틀림없이 원살토의 살수들일 터였다. 잡자마자 바로 자살하는 놈들, 나중엔 귀찮아서 잡을 생각도 안 하고 그냥 쫓아만 보냈다.

오늘로 하이화가 이곳에 도착한 지 열흘째다. 그동안 아주 조용하게 보냈는데 그 조용함이 곧 깨어질 듯한 느낌이 강하게 들고 있었다.

"그래, 알아보니 이쪽 지살토 수장이 이곳으로 오고 있다 하더라고. 아마 며칠 내로 모습을 보일 것 같아."

"오호, 차라리 잘됐군. 어느 정도 마무리는 지어놔야 할 것 같은 생각이 드는 차였어. 어느 정도 수고를 덜 수 있겠구만. 아이고, 허리야. 살 좀 빼야 되나?"

"그거 살은 맞아?"

항자웅의 너스레에 손소가 장단을 맞춘다. 다른 사람은 몰라도 항자웅의 살은 살이 아니다. 손소는 보자마자 단박에 알아챌 수 있었다.

"뭐 그리 믿으면 편한 거지. 참, 그런데 그 수장이란 놈은 누구야?"

자리에서 일어나며 그는 손소에게 물었고, 손소는 어깨를 으쓱이며 그 말에 답했다.

"우천간. 꽤나 생각이 많은 인간이야. 머리는 좋은데 중앙으로 끼어들지 못하는 인사라고나 할까?"

"호오, 은둔한 현자쯤 될라나?"

"현자는 무슨, 구렁이 정도가 적당하겠지."

고개를 끄덕이며 항자웅은 신형을 돌렸다. 아침이 되었으니 서서히 움직일 생각을 한 듯 한쪽에 있는 세숫대야를 향해 가고 있었다.

"만나보면 알겠지."

촤륵.

투명한 물방울이 두터운 손가락 사이에서 흔들리고 있었다.

여섯 개 조 서른여섯 명. 이 정도의 숫자면 그리 적은 것이 아니다. 아니, 오히려 많다고 할 수 있었다. 한 명의 목표를 제거하기 위해 필요한 것은 단 한 명의 살수뿐이니 말이다.

그러나 이번 경우라면 좀 다르다. 상대는 강호에서 진육협이라 불리는 자. 어정쩡한 살수라면 오히려 역효과를 부를 뿐이다.

그래서 이번엔 그가 직접 왔다. 우천간은 어둠이 내리길 기다리며 잠시 상황을 살폈다.

이 산 밑에 보이는 저 집이 바로 목표물이 있는 곳이다. 진우현의 항가라면 오로지 저 한 군데뿐인데 하이화는 저곳에 기거하고 있었다.

그럼 손소 역시 같이 기거하고 있을 터다. 일을 성공하기 위해선 반드시 손소를 염두에 두어야 하지만 사실 이 사람들로 손소를 죽인다는 것은 무리다.

손소는 그 혼자 다니는 것이 아니다. 분명 손진표국의 사람들도 같이 있을 터였고, 그렇다면 더욱더 힘들어진다. 이 서른여섯 명의 인원으로는 무리라는 결론이 나온다.

"오늘 밤에 들어가실 생각입니까? 만일 대원들이 더 필요하다면 불러오겠습니다."

"아니다, 호인. 우린 함부로 들어가지 않는다. 우리로서는 무리야."

호인은 의아한 눈빛을 만들었다. 남녕의 분타도 비우고 일주일 내내 달려온 길이다. 그런데 싸우지 않는다니…….

"우리가 숫자가 많다는 것은 알지만 상대는 진육협이다. 이긴들 우리의 피해가 너무 커."

"하면 다른 생각이 있으신 겁니까?"

"물론. 그 때문에 이렇게 조용히 있는 것이다. 이미 천살토에 사람을 불러달라 요청했다."

"천살토에 말입니까?"

그리 탐탁지 않다는 목소리가 들려오자 우천간은 빙긋 웃었다. 호인은 뼛속까지 지살토 사람. 천살토의 사람들을 만나는 것 자체가 싫은 듯했다.

물론 그 이유는 우천간도 잘 알고 있다. 고수들로 이루어진 천살토는 지살토를 무슨 종 부리듯 한다. 제 놈들에 필요한 정보나 기타 사항들을 모조리 지살토에서 만들어주는데 말이다.

천살토와 지살토, 두 개의 세력은 서로 보이지 않는 알력이 있다. 사실 우천간도 그리 천살토를 좋아하지 않는다.

"꼭 그러셔야 했습니까? 아무리 강호 백대고수 중의 한 명이라 하지만 전 믿지 않습니다. 그러니 우리끼리……."

"그건 무리다. 천살토 놈들이 자연스럽게 손소를 상대하는 것이 좋아."

순간 불만 가득한 표정이었던 호인의 얼굴이 확 변했다. 그는 머릿속으로 뭔가 생각한 모양인데 그 생각은 이미 우천간이 한 것이었다.

"그래, 바로 그거다. 그놈들이 손소와 싸우다 죽든 말든 우리가 신경 쓸 일은 아니지. 우린 우리의 목표만 제거하면 그만이다."

호인의 얼굴에 웃음이 떠올랐다. 이제 확실하게 알 수 있었다. 이 우천간의 생각을 말이다.

천살토의 인간을 그저 장기판의 말처럼 써버리는 것이다. 죽든 살든 그건 그들의 명줄이다.

그동안 자신들은 목표를 제거하면 그만이었다. 그렇게 되면

공은 오로지 지살토에게 한정된다.

"멋진 계획입니다. 하면 천살토에서 오는 자들을 기다려야겠군요. 언제쯤 온다 합니까?"

"글쎄, 워낙 짜증나는 놈들이라 알 수 없지. 그래도 이삼 일 내에는 나타나지 않겠느냐?"

그리 길지 않은 시간이다. 미리 잠입을 하는 것도 아니고 이렇게 기다리는 것뿐이니 하지 못할 이유가 없는 것이다.

"이삼 일이라……. 생각보다 느려 짜증나 못 참겠다. 아무래도 너희 먼저 이야기를 좀 해볼까나?"

"……!"

낯선 목소리가 귓가에 들려오자 호인과 우천간의 신형이 번개처럼 움직였다. 아니, 그만이 아니라 주변에 있는 서른여섯 명 모두 움직였다.

섬전이라는 표현이 전혀 어색하지 않을 만큼 빠른 신형이었다. 소리 나는 곳을 향해 일제히 암기를 던지며 주변에 널린 그림자 속으로 빠르게 스며들었던 것이다.

피피피피핏.

그들이 목표한 곳은 사람 허리보다 조금 작은 나무가 서 있는 곳이었다. 삽시간에 그 나무에는 수십여 개의 암기가 틀어박혔는데 우천간은 아랫입술을 질끈 깨물었다.

아무리 내력을 끌어올려도 기척을 찾아낼 수 없었던 것이다. 그건 나타난 사람이 자신보다 훨씬 고수라는 의미다.

"이거, 이래 가지고 무슨 이야기를 할까? 겁나서 서 있지도 못하겠는걸."

피리리링!

바로 등 뒤에서 들려오는 목소리에 우천간은 수중의 협봉검(狹峰劍)을 빼어 들었다. 장검 중 가장 빠른 속도를 자랑하는 협봉검은 예리하게 휘어지며 등 뒤로 향했다.

피이이잇!

그러나 베는 것은 허공뿐이었다. 그러자 또다시 목소리가 들려왔다.

"뭐 일단 좀 맞고 시작하자는 의미냐? 진짜 짜증나게 굴래?"

"……."

우천간의 등줄기에서 땀이 흐른다. 그는 쿵쾅거리는 가슴을 진정하며 서서히 협봉검을 내렸다. 만일 목소리의 주인공이 죽이려 한다면 이미 그는 죽은 목숨이었다.

"강호의 어느 고인께서 오셨는지 모르나 후배의 무례함을 용서하시길……. 하나 검을 거둘 수는 없소이다."

나보다 강한 것은 알지만 순순히 당하진 않겠다는 뜻이다. 그러자 그의 눈앞에 두 사람이 나타났다.

"거두든지 말든지 내가 상관할 바는 아니지. 하나 강호 선배는 아닌 것 같구만. 피차 서로 비슷한 나이 같은데?"

호리호리한 체격에 오른쪽 허리춤에 두 개의 검을 찬 사내였다. 다른 것은 몰라도 저렇게 패용한 것을 본 순간 우천간은 사내의 정체를 알 수 있었다.

"강호에 위명이 자자한 쌍룡검객 손 대협을 이렇게 보게 되는구려. 이 사람, 남녕에 사는 우가라 합니다."

"지살토 광서성 책임자 우천간이라는 거 아니까 이렇게 온 거다. 피차간의 쓸데없는 인사치레는 그만두지."

우천간의 눈이 좁혀졌다. 과연 쌍룡검객 손소. 무공과 정보 양쪽 모두 상당했다. 이미 자신들이 온 것을 알고 있었다는 이야기다.

"무력행사를 하려 했다면 벌써 하셨겠지요. 하나 이렇듯 먼저 모습을 보이신 것은 아무래도 무언가 할 말이 있다는 뜻이겠지요?"

"물론이다. 한데 말할 사람은 내가 아니라 이 친구다. 너무 커서 아주 잘 보이지?"

말과 함께 손소는 한 걸음 옆으로 물러났다. 그러자 그 뒤에 있는 사내가 보였는데 사실 굳이 물러나지 않아도 그는 충분히 보였다.

투실한 살집과 함께 머리 하나는 더 큰 키를 가지고 있는 거인을 못 볼 리가 없다. 우천간은 슬쩍 그의 상태를 살폈다.

약간 험상궂은 얼굴을 제외하고 이렇다 할 것은 없다. 그저 동네에 한두 명씩 보이는 뚱뚱한 사내, 비례가 상당히 뻥튀기된 상태로 보면 딱 맞았다.

느낌으로 봐서는 무공을 거의 하지 못하는 사람처럼 보였다. 덩치가 있으니 어느 정도 힘은 있겠지만 말이다.

"귀하는?"

우천간은 눈을 빛내며 뚱뚱한 사내를 바라보았다. 그러자 그가 입을 연다.

"저 집 큰아들."

손가락으로 동산 아래에 있는 집을 가리키자 우천간은 살짝 눈을 감았다. 일단 그의 머릿속에 들어 있는 정보를 끄집어내기 위함이었다.

"항자웅, 올해 사십. 한때 심무원에 뽑히기도 한 자, 그러나 적응하지 못하고 이십 년 전에 돌아와 지금까지 별 볼일 없이 살아가는 자……."

"오호, 대단한데? 이 내 평생이 단 세 줄로 요약된 거야, 지금?"

항자웅이 엄지손가락을 치켜올리자 우천간은 피식 웃었다. 무공은 몰라도 심계는 상당한 자라고 판단했다. 보통 이런 식으로 이야기하면 백이면 백 다 화를 내거나 얼굴색이 변한다.

"배짱이 좋은 친구군. 좋아, 그럼 이야기해 볼까? 뭘 원하지?"

"제길. 역시 사람은 알려지고 봐야 돼. 너한텐 존댓말하고 나한텐 반말이다."

"당연한 말씀. 억울하면 너도 날려봐, 이름."

손소는 하얀 이를 드러냈고 항자웅은 입술을 비죽였다. 그렇게 우천간이 조금 마음속으로 짜증이 살짝 올라오려 할 때였다.

"원하는 거야 딱 하나지. 의뢰 취소해. 그리고 가. 두 번 다시 서로 보지 말자고."

우천간은 자신이 잘못 들었다고 생각했다. 이 말은 달랑 이름만 아는 돼지가 할 말이 아니었다.

옆에 있는 손소가 이야기하면 조금 생각해 보겠지만 항자웅이 이야기한다면 전혀 고려할 것이 없었다. 당연히 할 말도 정해져 있다.

"훗."

우선은 콧방귀를 뀌었다. 무언가를 거절하는 아주 당연한 수

순이다.

"누군가에게 그런 요구를 할 때는 그만한 힘이 있어야 하는 것이지. 난 현재 네놈에게 그런 힘이 있을 것이라 생각하지 않는다."

거절의 완곡한 표현. 머리라는 게 있다면 당연히 알아들었을 터지만 아무래도 항자웅은 보는 것처럼 그런 머리가 없어 보였다.

"나야 뭐 그렇지만 문제는 내가 아니지. 이 친구가 나 대신 나설 거거든."

"…치사하게 떠넘기기냐?"

"밥값 좀 해라. 나름 여러 가지 반찬 달라고 신경 많이 쓴 거다."

"글쎄, 다시 이야기하지만 네가 밥했냐고?"

도저히 적을 앞에 놓고 할 말이 아니지만 손소는 여유가 넘쳤다. 그는 피식 웃으며 항자웅의 앞으로 나섰다.

"보는 대로 상황이 이렇게 됐다. 그러니……."

그때였다. 한순간 손소의 몸에서 기이한 형상이 나타났다. 옅은 자줏빛의 은은한 기운이 아지랑이처럼 피어올랐던 것이다.

"가라, 말로 할 때."

따뜻한 색깔과는 정반대로 너무도 차가운 목소리가 손소의 입에서 흘러나왔다.

第四章
원살토

1

우천간은 어금니를 깨물었다. 생각했던 상황과는 전혀 다르게 흘러가는 바람에 머리가 지끈거린다. 이건 그가 생각하는 최악의 결과다.

천살토의 고수들이 손소를 맡고 있을 때 움직여야 했거늘 상황은 전혀 그렇게 하지 못했다. 이렇게 되면 우천간과 호인, 그리고 서른여섯 명의 수하로 싸워야 하는 것이다.

"가는 것은 어렵지 않으나 가고 나서가 문제가 될 것 같군요. 진육협의 무공을 눈앞에서 견식할 기회를 놓치게 될 것으로 생각하니 큰 후회가 남을 것 같소이다."

"호오, 강호에서 살수도 무림인으로 쳐주었던가?"

살짝 비틀려 나오는 손소의 목소리에 우천간의 표정도 굳어졌다. 솔직히 지금이라도 도망치고 싶지만 같이 있는 수하들 때문에 그리하지 못한다.

여기서 등을 보이고 돌아서면 그땐 이들이 자신의 말을 듣지 않을 것이다. 아마 가장 가까이 있는 호인부터 불만 가득한 표정을 지을 테니 말이다.

그러니 한차례 부딪침은 어쩔 수 없다. 문제는 얼마나 적당한 선에서 손소의 위력을 깨닫고 수하들이 멈추는가에 있었다.

"물론 우리 스스로 무림인이길 포기한 경우가 대부분이지요. 살수의 일이라는 것이 그리 아름답지만은 않으니 말입니다."

"입에 발린 말은 그만두지. 기왕 서로 손쓸 것이라면 어서 시작하자. 조금 있으면 저녁때 된다."

무시도 이런 무시가 없다. 당연히 호인을 포함한 수하들의 몸에서 작은 기운이 피어올랐다. 솔직히 살수라는 직업을 생각한다면 절대 있어서는 안 될 일이다.

그 작은 기운으로 위치가 발각되니 말이다. 그러나 지금은 어차피 위치가 드러난 바, 두려울 것은 없었다.

"알겠습니다. 그럼 그리하지요. 하나 이것 하나만은 알아두시길. 친구 분의 안전은 보장하지 못합니다."

두 눈을 동그랗게 뜬 채 손가락으로 자신을 가리키는 항자웅이 보인다. 조금이라도 손소의 신경을 흐트러뜨리려면 이 방법뿐이었다.

어쩌면 저쪽에 공격을 집중하는 순간 손소에게 틈이 보일지도 몰랐다. 친구라고 하고 또 보통 친해 보이지 않으니 말이다.

"큭, 그거 아주 좋은 방법이군그래. 어디 한번 해봐. 솔직히 나도 그 결과가 보고 싶거든."

한데 손소는 정반대로 이야기하고 있었다. 너무도 여유있어 보이는 말투로 말이다. 하나 그 말투에서 이미 우천간은 느끼는 것이 있었다.

"훗, 거짓말이 눈이 보이는군요. 일단 그 말대로 해드리죠, 그럼."

강한 부정은 곧 긍정이다. 뭔가 있어 보이도록 이야기하는 손소의 수작임을 그는 단번에 알아보았다.

"나 참, 뭐가 거짓말이라는 건지. 쓸데없는 소리 말고 어서 와. 한번 붙어보면 무슨 말인지 알겠지."

"좋습니다. 결과는 저도 궁금하군요. 쳐라!"

짧고도 묵직한 우천간의 목소리가 끝나자마자 수십여 개의 암기가 모두 손소에게 쏟아졌다. 쳐내기는커녕 어디서 날아오는지 보이지도 않았다.

스릉.

그러나 손소는 묵묵히 왼손으로 검을 뽑아 들고는 허공으로 원을 그릴 뿐이었다. 빠르지도 느리지도 않은 적당한 속도로 두어 개의 큰 원을 그렸다.

따다다다당!

한데 그가 원을 그리는 곳마다 쇳소리가 크게 울렸다. 이건 손소가 막아낸다기보다는 마치 손소가 휘두르는 곳으로 암기들이 유도된다고나 할까?

이런 상황이다 보니 서른여섯 명의 수하는 가진 암기를 모조리 다 던져 내기 시작했다. 아까보다 더 많은 암기들이 빠르게 허공을 날았지만 결과는 다를 것이 없었다.

아니, 한순간 손소의 움직임이 달라졌다. 천천히 휘돌리는 검날이 갑자기 빠르게 휘돌려졌던 것이다.

카아아앙! 퍽!

"……!"

우천간의 눈이 커졌다. 날아오는 암기 하나가 손소의 검면에 되튕겨져 수하 한 명의 미간에 꽂혔다. 당연한 이야기지만 그는 절명한 상태로 통나무처럼 신형을 쓰러뜨렸다.

"검이라고 근접하지만 않는다면 될 것 같았나? 그럼 날 너무 우습게 본 것이겠지."

촤아아앗!

왼발을 앞으로 길게 내밀며 왼손을 좌우로 흔들었다. 멋들어진 검날의 반사광을 남기며 그의 검은 춤을 추었고, 여지없이 두 개의 암기가 되튕겨 나갔다.

캉, 카캉, 푸푹.

역시나 손소를 상대로 싸우는 것은 무리였다. 우천간은 이를 악물며 손가락을 들었다.

"뒤쪽! 목표물을 변경한다!"

피피피피핑!

손소의 뒤에서 팔짱을 끼고 바라보던 항자웅, 그가 새로운 목표였다. 아울러 우천간은 수중의 협봉검을 살짝 들어 올렸다.

말은 이리하지만 그는 분명 움직일 터였다. 그 움직이는 순간이 바로 반격의 순간이다. 그 때문에 일부러 항자웅에게 공격을 명령했다.

상식적으로 친구가 위험하면 도와주게 되어 있다. 그리고 그 순간은 점점 다가오고 있었다.

"흐잇!"

손소의 뒤에서 바보처럼 웃기만 하던 항자웅이 당황하는 것이 보였다. 이 정도라면 손소의 신경은 확실히 건드렸다고 할 수 있었고, 이에 우천간은 양발 뒤꿈치를 들며 신형을 앞으로 기울였다.

단 한 순간의 승부다. 손소는 뒤로 달려갈 것이고 그때가 기회다. 그가 익힌 세정검식(細整劍式)이라면 어쩌면 승리도 가져다줄 수도 있었다.

온몸의 힘과 기력을 모두 한 점에 집중하는 것이 세정검식의 요결이었다. 머리끝부터 발끝까지 한 개의 힘줄처럼 탄성을 가지고 나가는 쾌검식인 것이다.

그 위력은 알 수 없지만 그 속도만은 자신한다. 그것이 지금 우천간으로 하여금 마지막 도박을 가능하게 했다.

쉬이이잇, 카카캉!

어찌나 암기가 많고 정확한지 항자웅의 몸 바로 앞에서 암기들이 서로 부딪쳤다. 이 정도 상황이라면 자신이라도 피하기 힘들 테니 기회는 바로 지금이었다.

콱, 파아앙!

온 힘을 다해 양발에 힘을 주자 쏘아진 활처럼 우천간의 신형이 날아갔다. 거리는 약 이 장여. 두어 걸음만 더 가면 도착할 수 있었다.

그런데 그 순간이었다. 갑자기 손소의 얼굴이 확 커졌는데, 우천간은 처음에는 무슨 일이 일어난 것인지 감을 잡지 못했다.

하지만 몸 안의 감각이 위험을 소리침에 따라 손소는 협봉검을 가슴께로 들어 올렸다. 그러자 아름다운 하얀 선이 보이더니 둔중한 충격이 검을 쥔 오른손을 타고 온몸으로 흘러들어 왔다.

까아아앙!

"큭!"

앞으로 가기는커녕 뒤로 서너 걸음 비칠거리며 물러났다. 그리고도 두어 걸음 더 가서야 그는 신형을 잡을 수 있었다. 우천간은 믿을 수 없다는 듯 두 눈을 부릅떴다.

방금 전까지 그가 있던 곳에 어느새 손소가 다가온 것이다. 공격은커녕 오히려 공격을 당한 것이었고, 이는 손소가 친구를 도외시하고 오히려 공격으로 나왔다는 뜻이다.

도무지 이해가 안 가는 상황에 그는 시선을 돌렸다. 손소 뒤에 있던 항자웅을 찾았지만 항자웅은 그곳에 없었다.

"치사하게 말도 안 하고 날리냐."

탓.

정말 앙상한 나뭇가지 위에 발끝을 얹으며 항자웅의 신형은 공중에 우뚝 섰다. 약 일 장 높이가 살짝 안 되는 가지였다.

스스스슷.

그 몸무게 때문에 활처럼 휘지만 그게 문제가 아니었다. 중요한 건 저 작은 나뭇가지 위에 저 돼지 같은 몸을 얹었다는 것이다.

절정의 경공이 아니면 불가능한 것이다. 한데 불가능은 그 뒤에도 이어졌다.

"웃차!"

스슷, 토오오옹!

흔히들 많이 들어보는 말 중에 물 찬 제비란 말이 있다. 날렵하고 빠른 것을 일컬어 그렇게 이야기하는데 오늘부터는 바꾸어도 될 듯하다. 물 찬 돼지로.

나뭇가지의 탄력으로 도약한 항자웅은 허공에서 허리를 뒤로 확 젖히며 공중제비를 돌기 시작했다. 빠르게 도는 것도 아니고 천천히 부드럽게 돌고 있었다.

정말 저 몸으로 저게 가능한 것인지 묻고 싶지만 눈으로는 가능함을 익히 깨닫고 있었다. 수하들도 놀랐는지 암기 하나 날리지 못하고 있었다.

쉿, 시시싯!

하나 호인은 달랐다. 그는 손소의 주변으로 원호를 그리며 돌아 들어갔다. 그곳은 항자웅이 막 내려서는 곳이었다.

"차아앗!"

파아앙!

똬리를 틀었던 뱀이 허공으로 튕겨 올라가듯 호인의 신형이 솟아올랐다. 그의 무공 역시 기본적으로 세정검식의 것. 당연히 속도는 엄청나다.

몸이 펴진다 싶었을 때 이미 호인의 청강검은 항자웅의 미간을 향하고 있었다. 그것도 겨우 한 자 남짓이었다. 한데,

쭈우우우욱.

"……!"

구경하던 우천간과 공격하던 호인 두 사람 모두 두 눈을 크게 떴다. 항자웅의 몸이 한순간 정말 뱀이라도 된 듯 길게 늘어나

더니 검날을 스치듯 지나 땅으로 내려섰던 것이다.

아니, 그냥 내려선 것이 아니다 어느새 오른손에 호인의 손목을 잡고서 슬쩍 비틀고 있었다.

두둑!

"크악!"

꺾고 싶어 그런 것이 아니라 올라가는 그의 몸을 강제로 잡아당겨 일어난 현상이다. 허공으로 올라갔던 호인의 신형은 바로 내려왔다.

그냥 떨어져도 머리부터 떨어질 상황이기에 목숨을 장담할 수 없었다. 한데 다시금 항자웅의 몸이 움직였다. 내려오는 순간에 맞추어 오른손을 쫙 편 채 앞으로 내밀었던 것이다.

터어어엉.

"흡! 쿨럭!"

호인은 가슴에 극렬한 통증과 하늘을 나는 쾌감을 동시에 느꼈다. 통증 때문에 입에서 피가 뿜어져 나왔다.

그러나 죽을 정도는 아니다. 우천간은 대경하며 날아오는 호인의 신형을 가슴으로 받아 들었다.

퍼어억!

"크으……."

우천간은 절로 인상이 써졌다. 그저 장력에 담긴 힘이라 생각하기엔 너무도 거대한 힘으로써 호인의 가슴을 진탕시키고도 그를 뒤로 밀러나게 만들 정도였다.

저릿저릿한 온몸을 진정시키려 애를 썼지만 그게 그리 쉽지가 않았다. 그래서 그는 일단 소리부터 지르려 했다. 서른 명 남짓 남은 수하들의 공격으로 일단 눈을 돌리려 했던 것이다.

그러나 그 계획도 이내 수포로 돌아왔다. 어느새 어깨 옆에 서 있는 한 사람 때문이었다.

"나란 놈이 있다는 것 자체도 잊어버렸나?"

"……."

호인을 안은 채 어정쩡하게 서 있던 우천간은 말조차 잃어버렸다. 마음만 먹는다면 한칼에 그와 호인은 죽을 수밖에 없었다.

슛.

기척도 없이 손소의 검이 우천간의 목 옆에 놓여진다. 힘을 주면 안고 있는 호인도 죽는다. 호인은 이미 혼절해 온몸이 축 늘어져 있었다.

"어때, 결과가 실망스럽지?"

패자는 유구무언이다. 무슨 말을 할 수 있겠는가? 그는 그저 아랫입술만 지그시 깨물 뿐 별다른 말을 할 수가 없었다.

"물론 결과가 만족스럽지 않은 것은 나도 마찬가지야. 난 여태껏 내 몸에 병기를 보낸 자를 살려둔 적이 없어."

차가운 목소리와 함께 강한 살기가 우천간에게 향했다. 우천간은 두 눈을 질끈 감았다. 상대는 한다고 하면 하는 사내다.

"넌 그렇지만 난 달라. 집주인 부탁 좀 들어주라."

"따지고 보면 너도 세입자라니까? 아닌 것 같아?"

항자웅의 목소리에 손소는 피식 웃었다. 어느새 항자웅은 우천간의 바로 앞에 와 있었다.

"난 사람 죽이는 데 취미 없어. 아까부터 가라고 했으니 이젠

가. 의뢰를 거둬준다면 더욱 좋고."

"그건 안 된다고 분명히 말씀드렸소이다."

"뭐야? 낯간지럽게 웬 존댓말? 그냥 하던 대로 해."

"……."

적인지 아군인지 그 정체가 의심되는 가운데 우천간은 미간은 찡그렸다. 영 그 속을 알 수가 없었던 것이다.

"좋아. 뭐 어차피 말단 주제에 약속하는 것도 우습지. 얼른 가라. 애들 데리고."

솥뚜껑만 한 손바닥을 휘휘 저으며 항자웅이 말하자 우천간은 정말 놀란 표정을 지었다. 진짜 놔주려 하는 것이다.

"운이 좋았다 생각해. 정말로."

시렁, 크릭.

손안에 든 검을 다시 검집으로 돌려놓으며 손소는 뒤로 물러섰다. 그러고 보니 손소는 아직 검을 하나밖에 쓰지 않았다.

진정한 손소의 무공은 쌍검술에 있다고 하니 자신들과의 무공 차이가 어느 정도인지 단적으로 알 수 있었다. 처음부터 생각했던 것이 맞았던 것이다.

"피차간에 목숨을 노리던 자, 고맙다는 인사는 하지 않겠소. 그럼."

슷, 스스슷.

우천간은 숲 속으로 사라졌고, 그들의 수하들 역시 한순간에 사라졌다. 시신까지 같이 끌고 가니 장내에는 손소와 항자웅만이 남아 있게 되었다.

"고맙다는 인사는 안 한다더니 왜 받은 기분이지?"

"훗."

작은 농담에 손소는 웃었다. 그러자 항자웅이 희망을 담아 말했다.

"흐음, 공격 안 해오지 않을까?"

"그럴 리가 없지. 저들은 살수야. 게다가 네 말대로 말단이고. 상부의 지시를 거부할 권리는 없을 거야."

"역시 깔끔하게 죽이는 게 나을 거라 보는 거냐?"

"당연하지. 함부로 움직이지 못하게 만드는 게 최고야."

항자웅은 피식 웃었다. 물론 그럴 수도 있었지만 그는 싫었다. 상대가 누구든 함부로 죽이고 싶지 않았던 것이다.

그럴 이유가 없었다. 이젠 이십 년 전의 그 피에 굶주린 자신은 없는 것이다.

"그럼 올 때마다 날려 버리지, 뭐. 어떡하냐, 너 힘들어서?"

"힘든 건 아냐. 짜증나는 거지."

"그거나 그거나."

신형을 돌리며 항자웅은 움직였다. 이젠 이곳에서 더 볼일은 아무것도 없었다.

"먼저 간다. 저녁 늦으면 어머님이 난리를 피우셔서 말이야."

토오옹.

언제 봐도 멋들어진 경신법을 보여주며 항자웅은 사라졌다. 손소는 피식 웃으며 그 뒤를 따르기 시작했다.

말은 저렇게 하지만 그는 알고 있을 것이다, 언제까지 이렇게 편하게 할 수는 없을 것이란 것을.

강호인의 숙명 같은 것이 운명처럼 다가오고 있는 것이다.

"응? 오늘은 내 방에서 먹으려고?"

"어머님께서 그리하래요. 뭐라고 하기도 전에 이미 다 들어 왔다구요."

손소와 함께 방으로 돌아온 항자웅은 작은 미소를 지었다. 그 건 자신의 방 안에 저녁상이 들어왔기 때문인데 그간 영 고역이 아니었다.

어떻게든 자신과 하이화를 엮으려는 어머님의 집요한 노력 때문에 아주 피곤해 죽을 지경이었던 것이다. 거기에 아버님을 비롯한 다른 식구들은 암묵적인 동의로 이를 방관했다.

밥이 어디로 들어가는지조차 느낄 수 없을 만큼 피곤한 나날 이었다. 적어도 오늘만큼은 그럴 일 없으니 마냥 즐거운 것이 다.

"요호, 꼬마 아가씨, 가서 어머님께 뭐라고 한 거야? 대견한데 그래?"

"아뇨. 암 말 안 했어요. 그리고 나 꼬마 아니에요, 아저씨."

손소와 나란히 앉아 막 젓가락을 들던 참이다. 항자웅은 눈썹 을 살짝 꿈틀거렸다.

"그래? 그럼 둘 다 살짝 일어나 봐. 얼른."

하이화와 항자웅이 자리에서 일어섰다. 두 사람이 일어서자 참으로 극명한 대비가 느껴졌는데 이건 반도 아니고 반의반 정 도로 볼 수 있었다.

마르고 작은 하이화와 크고 두꺼운 항자웅. 참으로 묘한 분위 기가 흐르는 가운데 항자웅은 오른손을 들었다.

하이화의 머리끝에 손을 대더니 그대로 수평으로 움직여 자신의 몸으로 가져왔던 것이다. 손끝은 항자웅의 명치께에서 멈추었다.

"봤냐? 보이냐? 이게 네 키다. 이 정도면 충분히 꼬마라고 불릴 만하다 생각하지 않아?"

"나이가 있는데 무슨 꼬마예요. 그리고 내가 작은 게 아니라 아저씨가 큰 거예요."

또박또박 되받아쳐 오는 하이화를 보며 항자웅의 눈썹이 다시 한 번 까닥거렸다. 뭔가 영 마음에 안 드는 눈치였다.

"꼬마는 꼬마 맞거든! 그리고 언제 봤다고 아저씨야? 내가 왜 그렇게 불려야 되는데?"

"나이 차이가 몇인데 당연하죠! 아저씨 나이에서 내 나이 빼면 열한 살이나 남아욧!"

달카닥.

항자웅의 손에서 젓가락이 미끄러져 내렸다. 아무래도 이건 한판 해보자는 소리가 분명한데 어떻게 시작을 해야 할지 항자웅과 하이화가 서로 머릿속으로 생각하려 할 때였다.

"싸우다 정들라. 웃으면서 살아. 에이, 참, 밥 먹기도 힘들게 진짜……."

깨작깨작 젓가락질을 하며 손소가 말하자 항자웅과 하이화 두 사람의 얼굴에 살짝 경련이 일어났다. 아마도 싸우다 정든다는 소리가 마음에 걸린 듯했다.

"허, 허, 이 꼬마 아가씨 보게. 참으로 맹랑하기 그지없네. 나이 차이 많이 나는 오빠한테 그렇게 대들면 못쓴다."

"하, 하, 오빠는 무슨. 아저씨도 완벽한 아저씨죠. 밥 먹기 전에 동경 한번 보세요. 그 안에 비친 모습은 정말 상상 속의 아저씨 그 자체가 아닌가요?"

"아니지. 이건 풍채라고 하는 거야. 성공한 사람이 갖추어야 할 필수 몸매지."

"그니까 성공한 사람들 대부분이 아저씨라구요. 항아리 몸매가 가진 선입관에 대해 생각해 본 적 없어요?"

묘한 분위기가 감돌기 시작했다. 서로가 이 촌도 안 되는 간격을 둔 채 얼굴을 맞대고 이야기하는 광경은 왠지 좀 기이하기도 했다.

"너, 보기보다 좀 하는구나? 끝까지 아저씨라 이거지?"

"아저씨가 날 꼬마라고 부르지 않는다면 생각해 보죠."

"절대 그럴 일 없다. 꿈도 꾸지 마."

"그 말 그대로 돌려드리죠. 흥!"

참 기이한 일이다. 사람들이 하는 싸움인데 자세들이 점점 이상해져 간다. 항자웅과 하이화 두 사람은 손가락을 쫙 벌린 채 살짝 몸을 살짝 구부리고 있었다.

마치 동물처럼 말이다. 그러더니 말소리마저 기이한 것이 흘러나왔다.

"크릉!"

"캬오!"

죽어도 지지 않겠다는 의지의 표현이라고나 할까? 그 모습에 손소의 입에서 나직한 목소리가 부드럽게 흘러나왔다.

"놀고들 있네."

2

참 이상한 녀석들이다. 아무리 생각해도 그렇게밖에 생각할 수가 없었다.

손진표국을 운영하면서 참 많은 사람을 만나봤다. 그 경험은 돈 주고도 사지 못할 것. 그로 인해 웬만한 사람들은 이해할 수 있었고, 그렇기에 그들의 행동 또한 예측할 수 있었다.

하나 이 두 사람은 아니었다. 항자웅과 하이화, 두 사람은 전혀 예측할 수가 없었다.

항상 싸우다가도 갑자기 친해진다. 아니, 싸우면서도 꼬박꼬박 같이 다닌다. 모르는 사람이 보면 참 피곤하게 사는 그런 유형의 인간들인 것이다.

"희한하게도 어울리네요. 처음엔 이게 무슨 난리인가 싶더니……."

항자소의 목소리다. 이곳은 항가장의 후원. 정자와 작은 연못이 있는 곳인데 오늘 손소는 항자웅의 동생인 항자소와 같이 있었다.

"아아, 그러게 말이다. 너희 형이야 원래 이해하기 힘든 사람이긴 하지만 저 아가씨도 그럴 줄은 몰랐어. 진짜 천생연분이란 것이 있기는 한 건가?"

그녀가 항자웅의 신부가 되기 위해 온 것이 아님을 손소는 잘 알고 있다. 그러나 보면 볼수록 항자웅과 하이화는 잘 어울렸다.

일단 항자웅은 그리 만만한 상대가 아니다. 남자건 여자건 그에게 말도 잘 걸지 못할 정도로 보이는 모습이 만만치가 않다.

그런데 건드리면 일 장 밖으로 튕겨 나갈 것 같은 하이화는 전혀 항자웅을 겁내지 않는다. 아니, 겁을 내지 않는 것이 아니라 오히려 그와의 싸움을 즐기는 듯한 모습을 보여주고 있으니 놀랄 일이었다.

"저도 그렇게 되면 좋겠다는 생각은 하지만 그야말로 희망 사항일 뿐이지요. 일단은 저렇게 서로 즐거워하니 좋아 보입니다."

"훗, 그래, 그리 생각하자. 그게 편하겠지?"

쪼로로로.

식어가는 차 한 잔을 따른 후 손소는 천천히 마셨다. 최상의 차는 아니지만 담백한 맛이 좋았다.

"한데 형님, 하나 여쭈어도 되겠습니까?"

"왜? 무슨 일이라도 있는 거냐?"

공손한 항자소의 말에 손소는 자세를 바로잡았다. 워낙에 항자소는 허튼소리 따위는 거의 하지 않는다. 항자웅에 비교하면 그가 더 형님 같은 느낌이다.

"요즘 저희 장원 주변에 이상한 느낌이 듭니다. 무슨 일이 있는 겁니까?"

"……"

손소는 바로 답을 할 수가 없었다. 어떻게 할까 고민하다 그는 고개를 끄덕였다. 이건 숨긴다고 되는 일이 아니었다.

"하긴 느끼지 못한다면 그게 더 이상한 일이겠지. 그래, 네 말대로 일이 좀 있긴 하다. 하나 그건 여기 항가에 관한 문제가 아니라 저 하 낭자에 관한 이야기다."

"하 낭자가 무슨 잘못이라도 한 겁니까?"

"핫핫, 아니다. 잘못한 건 아니고……."

잘못이라면 무가에서 태어난 죄밖에 없을 터였다. 항자소는 무림과는 전혀 동떨어진 사람, 더욱이 사람을 살리는 의원이다.

무림인들의 사고방식을 이해할 리가 없었다. 더욱이 확실히 무슨 일인지 알 수 없었기에 그는 얼버무릴 수밖에 없었다.

"하 낭자를 노리는 자들이 있구나. 여태껏 보호해 주고 있기는 한데 아직 무슨 일인지 정확히 알 수가 없어."

"노린다는 것은 죽이려 한다는 말이겠지요?"

"…그래."

항자소의 얼굴이 어두워졌다. 아마도 여러 가지 생각이 떠오를 터였다. 자칫하면 아무 죄도 없는 가족들이 다칠 수도 있겠고, 형님이 하 낭자를 지키다 다칠 수도 있었다.

말은 안 해도 근심이 가득한 표정이다. 손소는 가볍게 탁자를 두드렸다.

톡톡.

"그리 걱정 안 해도 된다. 너희 형은 그리 녹록한 사람이 아니야. 게다가 이 집 역시 우리 사람들이 보호할 것이고. 곧 본가에서 믿을 만한 사람들도 올 것이다."

"아……."

항자소는 그제야 정신을 차렸다. 그는 손소에게 마음을 들킨 것을 알고는 겸연쩍은 웃음을 흘렸다.

"추태를 부렸군요. 죄송합니다."

"추태는 무슨. 당해보면 누구나 다 같은 생각을 하게 돼."

손소는 대수롭지 않게 흘려 넘겼고 항자소는 목이 타는지 단숨에 찻물을 들이켰다. 항자웅과 하이화는 뭐가 그리 좋은지 꽁꽁 얼어붙은 연못가에서 쪼그리고 앉아 대화에 여념이 없었다.

"어렴풋이나마 느끼고 있었습니다. 언젠가 형님은 다시 이 집을 떠나게 될 것이라고 말이죠."

솔직한 본심이었다. 항자웅이 고향에 돌아왔을 때부터 느끼던 것이다. 그는 이미 다른 세상의 사람이다.

"때가 된다면 멋지게 보내줄 거라 생각했건만 마음대로 안 되네요. 점점 다가오는 것 같은데 왠지 불안하거든요. 난 형님이 어느 정도 무공을 가지고 있는지도 모릅니다."

적어도 가족이라면 당연한 반응이다. 손소는 그런 항자소를 향해 고개를 끄덕이며 말을 이었다.

"불안하긴 하지. 하나 그건 무공에 관련된 것은 아니야. 단순히 무공만 따지면 저놈은 무식할 정도로 강하거든."

"말이 나왔으니 하는 건데, 형님의 무공이 어느 정도인가요? 형님은 적성에 안 맞아 그저 흉내만 내다 나왔다 하던데요."

"저 자식이 미쳤나. 흉내는 무슨……."

손소는 고개를 좌우로 저었다. 항자웅의 무공이 흉내나 내는 것이라면 자신의 무공은 동네 코흘리개 몸부림 정도일 것이다.

"내 입으로 말하긴 좀 그렇지만 난 적어도 이 강호의 백대고수(百代高手) 안에는 들어간다고 생각한다. 강호란 곳이 워낙 기인이사들이 많아서 말이야."

오만이라 말할 수도 있지만 그는 진육협의 한 명이다. 누가 들어도 이 정도는 고개를 끄덕거릴 만한 평가였다.

"그런데 너희 형은 훨씬 그 위야. 적어도 십대고수(十代高手) 안에는 충분히 들어가고도 남을 정도로 말이야."

"에? 그 정도나요?"

고개를 끄덕이는 것으로 손소는 대답을 대신했다. 이건 동생 듣기 좋으라고 하는 입에 발린 이야기가 아니다. 진심을 담아 이야기한 것이다.

오히려 조금 축소한 면이 있을 수도 있었다. 그가 말하는 기준은 지금의 기준이 아니라 과거의 기준이다. 이십 년 전의 기준을 가지고 말해준 것이다.

그때와 지금을 비교해 봤을 때 항자웅은 더 강해졌다. 퉁퉁한 모습으로 눈을 현혹하고 있지만 분명 그는 강해졌다. 무엇보다 저 몸이 그 증거였다.

과거 십무원에서 배운 무공 중의 하나가 저것이다. 물론 그 누구도 익히지 않았다. 좋기는 한데 그다지 쓸모는 없다고 여겼기 때문이다.

이신술(異身術), 교관 중의 한 명이었던 곤륜의 양지상인이 가르쳐 준 방법이다. 이건 무공이 아니라 일종의 유가술(瑜伽術)과 비슷한 개념으로 몸을 움직이는 방법이다.

즉, 몸을 마음대로 변형하는 것이 가능한 것인데, 사실 상상처럼 어른이 아이로 변하는 것 같은 그런 기능이 아니다. 그건 이야기책에서나 가능한 일이다.

다만 순간적으로 관절을 늘리거나 근육을 이동시키는 것이

가능한 정도였다. 하나 그 무엇보다 이신술에는 독특한 수법이 하나 있었는데 바로 내력을 몸 안에 가두는 방법이었다.

이것이 다른 유가술과 차별을 두게 하는 것인데 몸에 무리가 가지 않게 단전 이외에 내력을 저장해 둘 수 있었던 것이다.

아마도 지금 항자웅의 몸은 거의 대부분 내력으로 꽉 차 있을 터였다. 그만큼의 힘을 키웠다면 그간 놀고 있었을 턱이 없다. 비밀리에라도 무공을 연마한 것이 틀림없다.

곤륜에서도 이신술을 쓰는 사람은 없으니 이제 항자웅이 유일한 전수자일 터였다. 본인은 그런 것엔 신경도 쓰지 않지만 말이다.

"그래, 그러니 신경 쓸 것 없어. 걱정을 하려면 네 형이 아니라 저놈이 만나는 사람을 걱정해야 할 거야. 수틀리면 막나가는 성격이잖아."

"그렇죠. 가끔 짜증나기도 하구요."

"최고지, 아주."

씨익 웃는 두 사람이었다.

"안 보이네. 한 마리도 없어!"

"당연한 거 아냐? 지금 입에서 나오는 입김 안 보이냐? 겨울이라고, 지금은."

쪼그리고 앉아 보는 것은 연못 속이었다. 항각과 항안에게 이곳 물고기가 꽤 크다는 말을 듣고 추운데 부득부득 우겨 나온 참이었다.

"이런 겨울에는 이 녀석들 밥도 안 먹어. 죽은 듯이 자고 있으니 떡밥 좀 그만 던져. 물 더러워져."

"누가 아저씨 아니랄까 봐 잔소리. 알았어요!"

버럭 소리를 지르며 하이화는 입술을 비죽 내밀었다. 뽀로통
한 것이 꽤나 골난 것 같은 표정인데 왠지 그 모습이 항자웅은
싫지 않다.

이기고 지고의 문제가 아니라 꽤나 귀여워 보이는 것이다. 물
론 그렇다고 해서 좋아한다는 것은 아니다. 그저 귀엽다는 것뿐
이다.

"자, 그러니까 그만 가자고. 더 있어봤자 저 얼음 아래 자는
잉어들 수면 방해하는 거야. 웃차."

무거운 몸을 일으키며 항자웅은 말했다. 그런데 일어나는 동
작이 조금 묘했다. 왼손을 크게 움직이며 하이화의 등과 머리
쪽을 쓰다듬듯 한 것이다.

스슷, 스스슷.

물론 진짜 쓰다듬은 것은 아니다. 하이화를 향해 날아드는 암
기를 막아낸 것인데 항자웅의 왼손엔 어느새 네 개의 강침이 들
려 있었다.

슬쩍 고개를 돌리며 항자웅은 눈알을 부라렸다. 지붕 위 한편
에 약간 불룩한 곳이 보인다. 아마도 저곳에서 강침을 던졌으리
라.

항자웅은 손목을 흔들어 강침들을 소리 나지 않게 버린 후 고
개까지 돌려 버렸다. 이제 됐다는 듯이 말이다.

이 강침을 던진 것이 살수들이라는 것을 감안하면 정말 말도
안 되는 처신이다. 살수들은 그의 후미로 돌아와 또다시 공격해

올 것이기 때문이다.

그런데 정말 이어지는 공격은 없었다. 아니, 공격이 문제가 아니라 지붕 위의 볼록한 부분도 사라졌다. 깨끗하게 철수한 것이다.

포기하지 않는다는 우천간의 말은 거짓이 아니었다. 우천간을 만난 지 오늘로 일주일째인데 그 이후로도 살수들은 여전히 하이화를 노렸다.

그러나 이전과는 확연히 다른 모습으로 노렸다. 왠지 최선을 다하지 않는다고나 할까? 그저 멀리서 한번 노려보곤 그대로 줄행랑이었다.

이건 무슨 개 훈련시키는 것도 아니고 상황은 계속 반복되었는데, 이는 전적으로 손소 때문이었다. 처음부터 항자웅이 모두 다 막았던 것이 아니다.

원래는 저쪽에 느물거리는 표정으로 서 있는 손소가 먼저 처리를 했다. 성격이 파탄인 놈이라 곧잘 죽이더니 어느 날부터는 손을 쓰지 않기 시작했다.

아마 이들이 진짜 살의를 담고 있지 않음을 알게 된 후부터인 듯하다. 그때부터 저렇듯 느물거리는 시선을 담으며 이쪽을 뻔질나게 바라볼 뿐이었다.

덕분에 하이화를 지키는 것은 온전히 항자웅의 몫이 되었다. 항안을 보는 것만 아니면 하이화는 항상 항자웅의 곁에 있었으니 당연했다.

이상하게도 항안과 같이 있을 땐 공격이 없었는데, 아마 항안이 다칠 것 같아 공격을 미루는 것처럼 보였다.

"그러고 보니 이것들이 난 죽어도 된다는 거야? 확 그냥."

"뭐라고요, 아저씨?"

"응? 아, 아니다. 그냥 날이 춥다고."

뚱한 표정으로 바라보다 하이화는 고개를 돌려 얼어붙은 물가를 바라보았다. 하나 본다고 한들 보일 리가 없었다. 시간낭비인 것이다.

"근데 왜 하필 잉어냐? 참 별게 다 보고 싶다, 진짜."

항자웅은 이해가 가질 않았다. 겨울이라면 의당 보고 싶어 해야 할 것은 이런 것이 아니다. 저 산 정상에 있는 설경이 오히려 더 장관이다.

"차라리 뒷산을 가자. 거기 설경이 진짜 최고……."

"눈은 싫어요. 너무 많이 봐서 지겨워요."

아차, 이 아이의 출신이 어디인지 깜박했다. 다름 아닌 빙궁. 이곳에서는 좀처럼 보기 힘든 눈을 사시사철 볼 수 있는 곳이다.

아니, 볼 수밖에 없다. 눈과 얼음이 빠진 빙궁이라면 빙궁이 아닐 테니까.

"본 적 없거든요, 잉어."

"뭐?"

도무지 이해가 안 가는 소리에 항자웅은 고개를 갸웃거렸다. 세상에 잉어를 본 적이 없다는 말을 어떻게 해석해야 할지 난감했다.

"나… 한 번도 빙궁 밖에 나와본 적 없어요."

"…진짜로?"

놀랄 일이다. 올해 스물아홉이나 먹은 사람이 어찌 세상 구경을 한 번도 못해봤단 말인가? 말대로라면 그냥 빙궁에서 거의 감금당했다는 뜻이다.

"이번에 드디어 강호에 나가본다기에 많이 보고 많이 기억하고 싶었는데… 올 때는 그게 잘 안 됐어요. 달리는 마차에서 나와본 적이 없거든요."

사실일 터였다. 빙궁에서 나올 때 데리고 나온 수하들은 온 힘을 다해 무조건 이 하이화를 지키는 것에만 신경 썼을 터였다.

원살토에 쫓기는 사람들이 무슨 경치 구경인가? 당연히 냅다 달렸을 터였으니 창문 한번 열기 힘들었을 터다.

"허, 이십구 년 동안 빙궁에서 감금이라……. 꼬마 아가씨가 안 미친 게 다행이구만."

"네, 아저씨 말대로예요. 정말 미칠 뻔한 적도 있기는 한데 어떻게 잘 참았어요."

참으로 대견한 내용임에도 불구하고 상당히 뾰족한 느낌이 드는 어투였다. 왠지 대화상 꼬마 아가씨와 아저씨란 두 개의 단어가 여전히 마음속에서 걸리는 듯했다.

하나 지금은 그런 것에 신경 쓸 때가 아니었다. 요는 이 아가씨의 정신 상태. 이십구 년 동안 빙궁에서만 살아온 삶이란 그리 좋은 게 아니다.

빙궁은 하얗다. 그것도 눈이 부시도록 말이다. 그곳은 만년설과 만년빙하가 어딜 가도 깔려 있다.

풀 한 포기 자랄 수 있는 환경이 아니었다. 빙궁 안을 제외하고는 정말 살을 엔다는 표현이 맞을 정도로 추웠다. 그런 추위가 일 년 내내 지속되는 곳이다.

그토록 하얀 곳에서 이십구 년을 지냈으니 보통 사람과 다른 감성이 생길 수밖에 없었던 것이다. 가끔 하이화의 생각이나 행동, 그리고 어투 같은 것이 엉뚱한 이유가 있었다.

"뭐, 너도 참 박복한 인생이다. 하필이면 눈 올 때를 골라 나왔으니……. 그나저나 우리 마을은 매년 그리 춥지 않았는데 올해는 유난히 춥네."

사실 진우현이 있는 곳은 그리 추운 곳이 아니다. 워낙 남쪽에 있는 곳이라 오히려 겨울에도 얇은 옷을 입고 다니는 사람들이 많았다.

그런데 요즘 들어 갑자기 추워졌다. 십 년 만에 이런 추위는 처음이라며 사람들은 저마다 솜옷들을 입고 다녔다. 빙궁에서 살아온 하이화는 그저 얇은 홑겹 하나 걸칠 뿐이지만.

"그런 말 많이 들어요. 이젠 별로 기분 나쁘지 않을 정도인 걸요."

"그게 더 기분 나빠. 어린 녀석이 뭘 세상 다 산 척이야."

언젠가는 잉어를 한번 보여주어야겠다는 생각을 하며 항자웅은 자리에서 일어섰다. 한데 그건 집안으로 들어가기 위함이 아니었다.

"괜찮으십니까, 국주님? 허허, 자웅이도 오랜만에 보는구나."

넉넉한 웃음과 함께 백발이 성성한 사내가 후원으로 들어서고 있었다. 항자웅이 일어선 것은 그를 맞이하기 위해서였다.

"기다리고 있었습니다, 양 대주. 이제야 좀 마음이 편해지겠군요."

"어서 오세요, 양 형님. 진짜 오랜만에 뵙는군요."

손소와 항자웅의 얼굴에 반가운 미소가 가득 지어졌고, 하이화는 그 미소에 고개를 갸웃거렸다. 물론 그녀가 아는 사람은 절대 아니다.

하나 다가온 사내는 그녀를 잘 아는 것 같았다. 오자마자 하이화의 앞으로 다가오더니 흥미롭다는 표정을 지었다.

"이쪽 소저가 빙궁의 하 소저군요. 반갑습니다. 전 양신명(陽愼明)이라 합니다."

"…하… 이화예요."

얼떨결에 인사를 한 하이화는 바로 항자웅의 뒤로 살짝 숨었다. 낯선 사람을 두려워하는 성격 때문인데 어떻게 항자웅에게 왔는지 참 신기할 따름이다.

"아참, 자네 축하하네. 어쨌든 이번에 결혼하게 됐다면서? 진우현에 소문이 아주 자자하게 났더구만."

"그건 또 무슨 소리입니까? 이 꼬마 아가씨가 멋도 모르고 한 말일 뿐이거늘……."

"아니, 조금 전에도 보고 왔는걸? 한 노인이 커다란 깃발을 내걸었어. 곧 혼인한 후 운이 트인다고 쓰여 있던걸."

"혹시 그 깃발 옆에 길흉화복을 점친다는 깃발도 하나 같이 있지 않던가요?"

왠지 모를 불길한 기운에 항자웅이 묻자 양신명은 눈을 동그랗게 떴다. 마치 마음을 들키기라도 한 것처럼.

"어찌 알았나? 보자마자 점보라고 난리던데."

"…끄응!"

항자웅은 어금니를 지그시 깨물었다. 틀림없다. 아무래도 조노야 그 작자는 항자웅과 전생에 원수지간이었나 보다.

항자웅은 몸을 돌렸다. 천천히, 아주 자연스럽게 그는 후문으로 나서기 시작했는데, 그러자 손소가 물었다.

"뭐야? 너, 어디 가?"

"사람 죽이러."

항자소가 뛰어나갔다. 의원으로서, 그리고 동생으로서 최악의 상황은 피해야 했기에.

*   *   *

"실패? 건드리지 않는 게 좋아? 그게 지금 할 소리냐?"

"어떻게 해야 할지 물었기에 한 말이오. 그뿐이외다."

우천간은 담담하게 말했지만 상황은 그렇게 편하지 않았다. 그의 눈앞에 다섯 명의 사람이 냉막한 표정을 짓고 있었다.

그냥 표정만 냉막한 것이 아니라 기이한 살기까지 같이 피워 올리고 있었다. 앞에 서 있는 것만으로도 다리가 떨릴 정도로 강렬한 살기였다.

"나 참, 미치겠네. 기껏 차포 다 떼어봐 줬더니 왕도 아니고 졸 하나 못 잡아? 그래 놓고 네놈이 한 지역을 맡고 있는 책임자라고?"

"말을 조심하시오! 아무리 우리가 그대들을 지원하는 역할이기는 하나 우린 당신들의 수하들이 아니외다!"

호인의 입에서 거북한 목소리가 흘러나오자 살기는 더더욱 진해지기 시작했다. 그냥 강렬한 것이 아니라 왠지 모를 끈적끈적한 것이 더해졌다.

그 살기 속에 빠진다면 끈적끈적한 거미줄에 빠진 것과 같은 기분일 터였다. 헤어나려고 하면 할수록 파들어 오는 살기, 그런 것이 호인과 우천간 앞에 펼쳐지고 있었다.

"말을 조심해? 지원? 당신들, 크큭… 벌레 같은 놈이 정신마저 혼탁하구나."

한 사내가 앞으로 나왔다. 봉두난발에 왼쪽 뺨에 진한 검상이 그려져 있는 자다.

어느새 그의 손에는 쌍륜이 들려 있었다. 당장에라도 무력시위를 하겠다는 의도가 명백해 보였다.

그러자 두 사람 사이로 우천간이 끼어들었다. 포권과 함께 허리를 깊숙이 숙이면서 말이다.

"금인(金引) 대협께서는 부디 용서하시길. 아직 어린 녀석입니다."

"대인, 이 무슨……."

"조용히 하라! 호인 네가 나설 자리가 아니다!"

우천간은 버럭 소리를 질렀고, 호인은 찔끔한 표정으로 뒤로 물러섰다. 목소리 속에는 상당한 기운이 실려 있어 말을 들을 수밖에 없었다.

우천간을 비롯한 일행이 있는 곳은 어느 낡은 관제묘였다. 진우현에서 약 십여 리 정도 떨어진 곳인데 그곳엔 꽤 많은 사람들이 와 있었다.

천살토에서 사람들이 온 것이다. 우천간은 그들에게 저간의 사정을 이야기하는 중이었다.

"금이 너도 뒤로 물러나. 우리가 싸워야 할 상대는 이들이 아니다."

"하지만 월(月) 대형, 제 분수도 모르고 날뛰는 놈을 어찌 가만둡니까!"

"한마디만 더하면 너도 같은 취급당할 거다. 그만하고 대형 말 들어."

"화(火) 형님!"

금인은 이번엔 다른 사람에게 원망의 눈초리를 보냈다. 그가 화 형이라 부른 사람인데 그 역시 더벅머리에 얼굴은 그리 깨끗하지 않았다.

아니, 생긴 걸로 따지면 이 다섯 사람이 모두 다 비슷했다. 봉두난발에 더벅머리를 더한 꼴에 지저분한 얼굴이다. 저잣거리에서 동냥이라도 하면 충분히 성공할 인상들이 분명했다.

다만 그런 자들과 다른 점이라고 한다면 허리춤에 시퍼런 쌍륜을 차고 있다는 점이었다.

"우천간, 듣기로 당신의 판단이 썩 괜찮다고 하더군. 그 때문에 이렇게 번거롭게 당신의 의견을 듣기로 한 것이오. 그렇게 판단하는 근거가 대체 뭐지?"

월인의 목소리에 우천간은 고개를 돌렸다. 이 사람이 바로 이들의 수장이자 대형이다. 좀처럼 화를 내지 않는 성격에 무공 또한 강한 자였다.

"우선은 누가 뭐래도 진육협의 도움이 큽니다. 현재 항가장에 있는 사람은 쌍룡검객 손소. 저 같은 것은 신경도 쓰지 않을 만큼 고수였습니다."

"당연한 이야기는 그만하지. 다른 요인은?"

더없이 차분한 목소리지만 듣는 순간 피가 싹 가라앉는다. 그 말투로 짐작했을 때 이들은 이미 어느 정도 파악하고 온 듯했다.

거짓을 고한다면 그것으로 끝이다. 오로지 진실만을 말하는 것이 살길이었다.

"또 다른 고수가 있습니다. 그곳 항가장의 첫째 아들이라는 자, 보통 실력이 아닙니다."

"…다른 고수? 어느 정도 급이지?"

눈빛을 보니 이건 몰랐던 듯하다. 우천간은 잠시 생각을 해보곤 이내 답했다.

"확실하게는 답할 수 없으나, 진육협에 가까울지도 모르겠습니다."

"이거 완전히 미친놈이구만. 진육협에 가까운 무공을 갖는 게 그리 쉬운 일인 줄 알아?"

금인이 다시 나섰다. 아무래도 그는 지금 우천간이 가지고 온 정보를 전혀 신뢰하지 않는 것 같았는데, 우천간은 진실을 말할 뿐이었다.

"믿지 않으면 그만이오. 하지만 이건 모두 진실이외다."

"그런 이유로 이번 의뢰를 그만두자고 한 것인가?"

우천간은 묵묵히 고개를 끄덕였다. 살짝 충혈된 월인의 눈빛이 우천간에게 향했다. 마치 이 모든 것에 대한 진위를 확인하려 하는 듯이 말이다.

미동도 하지 않고 우천간은 그 시선을 받아 넘겼다. 일각의 시간이 흐르고 나서야 눈빛은 거두어졌고, 월인은 입을 열었다.

"당신의 의견은 참고만 하겠다. 일은 계속 진행한다. 아울러 여태껏 해왔던 일에 대한 상벌 또한 토주(土主)님을 대신해 내린다."

시렁, 파팟.

"흡!"

"대, 대인! 무슨 짓이오!"

작은 빛의 번쩍임과 함께 우천간의 왼손이 바닥에 떨어졌다. 분수처럼 쏟아지는 피를 지혈하며 우천간은 한쪽 무릎을 꿇었다.

"그리고 이 시각 이후로 넌 지살토의 이름을 쓸 수 없다. 그러면서도 목숨을 앗을 정도는 아니라는 것이 위쪽의 판단이지. 당신, 그간 꽤 처신을 잘해왔던 것 같군."

차가운 목소리와 함께 월인은 신형을 움직였다. 더 기다릴 것도 없다는 것이 그의 생각인 듯했는데 그가 움직이자 나머지 네 명도 같이 움직이기 시작했다.

"내 그럴 줄 알았다. 지렁이 같은 놈들이 무슨 사람 흉내를 내려 그래. 큭큭큭."

금인의 목소리에 호인의 눈이 매서워진다. 하나 금인의 신형은 이미 관제묘를 벗어나고 있었다. 호인이 화가 나든 말든 그가 신경 쓸 일이 아니라는 듯이 말이다.

"하아, 이 무슨 꼴인지… 큭."

"대인, 말씀을 아끼시지요. 지금은 체력을 축적할 때입니다."

"팔 하나 없어진다고 죽지 않는다. 그만 우리도… 움… 직이자. 흡."

"가긴 어딜 갑니까? 말씀 못 들었습니까? 우린 더 이상 지살토의 사람들이 아닙니다."

지살토의 이름을 쓸 수 없다는 말은 축출을 의미한다. 또한 이는 죽음이 그들의 그림자를 밟고 있다는 뜻이기도 했다.

살려준다는 것이 아니다. 언젠가는 누군가 와서 그들을 암습할 것이다. 새로운 지살토 살수들의 살행을 위한 연습 도구로 쓰일 것이다.

그때까지 아주 잠깐 연명하는 것뿐이다. 죽이는 것보다도 더욱더 잔인한 처사였다.

"그러니 갈 수 있겠지. 가자. 가서 저놈들이 어떻게 그들을 상대하는지 봐야겠다. 그래야만……"

문득 그의 눈이 잘려진 왼팔로 향했다. 아직도 뜨거운 피를 뿜어내며 잔 경련을 일으키고 있었다.

"저 녀석에도 미안하지 않겠지."

왠지 모를 회한이 밀려오는 우천간이었다.

第五章
오인우살

1

"오인우살(五引雨殺)?"

"그렇습니다, 국주님. 쉽지 않은 놈들이죠. 상당히 강하기도 하고."

손소는 미간을 찡그렸다. 들어본 적이 있기 때문인데 꽤나 흉명을 가지고 있는 놈들이다.

딱히 연고지를 가지고 움직이는 것은 아닌데 어디든 움직일 때마다 피를 뿌리고 다니는 놈들이다. 근본부터가 비틀린 놈들인 것이다.

"그놈들이 언제부터 원살토로 들어갔지? 아니, 그보다 무슨 살수가 그리 대놓고 흉명을 떨치고 다니나."

"원래 천살토라는 곳은 키워진 살수들이 아닙니다. 꽤 하는 사파의 고수들이 일이 있어 도망치다 모인 것이 천살토의 시작이죠. 당연히 살수와는 거리가 멉니다."

말과 함께 양신명은 심각한 얼굴을 만들었다. 덩달아 손소와 항자웅도 심각한 얼굴이었는데 이곳 진우현 부근에 이자들이 나타났기 때문이다.

양신명이 데려온 것은 양위대뿐만이 아니었다. 그는 강호의 소식, 특히 빙궁에 관한 것을 많이 가져왔다. 이는 손소의 부탁 때문이었다.

"오인우살이 유명해진 것은 오 년 전쯤 됩니다. 양갓집 규수들을 간살하는 것은 물론이고 아이들까지 옷을 벗기는 변태 같은 놈들입니다. 그 때문에 강호에서는 일찌감치 그놈들을 공적의 이름에 올렸지요. 마침 그놈들 주변에 소림의 담로(擔勞) 대사와 제자들이 있어 그들과 싸웠다 합니다."

"담로 대사? 팔정권(八定拳)을 쓰시던 그 대사님 말인가요?"

"그래, 너도 기억하는구나. 그분도 잠시나마 십무원의 교관으로 계셨었지."

권사치고 손이 작고 마른 체형이었다. 교관 중에서도 가장 나이가 많았고 무공도 나이만큼이나 깊었다. 특히나 그의 제자들도 무공이 상당하여 그 가르침 능력을 높이 사 교관이 된 사람이다.

"세 명의 제자와 같이 싸웠지만 결과는 담로 대사와 제자들의 몰살이었다. 이 다섯 놈의 무공이 그만큼 높단다."

"정말입니까?"

놀랄 일이었다. 소림의 담로 대사라 하면 지금 장문인 대의 사람이다. 무공으로 따져도 엄지손가락을 치켜들 만한 것이다.

그런데 그런 사람이 잘 키운 제자 셋과 동시에 죽었다는 것은 한 가지를 의미한다. 오인우살이란 놈들, 그리 녹록한 놈들이 아니라는 것이다.

"아마 그놈들의 합격술에 뭔가 있기 때문일 거야. 만나는 사람은 다 죽어서 확인할 바는 없지만 그리 생각한다. 어쨌든 그놈들은 그 후 바로 진살곡으로 들어갔지. 아무리 간 큰 놈들이라 하더라도 소림을 건드리곤 맘 편히 강호를 다닐 수는 없을 테니까 말이야."

"진살곡이야 그런 놈들을 오히려 환영하는 곳이니 당연합니다. 다만 어째서 저놈들이 이곳에 나타난 것이며 또 빙궁과는 어떤 연관이 있는지가 문제이지요. 그 점에 관해선 별 이야기가 없습니까?"

가장 중요한 일이었다. 항자웅은 잠시 고개를 돌려 밖을 바라보았는데 쪼그리고 연못에 앉아 있던 하이화는 없었다. 그녀는 동생 항자소와 함께 안채로 들어갔다.

"사실 그리 결정적인 것들은 없습니다. 그저 뜬소문뿐입니다. 특히나 빙궁에 관련된 것은 더욱더 그러합니다."

"누군가 정보를 쥐고 있다는 뜻입니까?"

"그것보다는 아예 정보가 빙궁에서 나오질 않는다고 보는 것이 옳겠지요. 지금 빙궁은 사실상 봉문 상태입니다. 그래서 알아보기가 더욱더 힘들었습니다."

"봉문이요?"

한 개 문파가 봉문을 한다는 것은 쉬운 일이 아니다. 모든 경제적 활동을 접는 것은 둘째 문제고 앞으로 강호 일에 거의 상관하지 않겠다는 표현과 다름없었다.

다시 봉문이 풀린다 한들 이미 그들은 강호에서 한걸음 물러난 상태일 터다. 물론 어떻게든 할 수는 있겠지만 그 회복 기간이 얼마나 걸릴지 아무도 모른다.

"그들 스스로 봉문이라 칭한 것은 아닙니다. 다만 원살토 쪽에서 사람들이 그곳으로 가고 있음에도 불구하고 빙궁주는 아무런 행동을 취하지 않고 있습니다. 그것만으로도 오해할 만하지요."

손소가 기억하기로 현재 빙궁주는 백영빙주(白影氷主) 이심옥(李心鈺)이란 여인이다. 벌써 십 년 이상 빙궁주로 활동하고 있는데 무공이 대단한데다 자존심도 엄청 높다고 들었다.

특히나 머리부터 발끝까지 백색이기에 그림자까지 백색이란 뜻으로 지어진 별호였다. 고고하기가 이를 데 없는 사람이라 외인의 침입을 절대 놔둘 리가 없었다.

"빙궁 안에 무슨 일이 일어난 것이야 이미 예상하고 있는 일입니다. 하 낭자가 이곳에 있는 것만 해도 그렇지요. 이 친구와 난 아무래도 빙궁 내에 무언가 알력이 생겨난 것이 아닌가 싶어요."

"정확한 판단이십니다. 그 말대로 현 궁주에게 반대하는 세력이 생겨났다 추측하는 것이 옳을 듯싶습니다. 아직 누구인지까지는 파악되지 않았지만 소식을 보내온 자들 모두 내부적으로 알력이 생긴 것으로 보인다고 하더군요."

양신명의 목소리에 항자웅은 고개를 끄덕였다. 맞는 판단이다. 만일 무공으로 승부를 보려는 상황이라면 지금쯤 이미 다 끝났을 터였다.

어느 한쪽이 당하면 끝나는 문제이니 말이다. 그러나 그렇지 않다는 것은 치열하게 머리싸움을 하고 있다는 뜻이다.

"자세한 것은 빙궁에 완전히 들어가 봐야 알겠지만 그렇다 해도 의문은 남는군요. 대체 하 낭자는 그럼 무슨 역할인 겁니까? 그것에 관해서도 이야기가 있습니까?"

손소가 말하자 이번엔 양신명도 난처한 얼굴을 했다. 표정을 보니 그리 좋은 소식은 없는 듯했다.

"아쉽게도 거기까지는 알 수가 없었습니다. 다만 아까 그 아가씨를 호위하기 위해 온 빙무혼(氷武魂) 이십여 명이 희생되었다고 합니다. 확실히 중요한 인물이긴 한 것 같습니다."

"빙무혼까지?"

손소는 되뇌었다. 빙무혼이란 이름은 절로 그런 반응을 만들 수밖에 없었는데 이는 그들이 단순한 무사들이 아니었기 때문이다.

빙무혼은 빙궁의 모든 것이나 다름없었다. 빙궁주의 직속 부대이기도 하고 또 빙궁주를 호위하는 최측근이기도 했다. 절대적인 믿음을 가진 자들인 것이다.

빙궁주와 빙무혼이 남아 있는 한 빙궁은 영원하다는 말이 있을 정도였다. 그런데 그런 사람들 스무 명을 희생하면서까지 하이화를 탈출시키려 했다니……

"이거야 원 점점 더 머리가 아파지는군. 대체 지금 우리가 무슨 일에 엮이게 된 것인지."

"엄밀히 따지면 우리가 아니라 나다. 가장 피곤한 피해자가 바로 나라고."

나름 슬픈 얼굴을 지으며 항자웅이 입술을 내밀지만 씨알도 안 먹힐 표정이다. 손소는 눈을 가늘게 만들었다.

"이봐, 친구. 사실 덜컥 결혼해도 괜찮을 것 같다는 게 내 본심일세. 이 기회에 부모님 소원도 한꺼번에 들어드리는 게 어떤가?"

"이 친구가 정말……. 아, 그랬다간 장인 될 사람에게 무슨 꼴을 당할라 그래? 한음도 하린벽이 그리 만만해 보이냐고."

"하긴, 네 무공의 근간을 이룬 사람이 바로 그분이기도 하니……. 꼬장꼬장 하시기도 하고."

"꼬장? 그건 꼬장꼬장한 게 아니라 미친 거야. 피와 도 한 자루만 있으면 세상이 즐겁다고 씨불이는 인간, 솔직히 난 그 양반에게 딸이 있다는 것도 신기해."

자신도 모르게 손소는 고개를 끄덕였다. 좀 과하게 말한 면이 없잖아 있지만 항자웅의 말이 완전히 틀린 것은 아니다.

십무원의 교관 중에서 가장 괴팍한 사람을 꼽으라면 바로 그였다. 이건 사람이 아니라 칼 한 자루하고 말하는 것 같았던 것이다.

솔직히 빙궁이 구파일방과 뜻을 같이해서 그렇지 마교 쪽에서 온 사람이라 해도 전혀 무리가 없을 정도로 그는 섬뜩했다. 오로지 칼의 힘만을 신봉했던 자다.

"돌이켜 보면 십무원의 기억이 아주 힘든 것만은 아니야. 때로는 좀 그립기도 해. 그러나 그 인간만은 아니야. 진심이다, 손소."

"아아, 그건 나도 동감이다. 말소리 듣는 것만으로도 섬뜩했지. 하지만 무공 하나만큼은 인정한다."

무공이야 두말할 것 없었다. 사실 항자웅의 도법은 거의 대부분 그의 영향을 받았다. 아니, 하린벽의 뜻을 가장 충실하게 따른 것이 항자웅이었다.

다른 친구들이 항자웅을 볼 때마다 하린벽을 보는 것 같다는 이야기를 할 정도였다. 물론 항자웅은 그럴 때마다 질색을 했지만.

사실 그의 무공은 빙궁의 것과는 궤를 달리했다. 오로지 칼과 자신만을 생각하며 휘두르는데 그 과정에서 인성이란 것을 지워 버려야 한다고 믿었다.

당연히 하린벽의 검은 잔인했다. 그러면서도 간결한 괴이한 느낌을 주는데 항자웅은 다행히 잔인한 면은 많이 희석시키며 사용했다.

"그 하린벽도 쉽지 않다고 이야기했던 빙무혼까지 세상에 나오게 했다. 대체 빙궁에서 무슨 일이 일어나고 있는 것인지 원."

요는 그게 문제였다. 빙궁에 대한 일, 지금 현재 가장 중요한 일은 그게 되어버렸는데 사실 이건 그들이 걱정해야 되는 일은 아니다.

"그나저나 빌어먹을 천약련은 뭘 하고 있는 거야? 상황이 이렇게 돼가는데 빙궁에 사람이라도 파견해야 되는 거 아니야?"

항자웅의 말처럼 천약련이 있었다. 구파일방의 연합체이자 현재 중원의 질서 유지를 맡고 있는 그곳에서 걱정해야 될 문제였다.

"아니, 그건 좀 다른 문제네. 천약련은 오히려 빙궁에 대한 문제는 전혀 관여해선 안 된다고 보지. 그들도 발표는 안 하지만 내심 문파 내부의 문제라 보는 것 같네."

"분쟁에는 관여하겠지만 문파 내의 골육상잔이면 신경 쓰지 않는다, 이겁니까? 편리한 놈들이군요."

입술을 비죽 내밀며 항자웅은 불만을 표시했다. 그러나 그게 천약련이다. 연합체란 것은 결국 의사 결정에 제약이 많게 되어 있다. 예상하지 못한 반응이 아닌 것이다.

"망할 놈, 진덕승 이놈은 그곳에 있으면서 대체 뭘 하는 거야? 뭔가 바꾸러 갔다면 바꿔야 될 거 아냐."

"그게 그리 쉬운 일이겠나. 덕승이도 힘든 모양이더라. 우리 중에 아무나 한 명만 천약련으로 와달라고 하더만."

"농담도 그 정도면 악담이라 전해. 우리 중에 싫어도 실실 웃으며 하는 척이라도 하는 놈은 그놈 하나가 유일한데 대체 어딜 오라는 거야."

손소는 웃었다. 갑자기 옛일들이 생각나서였는데, 항자웅의 말처럼 진덕승은 보통 비위를 가진 친구가 아니다. 그 어떤 경우라도 웃으며 상황을 흘려보낼 수 있었다.

정마대전이 끝나고 진육협은 모두 천약련의 요청을 받았다. 천약련에서 일하든지 아니면 십무원에서 일해 달라고 말이다. 그러나 그들 중 요청을 받아들인 것은 진덕승이 유일했다.

짐작대로 적성에 잘 맞았는지 그는 승진을 거듭해 지금은 외무원주라는 높은 직책에 있었다. 천약련의 대외적인 업무를 총괄하는 곳에서 수장이 된 것이다.

그가 말만 하면 하루아침에 군소 문파 하나 정도는 멸문시킬 수 있을 정도로 영향력이 큰 자리였다. 하지만 지금껏 진덕승이 움직였다는 이야기는 들어본 적이 없다.

"말이야 바른 말이지 자웅이 너 정도라면 당장에라도 환영하지 않겠나? 어때, 천약련으로 가보는 것은?"

"왜 이래요, 형님, 나 그런 거 싫어하는 거 알잖아요."

"그럼 이쪽으로 오든가? 우리 상단의 일손도 많이 부족해. 특히나 너 같은 고수라면 아주 부족하지."

"호오, 양 형님, 못 보는 사이에 기술이 하나 느셨습니다그려. 사람 낚는 기술입니까?"

"훗, 자네만 낚인다면……."

어울리지도 않는 샐쭉한 표정을 지으며 항자웅은 양신명을 흘겨본다. 양신명은 그저 빙긋 웃으며 항자웅을 바라볼 뿐이었다.

양신명은 항자웅의 무공이 어느 정도인지 아는 몇 안 되는 사람이다. 어릴 때부터 손소와 붙어다녔던 항자웅이기에 손소를 돌보던 양신명은 항자웅과도 친해질 수밖에 없었다.

"호오, 양 대주. 그거야말로 좋은 생각입니다. 그리만 한다면야 내 양 대주님의 급료를 더 올려드리죠."

"시끄러, 인마. 내가 들어간다 그러면 넌 그만두고 놀러 다닐 생각인 거 다 알아."

"…내가 언제 이야기한 적 있냐?"

"어이어이, 표현이 틀리잖아. 그게 아니라 이야기 안 한 적 있느냐고 하는 게 맞지."

씨익 웃으며 손소는 항자웅을 놀렸고, 항자웅은 뚱한 표정으로 응수했다. 비록 이렇게 농을 주고받기는 하나 항자웅이 진짜 손소와 같이하지 않는 이유는 따로 있었다.

그가 아직 강호로 나가기 싫어하기 때문이다. 이십 년 전의 일이 마음속에 깊이 각인되었는지 그냥 이대로 조용히 살고 싶어 한다.

물론 그렇다고 그가 뒷방 늙은이가 되는 것은 아니다. 호랑이는 숨는다고 개가 되지 않는 법. 결국 그 이빨을 드러내게 되고야 만다.

문제는 그 시기가 언제쯤이냐는 것이다. 상황을 보니 그리 멀지 않은 것 같은 느낌도 들고 있었다.

"대주님, 보고 드립니다."

한참을 농을 주고받다 양신명은 고개를 돌렸다. 항자웅의 처소 밖에서 양위대의 무사 하나가 입을 연 것이다.

"무슨 일이냐?"

"오인우살이 나타났습니다."

"벌써? 어디에 말이냐?"

양신명이 되물었다. 생각보다 빠른 행보다.

"지금 현재 항가장의 내전에 와 있습니다."

"…뭐라고?!"

세 사람이 동시에 자리에서 일어났다. 이건 완전히 예상외의 상황이다.

"내전이라니? 이놈들이 대체 경비를 어떻게 선 것이냐!"

양신명은 사납게 소리를 질렀다. 내전으로 들어갔다 함은 이미 저지선이 뚫렸다는 이야기이다.

"아닙니다. 저희가 아니라 대부인께서 들이셨습니다. 그놈들이 하 낭자와 아는 사이라고 해서……."

퍄아아앙!

항자웅의 모습이 장내에서 사라졌다. 부서져 나간 문짝과 함께.

"아무래도 그대들은 그리 좋은 의도로 내 집에 온 것이 아닌 것 같군. 귀하들은 누구시오?"

여씨부인의 입술에서 나직한 목소리가 흘러나왔다. 그의 앞에는 일단의 인물들이 있었는데 바로 오인우살이었다.

"킥킥. 머리 검은 놈들 함부로 집안에 들이는 게 잘못이지. 역시 들여놓고 보니 후회되지, 노마님?"

금인은 흘러나오는 웃음을 참을 수가 없었다. 일이 잘되려니 별게 다 풀려 버린다.

원래는 오자마자 한바탕 할 생각이었다. 항가장 주위로 살벌한 경계가 펼쳐져 있었는데 손진표국의 정예인 양위대였다.

아무리 그들이 눈에 뵈는 게 없다 하지만 숫자로 밀리는 싸움은 기피할 수밖에 없다. 자칫하면 목적을 달성하기도 전에 낭패를 볼 수 있으니 말이다.

그러던 차에 장원의 안주인으로 보이는 듯한 노부인이 보였고, 개중 제일 인상이 좋은 화인이 가서 얼마 전에 온 하 낭자의 친구라 하니 아주 반색을 했다.

양위대는 비밀리에 지키는 임무를 받은 듯 나서지 않았으니 이렇게 운이 잘 풀릴 수가 없었다. 거기에 눈앞에 목표물도 떡 하니 나와 있고 말이다.

"두말 안 한다. 어이, 거기 계집. 이리 와. 아니면 이 집안 다 쓸어버린다."

"터진 주둥이라고 함부로 여는 거 아니지. 그게 그리 쉬운 일일 것 같나?"

다섯 명의 고개가 동시에 돌아갔다. 한쪽 구석에 두 명의 무림인이 나타났는데 오인우살은 동시에 긴장했다. 그중 한 명의 허리춤에 두 개의 검이 보였던 것이다.

"위명이 자자한 손소 대협을 드디어 보는구만. 생각보다 그리 크지도 않네. 소문엔 구 척 장신에 눈과 입에서 불이 튀어나온다 하더만."

"불은 좀 그렇고 네놈의 입에서 피 정도는 토하게 해줄 수 있지. 당장에라도 해줄까?"

손소의 이죽거림에 금인은 웃었다. 진하디진한 살소였다.

"누구의 피가 토해지는지는 해봐야……."

"꼬마 아가씨, 괜찮아?"

"……!"

오인우살의 눈에서 동시에 놀란 표정이 떠올랐다. 나타나자마자 바로 사라졌지만 분명 그들은 동요했다. 그건 그들의 정면에 나타난 사람 때문이었다.

항자웅이었다. 어느새 나타나 하이화의 앞을 막아선 것인데 어찌나 몸이 큰지 하이화의 몸은 푹 파묻혀 보이지도 않았다.

그들이 동요한 것은 그 몸집 때문이 아니었다. 항자웅이 나타났음에도 불구하고 아무도 그 기척을 느끼지 못했던 것이다.

"아, 아저씨, 저, 저, 저 사람들이… 우리 빙궁 사람… 데려갔어요."

"…저놈들이었나?"

울먹거리는 하이화를 달래며 항자웅은 슬쩍 고개를 돌렸다. 다섯 놈이 눈을 부라리며 자신을 뚫어져라 바라보고 있다.

그렇다면 이놈들이 빙궁에서부터 하이화를 뒤쫓았다는 놈들일 터였다. 항자웅은 완전히 신형을 돌렸다.

"이 꼬마 아가씨 친구들 어쨌어?"

"어쨌을 것 같나, 돼지?"

금인의 목소리에 항자웅은 한쪽 눈썹을 찡긋거렸다. 이미 죽었다는 뜻. 뭐 어느 정도는 짐작하고 있었다.

"걱정 마, 꼬마. 조금 있으면 여기 있는 놈들 모두 다 같이 저승에서 만나게 해줄 테니. 아니, 그냥 죽이는 건 너무 심심하구나."

사람 죽이는 것을 놀이처럼 생각하는 놈인 듯했다. 항자웅은 일단은 그 하는 꼴을 좀 더 보기로 내심 결정했다.

"일단 남자 놈들은 산 채로 자신의 심장을 보게 해주지. 생각보다 꽤 괜찮아. 찰나의 순간에 가슴을 찢어내면 되거든. 특히 애새끼들은 아주 헤집는 맛이 있지."

입맛을 다시며 어린 항각과 항안을 바라보자 항안은 본능적으로 형에게 다가가 기대었다. 항각은 굳은 표정으로 동생을 꼭 끌어안았다.

"그다음 계집들은 어떻게 할까? 솔직히 좀 생긴 것들이 있다면 회포라도 풀겠는데 애 밴 계집은 흥미가 떨어져서 말이야. 아참, 목(木) 형님은 저런 년들 좋아하시죠?"

"두말하면 잔소리지. 돈 주고도 못 볼 광경이거든."

"크핫핫핫! 그럼 이 우제가 당연히 양보를 하지요. 그다음은 맡겨주시죠. 제가 제대로 찢어 죽……"

"이놈들이 닥치지 못하겠느냐!"

금인의 말을 자르며 여씨부인이 크게 소리쳤다. 그녀는 앞으로 나서며 금인을 향해 쏘아붙였다.

"죽인다고 그러면 우리가 잘못했다 그러고 벌벌 떨어야 하나? 내 나이 반도 안 살아본 놈 같은데 주둥아리는 대체 어디서 그따위로 놀리는 것을 배웠나! 네놈의 어미가 그따위로 가르치더냐!"

"……."

"어디 한번 해봐! 이 망나니 같은 놈! 내 아무리 닭 한 마리 잡을 힘은 없어도 죽을 때까지 한번 상대해 주마!"

손아귀에 찻잔을 움켜쥐며 그녀는 소리쳤고, 금인은 어처구니없다는 표정을 지었다. 이래저래 오늘 참 즐거운 날이라는 생각이 들었다.

"고정하세요, 어머니."

"아들! 너 들었지, 아들! 저 시러베 잡놈이 하는 소리!"

항자웅은 손을 들어 여씨부인의 작은 어깨를 감싸듯 잡았다. 너무 작아서 어깨 전체가 손에 가려질 정도다. 문득 항자웅은 그 손 너머로 작은 떨림을 느꼈다.

두려운 것이다. 왜 그렇지 않겠는가? 생면부지의 사람들이 자신들을 죽인다는데 당연했다. 더욱이 무공 한 점 없는 분이다.

이렇게 나서서 소리치는 것만도 대단한 용기다. 문득 항자웅은 가슴속 깊은 곳에서 뜨거운 무엇인가가 서서히 솟아오르는 것을 느꼈다.

"아들, 난 저놈들이 진짜 새아가와 아는 사이인 줄……. 아들… 내 말… 무슨……."

"알아요. 잘 알고 있어요, 어머니."

여씨부인의 주름진 뺨 위로 두 줄기 눈물이 흐른다. 항자웅은 아랫입술을 살짝 깨물었다. 더 이상 이대로 있을 수는 없었다.

"신경 쓰지 마세요, 어머니. 못난 아들이지만 이 정도는 감당할 수 있어요."

두툼한 손가락으로 여씨부인의 뺨을 닦은 후 항자웅은 웃었다. 언제나처럼 환한 웃음이었다.

"잠시만 계세요. 들어가셔도 좋구요. 여긴 더 이상 걱정 안 하셔도 됩니다."

항자웅은 신형을 돌렸다. 그리고는 바로 금인을 향해 두 눈을 부라렸다. 마치 네놈부터 죽이겠다는 듯이 말이다.

금인은 그런 상황에 피식피식 웃음부터 흘려냈다. 서로 간의 거리는 약 일 장 반. 실력이 어느 정도인 줄은 모르나 한 번에 당할 거리는 아니다.

"비루한 노인네에 돼지 같은 아들이라……. 참으로 황당한……."

"한마디만 더 하면 죽는다."

항자웅의 양 손가락이 까딱거리기 시작했다. 마치 무언가를 튕겨내는 듯한 동작. 금인은 그런 항자웅을 향해 다시 이야기했다.

"미친놈이 지랄하고 있네. 네놈이 무슨 수…… 쿠억!"

콰각!

금인의 양발이 허공으로 떠올랐다. 본인이 몸을 날린 것이 아니라 누군가에 의해 일어난 일이다. 항자웅이 어느 틈에 그 앞에 와 있었다.

왼손을 들어 금인의 턱을 부여잡은 채 들어 올렸던 것이다. 워낙 키와 손이 커 가능한 일이었다. 게다가 어떻게 잡았는지 몸 안의 힘이 쭉 빠져 항거할 수도 없었다.

오인우살의 나머지 네 명은 소스라치게 놀라며 뒤로 물러났다. 그들은 항자웅의 신형은커녕 기척도 느끼지 못했기에 놀람은 더해질 수밖에 없었다.

항자웅은 두 눈에 살기를 듬뿍 담은 채 나머지 네 명을 바라보았다. 아직 미동도 없는 그들을 보며 항자웅은 말했다.

"생각 같아서는 턱을 부수고 혀를 잡아 뽑아내 버리고 싶다만 내 부모님 앞이라 차마 그렇게는 못하겠다."

우드드득!

"큭… 크륵……."

꽉 잡혀진 목 때문에 금인은 비명조차 지를 수 없었다. 문득 금인의 턱 옆에 항자웅의 손가락이 움푹 들어가는 것이 보였다.

항자웅의 손아귀 힘에 금인의 아래턱이 부수어진 것이다. 살아난다 하더라도 두 번 다시 음식조차 제대로 씹지 못할 터였다.

"그렇다고 해서 살려준다는 말은 아니니 쓸데없는 기대 따윈 접어라."

항자웅의 몸이 움직인다. 가족들을 향해 완전히 등을 돌린 후 손에 들린 금인을 앞으로 놓아 그 신형을 큰 몸으로 가려 버렸다.

"심장을 꺼내? 정말 재주도 좋구나. 그런데 난 그런 재주는 없어서 말이야."

말과 함께 항자웅은 오른손을 들어 금인의 가슴에 얹었다. 마치 잘 깨어지는 도자기라도 만지는 듯 부드러운 손놀림이었다.

"대신 좀 놀라게 해줄 수는 있지."

항자웅의 다섯 손가락이 움직였다. 손가락 관절만 살짝 움직여 움켜쥐는 듯한 동작. 그러자 작은 소리가 허공에 울린다.

투우웅.

금인의 등 뒤로 천 조각이 하늘하늘 날아 움직였다. 그가 입고 있던 옷에서 찢겨져 나온 것인데 심장이 있는 부위였다.

"읍… 읍……."

비명조차 지르지 못하고 금인은 온몸을 사시나무 떨 듯 떨었다. 항자웅의 손에서 나온 내력이 자신의 심장을 후려치고 뒤쪽으로 빠져나갔으니 당연한 노릇이다.

항자웅이 손 대고 있던 왼쪽 가슴은 곧 푹 꺼졌고, 금인은 그 고통에 잔 경련만 계속 흘려냈다. 목을 잡혀서가 아니라 비명조차 지를 수 없을 만큼 극렬한 고통이 밀려오고 있었던 것이다.

"어때? 제대로 놀랐지? 피가 참 빨리 도는 기분이 들지 않아?"

"아… 아……."

시뻘게진 얼굴을 만든 채 금인은 항자웅을 바라보았다. 더 이상 주둥이를 놀려대던 금인은 없다. 오로지 살기 위해 애원하는 눈초리만이 있을 뿐이었다.

"이봐, 이봐, 한번 악역을 자처했으면 끝까지 하라고. 분명히 이야기했잖아."

항자웅의 왼쪽 어깨가 움찔거린다. 금인의 목을 잡은 왼손에 힘이 들어간다는 뜻이다.

"살려둘 마음은 없다고."

뚝.

금인의 고개가 뒤로 확 젖혀지며 사지가 쫙 풀어진다. 그대로 목이 꺾인 것이다.

털썩!

항자웅의 왼손에 힘이 풀리자 금인이 바닥에 널브러졌다. 시끄러웠던 그답지 않은 조용한 죽음이었다.

"그리고 그건 네놈들도 마찬가지다."

오인우살 중 남은 네 명은 다시 뒤로 물러났다. 중얼거리듯 작게 읊조린 항자웅의 목소리엔 진한 살기가 어려 있었다.

2

월인은 두어 걸음 더 뒤로 물러났다. 그가 물러나자 나머지 세 사람도 같이 뒤로 물러났다. 마치 한 실에 묶여 있기라도 한 듯이 그들은 유기적으로 움직였다.

그가 보고 있는 광경은 두 가지다. 하나는 마치 잠이라도 자는 듯 반듯하게 누워 있는 금인의 시신이었고, 또 한 가지는 그렇게 만들어놓은 자, 커다란 덩치에 두툼한 뱃살을 가진 자다.

"대형, 어떻게 할 겁니까?"

문득 뒤쪽에서 목인의 목소리가 들려오지만 월인은 아무런 할 말이 없었다. 지금 상황이라면 아무리 생각해도 선공은 무리였다.

금인을 살리고 싶지 않았던 게 아니다. 아차 하는 순간에 죽은 것도 아니었고 일부로 그냥 놔둔 것도 아니다. 정말 어찌할 도리가 없었던 것이다.

보지 못했다. 아니, 움직이는 기미조차 느낄 수가 없었다. 그 한 가지만 봐도 눈앞에 서 있는 놈이 어느 정도의 실력인지 능히 짐작할 수 있었다.

스릉.

아무런 말도 없이 월인은 수중의 쌍륜을 꺼내 들었고, 그것이 신호라도 되는 듯 나머지 세 명도 같이 병기를 꺼내었다. 이거라면 목인의 말에 대답이 될 수 있는 행동이었다.

대신 그는 다른 곳에 이야기를 했다. 자신들을 향해 걸어오는 항자웅을 향해서였다.

"나는 월인이다."

간단한 말이지만 무슨 의미인지는 확실하게 알 수 있다. 네 이름은 뭐냐는 소리다. 그러나 항자웅은 그 의미에 반응하고 싶은 생각이 손톱만큼도 없었다.

"왜? 이름 알면 지옥 갈 거 천당 가나? 여태껏 사람 이름 물어

보고 칼질해 왔나?"

지극히 비틀린 목소리가 항자웅의 입에서 흘러나왔다. 월인은 다시 반 족장을 뒤로 물러서며 항자웅의 전신을 끊임없이 훑어보았다.

약점을 찾는 것이다. 본능은 그에게 어서 도망치라고 말하고 있었지만 그렇게 할 수는 없다. 그가 움직이면 다른 세 명도 같이 움직이게 된다.

어쨌든 저 앞에 죽어 있는 다섯째는 입은 험하지만 같이 생활해 온 녀석이다. 실력이 모자라 복수는 하지 못한다 하더라도 하는 척이라도 해야 했다. 그래야 나머지 세 명이 앞으로도 자신을 따를 터였다.

"그럴 리가 있겠나만 궁금하지 않겠나? 최소한 죽어도 누가 죽이는지 알고 죽는다면 좀 낫지 않을까 싶은데?"

월인이 아니라 그 옆에 있는 화인이 말했다. 오인우살 중 가장 머리가 좋은 녀석으로 말로 하는 것은 대부분 이 녀석의 몫이다.

지금도 월인의 마음속에 들어갔다 나온 것처럼 정확하게 필요한 행동을 하고 있다. 월인이 한참 탐색 중임을 눈치챈 것이다.

"상황이 그렇다면 더욱더 가르쳐 주기 싫은데? 내 집에 들어와 짜증나게 군 놈들에게 그런 호의를 베풀 이유가 없거든."

슷.

다시 한 걸음 항자웅이 나왔다. 딱 한 걸음 나왔을 뿐인데 온몸에 느껴지는 압박감에 오인우살은 다시 뒤로 반 족장 물러났다.

뒤로 물러나면서도 화인은 황당함을 감출 수가 없었다. 한 명한 명이 고수급은 아니지만 모인다면 강호제일고수도 두렵지 않을 것이라 생각했다.

그런데 지금 이름도 제대로 모르는 자에게 한 명은 죽고 나머지 네 명은 기세로 밀려 뒤로 물러나고 있으니 황당할 따름이다. 그러나 지금은 이게 현실이다.

그 누구보다 감이 강한 월인이다. 그런 월인의 얼굴에 지금 두려움이라는 감정이 떠올라 있었다. 눈앞의 돼지 같은 사내는 그만큼 강한 것이다.

문득 그는 머릿속에 한 가지 광경이 생각났다. 팔이 잘려진 우천간, 그가 말했던 이야기다.

"진육협에 육박하는 자라 생각합니다."

말도 안 된다고 생각했던 그 이야기가 옳았다. 틀림없이 그는 진육협에 육박하는 무위를 가진 것이 분명했다.

도대체 세상에 어떤 무림 세력이 그만한 사람을 길러낼 수 있는지 화인은 짐작조차 할 수 없었다. 최소한 그 무공이라도 알면 어떻게든 대책을 세울 수 있을 테지만 방금 전의 초식 가지고는 어떤 문파의 무공인지 전혀 알 수가 없었다.

방법은 하나, 항자웅이 무공을 쓰게 만드는 것뿐이었다.

"삼제, 맞서보겠나?"

"기꺼이 그리하지요."

삼제 수인(水引). 대형 월인을 제외하고 무공으로는 가장 강한 사람이다. 또한 그는 공격이 아니라 수비에 특화된 초식들을 가지고 있었다.

　쉽게 뚫리지 않는 무공 특성 덕분에 이럴 때 그 진가가 나왔다. 수인은 바로 양발을 놀리며 앞으로 뛰어나갔다.

　피이이잉!

　두 개의 륜이 항자웅의 목을 노린다. 몸보다 무기가 먼저 나갔는데 그 모양이 살짝 괴이했다. 회전하며 나가긴 했는데 그 중심점이 정 가운데가 아니다.

　가운데에서 살짝 옆으로 비껴난 채 회전하고 있었는데 그러다 보니 전후좌우로 흔들리면서 날아가는 듯한 묘한 느낌을 주었다.

　오인우살이 공통적으로 가지고 있는 기술이면서 가장 유용한 기술이기도 했다. 더욱이 한 개도 아니고 두 개의 륜이 흔들리는 것이니 보기만 해도 눈이 뒤집혀질 변화였다.

　"흐음."

　그 괴이한 움직임에 항자웅의 입이 다물려졌다. 화인은 그 표정을 난감하기 때문이라 생각했는데 이는 많은 사람들이 항자웅과 같은 표정을 지었기 때문이다.

　하나 항자웅이 입을 다문 이유는 다른 곳에 있었다. 양손을 슬쩍 떨자 항자웅의 양손에 달린 널찍한 소매가 커다란 원호를 그렸다.

　"한 놈 죽어도 장난질이라……. 그렇게 분위기 파악이 안 되나?"

　휘리리리릭.

양손에 휘감긴 소매는 마치 붕대처럼 항자웅의 양손을 감쌌
다. 항자웅은 이어 조금도 움직이지 않은 채 양손을 좌우로 흔
들었다.

카캉!

무명으로 된 옷소매가 마치 강철이라도 된 듯 두 개의 륜을
튕겨내자 화인은 두 눈을 동그랗게 떴다. 이것이 무슨 무공인지
는 굳이 생각하지 않아도 안다.

"철포삼(鐵砲衫)! 이제 보니 소림의 땡중 놈들과 연이 있는 자
였구나!"

틀림없었다. 너무도 특이해서 몰라보려 해도 그럴 수가 없는
무공. 옷에 내력을 주입해 갑옷처럼 사용하는 소림의 대표적인
무공이다.

소림이라는 화인의 말에 월인의 눈이 반짝였다. 상대의 무공
을 안다면 어느 정도 대책이 서게 된다. 문파의 무공이란 건 대
개 공통적인 초식으로 이루어지기 때문이다.

비록 아주 작은 것이긴 하지만 그것이 틈이 될 수가 있었다.
수없이 많은 시간 몸에 익혀왔기 때문에 알면서도 당하게 되는
것이다.

"소림? 그럼 이건 뭘까?"

다섯 손가락으로 뭔가를 움켜쥐듯 잡으며 항자웅은 한 걸음
크게 앞으로 나아갔다. 그리고는 수인의 눈앞에서 양손을 움직
였다.

과앙, 과아앙!

수인은 깜짝 놀라며 양손을 휘둘렀다. 그냥 내력이 담긴 양손

만 날아오는 것이 아니었다.

주변의 공기까지 같이 끌어당기며 날아오고 있었다. 수인은 쌍륜을 회수한 후 온 힘을 다해 양손을 풍차처럼 휘둘렀다.

콰가각!

"흡!"

짧은 비명을 지르며 그는 뒤로 비칠비칠 물러났다. 분명히 손가락으로 후려친 것인데 마치 거대한 바위로 때리는 듯한 느낌이 들었던 것이다.

슬쩍 자신의 병기를 본 수인은 어금니를 꽉 깨물었다. 강철로 만들어진 그의 쌍륜, 두 개다 좌우로 일그러져 있었다. 마치 대호가 후려친 듯한 느낌이라고나 할까?

"이건… 아미의 복호장(伏虎掌)!"

화인은 놀라 외쳤다. 철포삼도 그렇지만 복호장도 완벽에 가까운 위력이다. 동시에 두 개 문파의 무공을 섭렵하고 있는 것이다.

"아직 안 끝났어. 하나 더 봐."

좌아아앗!

뒤쪽으로 길게 신형을 미끄러뜨리며 항자웅은 양손을 쫙 폈다. 손목을 앞쪽으로 꺾으며 마치 무언가를 잡아당기듯이 말이다.

"……!"

수인은 두 눈을 동그랗게 뜨며 황급히 신형을 돌렸다. 고개를 돌리자마자 그는 양손을 교차시켜 가슴에 가져다 대었다. 뒤쪽에서 섬뜩한 기운이 밀려들어 왔던 것이다.

쩌어엉!

"흡!"

그것도 작은 기운이 아니었다. 쌍륜을 겹쳐서 막았음에도 불구하고 수인은 몸의 중심을 완전히 잃었다.

마치 바로 앞에서 누군가 커다란 망치로 가슴을 두드리는 듯한 느낌인데 숨조차 제대로 쉴 수 없을 만큼 강대했다.

탁, 타닥.

넘어지지 않으려고 애를 쓰며 그는 발을 놀렸다. 그 노력이 허사는 아니었는지 수인은 볼썽사납게 나뒹구는 것만은 피했다. 그러나 그건 그의 의지가 아니었다.

콱!

"켁켁."

거대한 손에 의해 뒷목이 붙잡힌 것인데 항자웅의 왼손이었다. 손이 얼마나 큰지 목을 감싸고도 엄지와 중지가 고작 일 촌 떨어져 있다.

그 큰 손에 뒷목을 잡히니 수인은 맥문이라도 잡힌 듯 온몸에 힘이 빠지는 것을 느꼈다. 양손을 축 늘어뜨린 채 손안에 든 쌍륜만 겨우 붙잡고 있는 형국이었다.

"이건 뭔지 모르나? 무당의 후인장(後引掌)인데."

"……"

항자웅의 목소리에 화인은 양 볼이 파이도록 어금니를 깨물었다. 후인장인지 몰라서 입을 다물고 있는 것이 아니었다.

대체 어떻게 저런 각파의 절기를 다 알고 있는지 그게 궁금한 것이다. 상황에 따라서 이자를 죽인다고 하더라도 그 뒷감당이 쉽지 않을 수도 있었다.

"모를 리가 있겠소이까? 이 화인, 감탄에 또 감탄을 하고 있소이다."

철포삼에 복호장도 대단하지만 후인장은 완전히 의외였다. 후인장은 양강이 아니라 음유의 내력이 그 기반인 무공. 그런데 항자웅은 전혀 거리낌 없이 펼쳐 냈다.

서로 다른 특성의 기운을 이렇듯 마음대로 펼친다는 것은 보통 일이 아니다. 그저 흉내 내기라면 어림도 없는 일. 눈앞의 돼지는 진짜 고수인 것이다.

"아무래도 첫 단추부터 잘못 꿰어진 듯하군요. 우리 막내가 입이 좀 거칠었습니다. 물론 이미 그 대가는 받았지요."

"호오, 이제 슬슬 꼬리 말고 가시겠다? 그런 건가?"

항자웅은 웃었다. 물론 그 웃음은 진하디진한 살소(殺笑). 항자웅은 절대 이들을 그냥 돌려보낼 생각이 없었다.

"다른 말 필요없고, 내 대답은 이걸로 대신하도록 하지."

말과 함께 항자웅은 오른손을 들었다. 그냥 주먹을 꽉 쥔 것뿐이었는데 그 주먹이 움직이니 주먹일 뿐이라 생각할 수가 없었다.

우득!

"후읍."

수인의 엉치뼈 바로 위에 항자웅의 커다란 주먹이 두 치 이상 박혔다. 소리로 들어봐서 척추뼈가 부러진 듯했다.

하지만 그도 금인처럼 비명조차 지를 수가 없었다. 금인과 똑같이 목을 꽉 잡혔기 때문이다.

투툭, 투투툭.

고통 때문인지 아니면 척추가 부러져 하체가 제멋대로 움직인 때문인지 모르지만 수인의 바짓가랑이 아래로 누런 오줌이 흘러내렸다. 섬뜩하리만치 잔인한 광경이었다.

물론 오인우살에게만이다. 가족들에겐 등을 돌린 채라 전혀 보이지 않는 상황이었다.

"뭐야? 눈들이 왜 그래? 고작 이 정도로 겁먹은 거냐?"

다시 두어 걸음 물러서는 나머지 세 명을 보며 항자웅은 말했다. 그는 다시 오른손을 움직였다. 박힌 주먹을 그대로 위로 끌어올리는 아주 간단한 동작이었다.

우드드드득.

"우우우……."

수인의 척추가 완전히 부서졌다. 그는 잠시 잔 경련을 일으키다 호흡을 멈추었고, 굳게 쥐고 있던 쌍륜도 떨어져 나갔다.

땡그렁! 털썩!

금인에 이어 수인도 그렇게 죽었다. 이건 서로 간의 무공 대결이라고도 할 수 없을 정도로 일방적인 상황. 화인은 한순간 퍼뜩 정신이 드는 것을 느꼈다.

자신도 모르게 월인을 향해 눈길을 돌리자 마침 월인도 눈길을 그에게 돌리고 있었다. 화인은 살짝 고개를 끄덕이며 외쳤다.

"오냐! 정히 그렇다면 어디 한번 해보자! 어디까지 할 수 있나 보잔 말이다!"

피피피피핑!

전혀 예상하지 못한 상황이 벌어졌다. 세 사람이 쌍륜을 거둔 채 품속에 있는 암기를 모조리 던진 것이다.

　물론 암기야 언제든 예상할 수 있는 것이다. 한데 문제는 그 암기가 향하는 방향, 항자웅이 아니라 그 뒤쪽의 가족들에게 향했던 것이다.

　의도는 아주 명확했다. 항자웅이 가족들을 위해 손을 쓰는 순간 몸을 빼낸다. 즉, 항자웅이 뒤쪽으로 움직이는 순간이 세 사람이 움직이는 순간이었다.

　그런데 뭔가 좀 이상했다. 항자웅은 뒤로 움직이기는커녕 오히려 한 걸음 앞으로 나섰다. 문득 그의 귓가에 항자웅의 목소리가 들려왔다.

　"너희, 뭐 잊은 거 없냐?"

　"……!"

　그게 무슨 말인지 깨닫게 되는 데는 그리 오랜 시간이 걸리지 않았다. 가족들 앞에서 일어나는 수많은 검광이 세 사람이 날려 보낸 암기를 모조리 쳐낸 것이다.

　마치 수십여 마리의 용이 꿈틀거리며 휘돌아 승천하는 듯 그 멋들어진 광경을 보고 있노라니 눈이 아플 지경이었다. 화려함을 넘어 아름답다고나 할까?

　카라라라라랑!

　한차례 회오리가 지나고 난 후 화인은 그제야 그 이유를 알 수 있었다. 눈앞에 있는 사내에게 놀라서 진짜 까맣게 잊은 사람이다.

　"쌍룡검객 손소."

크릭!

두 개의 검을 여유롭게 검집으로 돌려놓으며 손소는 고개를 까딱였다. 할 수 있으면 얼마든지 해보라는 뜻이다. 물론 더 해봤자 결과는 같을 터였다.

"자, 그럼."

항자웅의 몸에서 다시 한 번 내력이 일어나고 있었다. 이번에 일어난 것은 이전에 일어난 것과는 비교할 수도 없었다. 그냥 봐도 월인의 무공 수준 정도는 확실하게 넘어설 정도였다.

"결판을 지어볼까!"

파아아앙!

강렬한 일격과 함께 목인(木人)의 신형이 뒤로 비칠거리며 물러나자 월인과 화인은 반사적으로 공격을 전개했다. 솔직히 그 다음부터는 무슨 일이 일어나는지도 알지 못했다.

스파파파팡! 카라라라랑!

상식적으로 삼 대 일이라면 뻔히 그려지는 그림이 있다. 세 사람은 공격하고 한 사람은 죽어라고 막는 것, 그것이 일반적인 풍경이다.

그러나 지금은 아니다. 어떻게 된 것인지 모르지만 항자웅 혼자서 공격하는데 세 사람이 겨우 막아내고 있었다. 항자웅이 무슨 무공을 사용하는지도 몰랐다.

그저 막기만 한다. 한데 그 와중에 기이한 현상이 일어났다. 항자웅의 몸이 조금씩 변해갔던 것이다.

둑, 두둑, 찌이이익!

황당하지만 항자웅의 뱃살이 점점 사라져 갔다. 정신없는 상황에 진짜인지 아닌지 판단하기 어려웠지만 분명 이전과는 달랐다.

게다가 가슴과 양팔이 무지막지하게 두꺼워져 입고 있던 옷이 다 찢어져 버렸으니 헛것을 본 것은 확실히 아니다. 그리고 그렇게 상체가 커져 가면 갈수록 항자웅의 힘은 점점 더 거대해져 갔다.

쩡, 쩌정, 우드득!

두 개의 륜이 허공에 완전히 박살 나버리는가 싶더니 섬뜩한 소리가 들려왔다. 순간 멈칫한 화인의 눈에 목인의 모습이 들어왔다.

"……."

온몸이 뒤틀려 있었다. 머리하고 하체는 앞을 바라보고 있는데 그 앞에 있어야 할 가슴이 없고 등이 있었다. 목과 허리가 동시에 비틀린 것이다.

더욱이 허리가 뒤편으로 완전히 꺾여 있어 산 사람이라 볼 수가 없었다. 어느새 그는 바닥에 쓰러져 싸늘한 시신이 되어버린 것이다.

"화인! 도망쳐라!"

월인의 다급한 음성이 들려오고 난 후에야 화인은 눈을 돌렸고, 그리곤 항자웅을 혼자 상대하는 월인이 보였다.

양팔을 벌리며 항자웅을 껴안으려 하고 있었다. 아무리 침착한 대형이라 한들 상대가 너무 차이가 나니 제대로 된 초식 한번 펼쳐 보지 못하고 있었다. 무작정 휘두르는 것이나 다름없었다.

카아앙!

하지만 월인의 륜은 항자웅의 손에 튕겨져 저만치 날아가 버렸다. 양쪽 옆구리가 훤히 비었는데 그 틈을 비집고 항자웅의 양손이 번갈아 터졌다.

퉁, 투우웅, 우드드득!

의도하지 않게 화인은 월인의 옆구리가 좌우로 밀려나는 광경을 보게 되었다. 그 한 수만으로도 이미 월인은 이 세상 사람이 아닐 듯싶었다.

하나 항자웅의 공격은 끝나지 않았다. 손바닥을 위로 올려 월인의 턱을 쳐냈고, 그러자 월인의 고개가 뒤로 확 젖혀진다.

목이 부러지지 않는 것이 다행일 정도로 강한 일격이었다. 항자웅은 그 손을 세워 수도를 만들더니 바로 왼쪽 어깨 어림을 내려쳤다.

빠각!

쇄골과 어깨뼈가 동시에 부러지며 몸이 한쪽으로 확 주저앉았다. 그러더니 항자웅은 바로 그 손을 휘둘러 손등으로 왼쪽 목 어림을 밀어내었다.

짜아아악! 쿠우우웅!

그냥 뺨만 맞고 목이 돌아가는 것이 아니다. 월인은 몸을 팽이처럼 돌리며 반 장여를 날아 땅에 처박혔다. 그는 잔 경련조차 일어나지 않은 채 괴이한 자세로 널브러졌다.

이미 죽어도 오래전에 죽은 듯했다. 순간 화인은 온몸에 소름이 확 돋는 것을 느꼈다. 죽음의 냄새가 진하게 느껴졌던 것이다.

콰악!

"흡!"

역시나 예감은 적중했다. 마치 실이 쫙 늘어나듯 항자웅은 믿을 수 없는 속도로 다가와 화인의 목을 꽉 잡은 것이다. 여기서 힘만 준다면 화인의 목은 나뭇가지 부러지듯 돌아가 버릴 터였다.

너무도 어처구니없다는 상황에 화인은 왠지 억울한 생각이 들었다. 그렇게 힘들게 살아왔건만 고작 이런 이름 모를 장원에서 죽게 되다니…….

화인은 두 눈을 부릅뜬 채 자신의 목을 쥐고 있는 자를 바라보았다. 죽어도 원이 없도록 누가 자신을 죽였는지 눈에 담기 위해서였다. 흡사 지옥에서 살아온 듯한 한 사내가 보였다.

자신의 머리보다 더 두꺼운 상박에 거대한 상체를 지니고 있다. 뚱뚱한 몸집은 모두 어디론가 사라지고 엄청난 근육질의 사내가 앞에 있었던 것이다.

흡사 패왕 항우가 살아온 듯한 그 모습에 화인은 모든 것을 단념했다. 양 눈꼬리에서 붉은 기운이 슬금슬금 피어오르는 모습은 그 자체가 공포였던 것이다.

턱.

바로 그때였다. 목을 잡고 있던 그 두터운 팔 위로 화려한 검집 하나가 올라왔다. 한 마리 용이 휘감는 형상으로 양각되어 있는 그 검집은 다름 아닌 손소의 검이었다.

"무슨 뜻이야? 이쯤 되니 내가 악인 같냐?"

"천만에. 나야 오히려 더 잔인하게 죽였으면 하지. 하나 네 가족들은 안 그럴 거다."

"……."

뒤도 돌아보지 않은 채 항자웅은 한쪽 입술을 비틀었다. 지금쯤 뒤에서 어떻게 보고 있을지 뻔히 알 수 있었다.

아마도 무슨 괴물 보듯 하고 있을 터였다. 그런 시선을 이미 이십여 년 전에 충분히 받아왔으니 다신 받고 싶지 않았다.

충분히 고려해서 조용히 처리하려고 했건만 죽을힘을 다해 덤비는 상황이니 어찌할 도리가 없었다. 항자웅 자신도 모르게 본신의 힘이 튀어나와 버렸던 것이다.

"네놈……."

항자웅의 눈에서 불길이 일어난다. 그 불길은 오로지 화인을 향해서만 일어나는 것으로 뒤쪽의 사람들은 전혀 알 길이 없었다.

"평생 네놈이 받을 운… 오늘 다 받은 줄 알아."

슛, 파악.

"쿨럭!"

슬쩍 손을 내려 가슴 어귀를 툭 치자 화인은 뒤로 형편없이 날아갔다. 땅바닥에 쓰러져 서너 바퀴를 뒹굴었지만 그는 죽지 않았다. 살려준 것이다.

"이… 원한… 잊지 않… 는다……."

"역시 죽일 걸 그랬나."

항자웅의 목소리에 화인은 황급히 신형을 돌렸다. 그리고는 뒤도 돌아보지 않고 달리기 시작했다. 본인은 죽어라 달린다고 달리는데 뒤에서 보기엔 그저 비칠거리며 도망치는 모습이다.

가슴의 상처가 심상치 않은 것이다. 항자웅은 그런 모습을 보며 살기를 내뿜다 이내 거두어들였다. 어쨌든 오늘은 여기까지 하는 것이 옳았다.

"후, 네 가족들에게 꼴사나운 모습 보이지 않기 위해 살려준 것은 좋은데 이건 좀 그러네. 다리 안 춥냐?"

"아까부터 신경 쓰이는 중이다. 내려갔지?"

"응. 확실하게 내려갔다."

"빌어먹을, 이 생각은 못했어."

손소는 얼굴을 푸들푸들 떨며 웃음을 참았다. 항자웅은 다 멋 있었는데 딱 하나가 옥에 티였다.

배가 홀쭉해지며 입고 있던 바지가 내려간 것이다. 한참 움직 일 때에야 양발을 쭉쭉 벌렸으니 안 내려왔겠지만 막상 화인의 목을 잡고 움직임을 멈추니 바로 흘러내렸던 것이다.

"저기… 내가 말하긴 좀 그래서 그런데……."

"아, 기다려. 지금 한 명 두 명씩 떠나고 있어. 좀만 기다리 면 가족들 다 갈 거야."

"그때까지 좀 가려주련?"

"뭐… 그거야 가능한데……."

손소는 움직여 항자웅의 뒤에 섰다. 하지만 선다 한들 그리 큰 도움은 되지 않았다.

"그래 봤자 다 보여, 네 넓적다리. 크크크."

워낙 큰 몸집이라 가려질 리 없었다. 그렇게 항자웅은 꽤 오 랫동안 서 있었다.

第六章
참수광도 팽호

1

하이화는 고개를 숙인 채 미동도 없었다. 그녀는 그저 온 신경을 다해 무엇인가를 내려다보고 있었다.

그녀의 눈 밑에는 거대한 사람이 있었다. 바로 항자웅이 침상에 비스듬히 누워 있었던 것이다.

그녀가 보고 있는 것은 항자웅의 배였다. 산만 한 그 배를 바라보는 듯하더니 이내 검지를 세워 눌렀다.

꾸욱.

여타의 배와 똑같은 것을 확인한 그녀는 놀랍다는 표정을 숨기지 않았다. 당연히 항자웅으로서는 기가 막힐 노릇이었다.

"어이, 꼬마 아가씨. 너무 노골적으로 들이댄다고 생각하지 않아?"

"신기해서 그래요, 아저씨. 어떻게 이 배가 다 사라졌는지."

꾹, 꾹.

어딘가 딱딱한 부분이라도 찾는 것인지 그녀는 여기저기를 눌러보고 있었고, 항자웅은 심드렁한 표정으로 하이화를 바라보았다.

"어떻게 보일지는 몰라도 나름 소중한 내 육신이야. 경건하게 대해주었으면 하는데?"

"그럼요. 이렇게 신기한 몸을 어떻게 함부로 대하겠어요. 걱정 마요, 아저씨."

탈탈탈.

한술 더 떠 한 손으로 비계로 짐작되는 곳을 잡고 흔든다. 뭐가 그리 좋은지 함박웃음까지 지으면서 말이다. 아무리 생각해도 이 여자, 제정신은 아닌 것 같다.

"말하고 행동하고 좀 일치해 주면 안 될까? 널 볼 때마다 난 이 세상의 상식이라는 것이 무너지는 것 같아."

좋게 말해 상식이 무너지는 것이지 사실대로 말하면 '어떻게 이따위로 컸냐?'라는 것이 본심이다. 물론 그대로 말할 수는 없지만.

"상식이라는 건 일반 사람들에 국한된 이야기래요. 무림에서 사는 사람들은 너무 그런 것에 얽매어서는 안 된다고 하던데요?"

"…그거 아버님이 한 말이지?"

고개를 끄덕이는 그녀를 보며 항자웅은 잠시 회상에 잠겼다. 한음도 하린벽, 과거 그에게서 무공을 배울 때 가장 많이 듣던 이야기가 그것이다.

창의적인 무공, 스스로의 몸에 맞는 병기와 초식이 가장 좋은 것이라 열변을 토하면서도 일단 자신의 무공을 먼저 익히라는 아주 이율배반적인 이야기를 눈 하나 깜박이지 않고 하던 인간이다.

어쩌면 그 아버지에 그 딸이란 생각이 드는 가운데 항자웅은 고개를 갸웃거렸다. 그러고 보니 이 아이, 전혀 자신을 겁내지 않고 있었다.

오인우살을 박살 낸 지 오늘로 사흘째다. 부모님은 사람들을 시켜 싸움에 대한 흔적을 지우라 했고, 이를 무슨 지상 최대의 과제인 양 신경 쓰셨다. 물론 청석에 물든 피가 그리 쉽게 지워질 리가 없다.

그러자 아버님께서는 과감히 청석 교체라는 강수를 두셨고, 그 때문에 지금 이 동네를 비롯한 인근 고을의 청석 값이 배로 뛰어올랐다. 그만큼 두 분에게는 충격적인 모습이었나 보다.

아니, 동생 내외에게도 충격이 좀 있는 것 같다. 그날 이후 제수씨는 그를 보면 살짝 움찔거렸다. 항각과 함께 말이다. 철모르는 항안만이 벌써 잊은 듯 언제나처럼 배 위에서 올라와 노는 실정이었다.

그 외에도 장원에 있는 사람들 모두 그날 이후 두려워하기 시작해 사실 항자웅은 적잖이 불편함을 느끼는 와중이다. 그나마 바지 벗겨진 것이 오히려 다행이라고나 할까?

그 사건마저 없었다면 정말로 사람들은 그를 피해 도망 다녔을 터였다. 인간 만사 새옹지마란 이야기가 설마 자신에게도 해당하게 될 줄은 꿈에도 생각 못한 항자웅이었다.

"어이, 꼬마 아가씨."

"왜요, 아저씨."

다른 건 몰라도 말대답 하나는 기가 차다. 반응 확실한 걸로
는 아마도 강호 제일이 아닐까 싶다.

"너, 나 안 무섭냐?"

정상적인 사람이라면 무서워해야 한다. 지금이야 후덕한 인
상(?)이라고 이야기하고들 있지만 그거야 가족들 이야기고 사실
그는 밤에 보면 아이들이 울 확률이 십 할이다.

그런데다가 잔인하기 그지없는 진짜 그의 모습까지 보여주었
으니 무섭지 않다면 그것이 더 이상한 노릇이다.

그런데 이상하게도 이 아이는 전혀 그런 기색이 없다. 처음에
이곳에 왔을 땐 그렇게 몸을 떨며 두려워했으니 선천적으로 겁
이 없는 아이는 아니다.

"변하면 좀 그런데… 지금은 아니에요. 이런 모습이라면 그
다지 뭐……."

탈탈탈.

다시 한 번 손을 들어 옆구리 살을 털며 하이화가 말하자 항
자웅은 인상을 썼다. 하는 짓으로 봐서는 개미 한 마리 제대로
못 죽일 것 같은 사람이거늘 이상한 쪽으로 대범하다.

"다른 사람도 있는데 이런 오해의 소지가 있는 행동은 자제
해야 하지 않을까?"

"일 년에 한 번 보는 사람이니 말 못하는 들짐승이라 생각하
라면서요?"

처음 그녀를 만난 날 항자웅이 한 말이다. 다름 아닌 손소를

일컫는 말을 그녀가 그대로 돌려준 셈이다.

"진짜 그렇게 생각하고 진도 나가봐. 둘이 보기 아까운데 이거 돈 받아야 되는 거 아닌지 몰라."

"뭐 그것도 좋군요. 그럼 저도 잔돈푼이나마 벌어볼까요?"

항자웅이 누워 있는 침상엔 하이화가 걸터앉아 있고 그 앞에 있는 탁자에는 손소와 양신명이 앉아 있었다. 두 사람이 처음부터 쭈욱 지켜보고 있었던 것이다.

"그나저나 요즘 표국은 일이 없대? 왜 두 사람은 일 안 하고 여기서 이렇게 콕 박혀 계실까? 없으면 내가 줘?"

"설마 일이 없을까? 얼마나 잘나가는 표국인데. 그러나 일보다 재미있는 일이 요즘 연달아 네 주위에서 터지는데 어찌 일할 생각을 할까."

"전적으로 동감입니다, 국주님. 저라도 그럴 것입니다."

노소가 동시에 입을 쫙 벌리며 이빨 보이는 광경이 그리 아름답지 않다는 것을 비로소 깨달으며 항자웅은 자리에서 일어났다. 그가 일어나자 하이화의 표정이 살짝 변했다.

뭔가 아쉬워하는 듯한 느낌이다. 뭐가 아쉬운 것인지 항자웅은 전혀 알고 싶지 않았고, 당연히 그의 눈길은 저 탁자 앞에서 이빨 드러내고 있는 두 사람에게 향했다.

"그나저나 슬슬 좀 나가보고 싶은데 사람들 눈이 두렵네. 가뜩이나 일도 없이 빈둥거리고 있었는데 성질도 더럽다는 게 판명이 났으니 원."

"에이, 바지 사건도 있고 하니 그렇게까지 도끼눈은 안 뜰 거야. 그리 걱정 말라고."

"오살인지 뭔지 하는 놈들보다 널 먼저 상대했어야 했어. 아무래도 넌 이 일을 참 오래 기억할 거 같아."

"죽는 날까지 잊지 않을 거다. 나이 사십에 바지 내려간 광경이 그리 쉽게 볼 수 있는 거냐?"

저 하얗게 드러내는 이빨을 몽땅 다 뽑아버리고 싶은 충동을 느끼며 항자웅이 일어나려 할 때였다. 역시나 같이 웃고 있는 양신명의 목소리가 들려왔다.

"아마 그 일은 자연스럽게 해결될 것이야. 어차피 자네는 조금 있다가 동헌으로 가야 하거든."

"동헌이요? 거긴 또 무슨 일입니까?"

전혀 생각지도 못한 이야기에 항자웅은 눈을 동그랗게 떴다. 지금껏 살면서 이곳의 관청인 동헌은 한 번도 가본 적이 없다.

"그게 자네가 죽인 오살이 모두 현상금이 걸려 있었다더만. 그래서 이곳 현령이 현상금도 줄 겸 일단 좀 만나자고 연락이 왔다네. 물론 자네 아버님을 통해 정중히 말이지."

"그렇다면 절대로 거절하지 못할 통로로 들어왔다는 것이군요. 끄응."

자신에게 직접 연락이 왔으면 이리저리 핑계를 대며 돈만 받았을 것이지만 아버지 쪽으로 들어갔으니 어쩔 도리가 없었다. 적어도 관의 일이라면 그의 아버지 항임은 반드시 협조해야 한다는 생각을 가진 사람이었다.

서원을 하는 사람이니 당연한 일이다. 게다가 이런 일에 관의 협조를 받지 못하면 귀찮아지는 것은 불문율이다. 고로 항자웅이 동헌에 못 가게 될 확률은 전혀 없었다.

"뭐 게다가 꼭 현령 때문에 가야 되는 것도 아니야. 실은 대청만 나가봐도 네가 봐야 할 것들이 좀 있어."

"그건 또 무슨 소리야? 대청이라니?"

요즘 청석을 새로 깐 곳이 바로 그곳이다. 하나 손소는 그냥 웃으며 말을 아낄 뿐이었다.

"……."

일단 항자웅은 인상부터 구겼다. 대청 위에 올라와 있는 것은 전혀 예상치 못한 것인데 그 양이 어마어마했다.

가끔 서원의 학생들을 데리고 식사를 하는 곳이 대청이라 항씨 집안의 대청은 상당히 큰 편이다. 그런데 사람이 다니는 반장여 남짓 공간을 두고 양쪽으로 물건이 빼곡히 쌓여 있었다.

"어이, 손소. 이게 대체 다 무슨 난리야? 난 전혀 이해를 못하겠는데?"

"이해 못할 게 뭐 있어? 네가 오인우살을 박살 냈다는 소문이 돌기 시작한 거지. 관청에 이름을 올리는 것만이 출세인 줄 알아?"

"무슨……."

항자웅은 그제야 무슨 일인지 알 것 같았다. 무공 좀 한다는 소문이 돌면서 여기저기서 선물을 가져다 바친 것이다.

물론 그 대상이야 한도 끝도 없다. 평소에 가까이 지내던 사람들부터 전혀 모르는 사람까지 저마다 앞으로 사귀어놓으면 좋을 것이란 생각에 이런 짓을 한 것이다.

머리 아픈 일은 질색인지라 항자웅은 일단 미간부터 찡그렸지만 그건 그에게만 해당되는 일이었다. 이런 일을 누구보다도 좋아하는 사람이 항 씨 가문에는 있었다.

"오호호호, 아들아. 이제야 나오는 거니? 그래, 몸은 좀 어떠냐. 크게 아픈 곳은 없지?"

"맞지도 않았는데 아픈 곳이 있을 리가 있나요? 그것보다는 어머님의 말투가 좀 마음에 걸립니다. 평소처럼 조금 더 높은 소리로 말씀하시면 안 될까요?"

쉽게 말해 장가 안 간다고 소리 버럭버럭 지르던 그때를 이야기하는 것이다. 왠지 모르게 나긋나긋한 이 목소리는 정말 적응하기 힘들었다.

"그 무슨 망발이니? 내가 언제 너에게 그리 섭하게 대했다고 그러느냐? 난 어디까지나 우리 집안의 큰아들로서 잘하라는 격려를 했을 뿐이란다."

"당장 어머님 방으로 가면 족자들이 증거요, 그 옆에 있는 시비들이 증인을 서줄 겁니다. 그게 격려였다면 그 위 단계는 심히 두려워지는군요."

순간 항자웅은 흠칫하며 한 걸음 뒤로 물러섰다. 그의 어머니 여씨부인의 관자놀이에 핏줄이 툭 하니 불거졌음을 본 것이다.

하나 여씨부인은 놀랍게도 더 이상 화를 내지 않았으며 한 걸음 더 나아가 양쪽 입꼬리를 올리며 화사하게 웃기까지 했다. 물론 그 입꼬리가 파르르 떨리고 있음은 대번에 알 수 있었다.

"너도 참 농도 심하구나. 자, 옛일이야 들추어내 봤자 그저 그렇고, 이것 좀 보겠니? 난 이 재물들은 솔직히 별로 눈에 들어오지 않는구나. 그것보다는 이것이 더 좋아."

며칠 전 노화로 몸을 떨던 사람이 맞는지 의심스러울 정도다. 하나 솔직히 항자웅은 이런 모습에 적잖이 안심이 되었다. 어머니는 이제 그때 그 일을 기억에서 완전히 지워 버린 것처럼 행동하고 있었다.

가장 걱정했던 사람 중의 한 명이 그녀이거늘 이렇게 마음이 탁 놓이게 행동하시니 항자웅으로선 그저 고마울 따름이었다. 당연히 어머니의 마음에 드는 것쯤 얼마든지 가져가시라고 하고 싶었다.

그러나 그 물체의 정체를 안 순간 그는 그럴 수가 없었다. 두루마리 비단 천에 둘둘 싸인 그것은 다름 아닌 혼처를 넣은 무가의 여인들이었던 것이다.

"네가 혼기가 다 찼다는 것을 알고 이렇게 많은 사람들이 넣었잖니? 자, 일단 제일 후보는 여기 하 낭자고, 이차로 한번 쭉 훑어봐라. 무려 백오십 명이 넘는 후보가……."

"어머님, 방금 현령님께서 절 보자고 연락이 왔습니다. 이 일은 제가 동헌에 갔다 와서 이야기하도록 하시지요."

그가 할 수 있는 것은 오직 한 가지뿐이었다. 서둘러 자리를 피하는 것이 바로 그것이다. 물론 어머님께는 씨알도 안 먹힐 소리다.

"너 지금 무슨 소리를 하는 거냐! 썩 나랑 같이……."

피이잉.

기왕지사 들킨 것, 이제는 거리낌 없이 무공을 쓰기 시작한 항자웅이었다. 씩씩대는 여씨부인을 남겨둔 채 그의 신형은 그야말로 눈 깜박할 사이에 시야에서 사라졌다.

　　　　　*　　　*　　　*

　"교관이셨던 종남(綜南)의 일점취군(一點取君) 양백(陽百) 어르신이 보면 기절할 일이다. 천하의 절기라는 잠영신보(潛泳身步)가 고작 어머니 잔소리에서 도망치는 데 쓰이는 것을 알면 말이야."

　"시끄러. 만일 아버님이 몸이 좀 찌뿌드드하시다면 소림의 역근경(易筋經)이라도 가르쳐 줄 거야."

　"한번 보고 싶다, 그거. 일지(一志) 대사님께서 무슨 표정을 지으실지 말이야."

　"어허, 이 친구, 이상한 습관 생겼네. 모든 가치관이 비틀려 있는 거 같아. 대체 뭣 때문인데?"

　"누구 때문이라 생각하냐?"

　빙글빙글 웃으며 손소가 바라보자 항자웅은 슬며시 시선을 돌렸다. 억울하다는 표정은 덤이다.

　"자그마치 백오십 명이라던데 한번 보지 그러냐? 좋은 인연이 진짜 있을지 혹시 아냐?"

　"미쳤냐? 그 인원 다 실물로 보러 다니자고 할 분이다. 가끔 아침마다 동네 한 바퀴 도는 것도 힘들다."

　고개를 설레설레 흔들며 항자웅은 휘적휘적 걸어갔다. 그는 지금 손소, 양신명 함께 동헌으로 향하고 있었다.

　뇌물(?)로 들어온 물건 중 번쩍거리는 것들이 보이자 하이화는 완전히 정신 줄을 놓은 채 구경 삼매경에 빠졌다. 아마 지금쯤 여씨부인과 함께 시간 가는 줄 모르고 그 광채에 홀딱 빠져 있을 것이다.

"한데 자네 내력의 줄기가 그 역근경이 아닌가? 용케도 그 대단한 걸 익혔네그려. 소림사에서도 소수만이 익힐 수 있는 것이라 알고 있는 것이거늘⋯⋯."

양신명의 목소리에 항자웅은 피식 웃었다. 사실 역근경이 대단한 것은 맞다. 하나 그건 십무원의 밀지에서나 볼 수 있는 내용이다.

손소라면 몰라도 그는 알지 못한다. 다만 웃자고 한 이야기일 뿐이다.

"농담이고, 역근경이라면 저도 모르죠. 그건 저보다 여기 손소 이 친구에게 물어보셔야 될 겁니다. 전 그냥 십무원에서 만든 순기공(馴氣空)을 익혔을 뿐입니다."

"순기공? 그건 십무원에 들어서는 아이들은 모두 익히는 무공인가?"

"그렇지요. 구파일방의 한다 하는 사람들이 머리 맞대고 만들었대요. 아마 아직도 그렇게 사용되고 있을 걸요?"

"그렇지. 지금도 그렇게 사용되고 있어. 다만 우리 때와는 많이 달라졌지. 이젠 그곳에서 느껴지는 긴장감 따윈 찾아볼 수도 없어."

왠지 비릿한 웃음을 지으며 손소가 말했다. 그가 말하는 것은 요즘의 십무원, 예전의 그것과 비교를 하면 정말 말도 안 되는 일이다. 예전의 십무원은 말이 좋아 교육기관이지 실제로는 살수를 키우는 곳이나 다름없었다.

"그때와 지금을 비교한다는 것이 잘못이지. 그땐 마교와 전쟁 중이었어. 강하지 못하면 곧 죽어야 하던 때. 따지고 보면 지금이 더 십무원답다고 생각해."

"……."

손소는 아무런 말도 없이 항자웅의 말을 듣기만 했다. 뭔가 할 말이 좀 있는 듯한 얼굴인데 결국 그는 아무런 말도 하지 않았다.

"얼래, 말하다 보니 벌써 다 왔네. 어이, 형님하고 먼저 들어가, 나 저기서 경단이나 하나 사갈란다. 꼬마 아가씨 하나 사줘야겠네."

큰 몸을 부리나케 흔들며 항자웅은 경단을 파는 자판 앞으로 다가갔다. 그가 가자 주위의 사람들이 튕겨 옆으로 밀려났지만 항자웅은 아랑곳없었다.

천진난만하게 주인하고 흥정을 하는 것을 보며, 손소는 피식 웃었다. 그런 항자웅의 모습에서 과거의 모습을 찾는 것은 거의 불가능에 가까웠다.

"양 대주님, 우리 모두 몇 명이나 십무원에 들어갔는지 아십니까?"

양신명이 고개를 돌렸다. 손소는 눈으로 항자웅의 뒷모습을 바라보며 아직도 웃고 있었다.

"당시 우린 모두 이천 명의 아이들이 모집되었습니다. 물론 하루아침에 모인 것은 아니지요. 중원 각지에서 누구인지도 모를 아이들이 일 년 사이 모인 것이 이천이었어요."

"이천 명… 이었단 말입니까?"

양신명은 놀랐다. 십무원을 만들고 사람을 뽑는다는 것도 당시엔 대단한 일이었다. 그래서 지원자들이 많을 줄 알았지만 설마 이천 명이나 될 줄은 꿈에도 생각하지 못했다.

"네, 이천 명입니다. 스스로 원해서 온 아이들도 있었고 나같이 집안 어르신의 손에 잡혀서 온 아이들도 있었지요. 또 저 녀석처럼 무재가 특출 나 사람들이 천거해 온 경우도 있었습니다."

차분히 이야기하는 손소를 보며 양신명은 가슴이 살짝 뜨끔해졌다. 손소는 사실 십무원을 가고 싶지 않아했다. 그는 무(武)보다는 문(文)에 더 힘을 쓰고 싶어했다.

그러나 그의 부모님이 그렇게 두지 않았다. 강제로 그를 십무원에 보냈고, 그 후로 이십삼 년 동안을 집에 돌아오지 못했다. 물론 그토록 원하는 후광과 무인으로서의 명예는 얻었다.

"한데 남은 것은 고작 일곱 명입니다. 그중 항자웅 저 녀석은 가장 힘든 일을 겪고 빠졌지요. 그렇게 살아남은 우리이기에 세상 그 누구보다 강해질 수 있었습니다."

그랬을 것이다. 그 경쟁 속에서 살아남은 손소라면 그럴 자격이 충분했다. 그와 함께 살아남은 진육협 모두 마찬가지였다.

"그러나 요즘의 십무원은 전혀 다른 곳이 되어버렸어요. 이젠 그곳에서 죽음을 생각하는 사람은 없습니다. 모두들 우리가 간 길을 따라간다는 미명하에 그저 집안 좋은 자제들의 놀이터가 되었더군요."

"예, 그렇다고 들었습니다."

정마대전이 끝나고 난 후 딱 십 년이 지났다. 정말 그 기간 동안 심무원은 망가질 대로 망가졌고, 이는 들리는 소문 속에서도 충분히 확인할 수가 있었다.

구파일방이나 세도가의 자식들만이 그곳을 나와 강호에서 고개를 뻣뻣하게 들고 다녔다. 진육협 이후 약 서너 번의 기수들이 나왔고, 그들 모두 지금 강호에서 활동하고 있었다.

하나 그들 누구도 진육협처럼 불리지는 못한다. 당연한 것이, 무공으로 봐도 일류고수 정도일 뿐이다. 강호 전체에서는 대우받을지 몰라도 손소의 눈에 차는 수준은 아니다.

"나에겐 소원이 있습니다."

크릭.

한 손으로 쌍룡검의 검파를 만지며 손소가 말했다. 그는 시선을 이젠 하늘 저편으로 두고 있었다.

"언젠가 저 녀석을 심무원의 밀지로 데려가고 싶어요. 그래서 그곳의 무공을 마음껏 익히도록 해주고 싶습니다."

저벅.

할 말 다 했다는 듯 그는 신형을 돌렸고, 양신명은 그 뒤를 바짝 따르며 손소의 말에 귀를 기울였다. 저 멀리서 볼일 다 본 항자웅이 신나게 웃으며 다가오고 있었다.

"하나 자웅의 무공은 이미 대단하지 않습니까? 그에게 밀지가 과연 필요하겠습니까?"

양신명의 목소리에 손소는 쓴웃음을 지었다. 확실히 틀린 말은 아니다.

"물론 그렇긴 합니다. 솔직히 밀지에 들어가 구파일방의 정수를 본들 저 녀석은 시큰둥할 겁니다."

"하면 대체 왜 그곳에?"

앞뒤가 맞지 않는다. 밀지에 데려가고 싶다고 해놓고 소용이 없을 거라면 대체 어느 쪽 말을 믿어야 하는 것인가?

"딱 한 가지만 보면 됩니다. 말씀드릴 수는 없지만 밀지가 아니면 절대 볼 수 없는 것, 그 때문에 저 녀석은 반드시 가야 합니다."

"……."

그것이 무엇인지 참으로 궁금하지만 양신명은 참을 수밖에 없었다. 그가 모시는 손소라는 인물은 보채고 달래봤자 입을 열 사람이 아니다.

그저 때가 되면 알게 될 것이다. 손소가 그렇다면 그런 것이다.

"허허허, 그 참, 대단한 물건인가 보군요. 그렇게 되면 자웅이 천하제일인이라도 될 것 같습니까?"

양신명은 농담을 건네었다. 그저 항자웅이 오기까지 어색한 분위기를 바꾸기 위함이었다.

그러나 이어진 손소의 대답에 양신명은 두 눈을 크게 떴다. 생각할 것도 없다는 듯 바로 이어진 대답이었다.

"네, 그럴 것입니다."

너무도 강한 확신이 깃든 어조였다.

2

진우현의 현령은 오진간(吳眞澗)이란 인물이다. 올해 육십오

세로 후덕해 보이는 인물상을 가지고 있지만 실상 그리 후덕한 편은 아니다.

오히려 맺고 끊는 것이 확실하다고나 할까? 흰 수염에 희끗한 머리, 거기에 수수한 옷을 입은 전형적인 관료지만 뒤쪽으로 챙기는 것 역시 전형적인 관료처럼 행동하고 있었다.

다만 챙기는 정도가 아주 미약하여 그것만으로도 좋은 관리라 불리는 사람이었다. 이유야 어쨌든 그런 뒷돈으로 억울한 일을 만들지는 않는 사람이기에 관리로서 꽤 쓸 만하다 여기는 참이다.

"어서들 오시구려. 이 오 모의 생떼로 귀하신 분이 누추한 동헌까지 납시게 되었구려. 허허허. 자자, 자리에 앉읍시다."

"별말씀을, 좋은 관료라 불리시는 분을 오늘에야 뵙게 되니 저야말로 죄송하군요."

"이런, 이런. 무공만 뛰어난 것이 아니라 언변도 화려한 친구로고. 정말 이 나라에 꼭 필요한 인재가 분명하이."

"인재라면 이쪽이 더 낫지요. 여긴 손진표국의 국주님이시고 그 옆에는 역시 손진표국의 양위대주님이십니다."

적당한 인사말을 던진 후 항자웅은 앉았다. 손소와 양신명은 포권을 하며 입을 열었다.

"손소라고 합니다. 처음 뵙겠습니다."

"양신명이라 합니다."

"호오! 이거 진육협의 일인이신 쌍룡검객 손소 대협이 아니오이까! 거기에 호랑이들의 모임이라는 양위대의 대주님까지…… 이 사람의 눈이 오늘 제대로 호강하는구려."

누가 봐도 뻔히 준비한 이야기를 마치 몰랐다는 듯 이렇게 큰 동작으로 이야기하는 것을 보며 항자웅은 과연 관리란 무엇인가를 다시 한 번 생각했다.

오죽했으면 손소와 양신명의 얼굴에 쓴웃음이 떠오를까? 하나 오진간은 표정 그대로를 바꾸지 않으며 태연한 신색으로 말을 이어갔다.

"그런데 웬 경단인지……? 혹시 이 늙은이를 위해 사온 건가?"

"그럴 리가요. 우리 집에 있는 꼬마 아가씨 겁니다. 경단 장사가 하도 빨빨거리고 돌아다니는 바람에 필요할 땐 없어서요. 보이는 김에 샀습니다."

이건 꿈도 꾸지 말라는 듯한 표정을 지으며 항자웅이 말했고, 손소는 터져 나오는 웃음을 억지로 참았다. 아닌 게 아니라 지금 항자웅의 모습은 가관이었다.

저 솥뚜껑 같은 손을 꼭 오므린 채 손가락 사이에 경단 세 줄을 찔러 넣은 상황이다. 말할 때마다 세 줄의 경단이 움찔거리는 모습은 마치 경단이 말을 하는 것처럼 보였다.

"크핫핫! 자네는 참으로 재미있는 친구로구만. 뭐, 좋네. 나도 경단 때문에 이리 여러분을 초청한 것은 아니니까."

싱긋 웃으며 오진간은 손을 까딱였고, 그러자 뒤쪽에서 뭔가를 소반에 받쳐 들고 나왔다. 천에 싸여 있는 것인데 오진간은 그것을 잡아 항자웅의 앞에 풀어놓았다.

"자, 일단은 그 망할 놈들에 대한 수배금일세. 네 명의 시신이 월인, 수인, 목인, 금인인 것을 확인했고 이는 그에 관한 수배금이지."

스륵.

번쩍이는 황금 세 냥이 떡하니 버티고 있다. 그러자 그 황금의 찬란한 빛만큼이나 항자웅의 눈빛도 번뜩였다.

"화인까지 포함되었다면 여기에 금 두 냥이 더 추가되었을 텐데 참으로 아쉽게 되었군. 그자의 명운이 꽤나 긴 모양이야."

"후, 그런 거군요. 그나저나 이놈들 진짜 나쁜 짓 많이 했나 보네. 황금이 이 정도나 붙은 것을 보면."

항자웅은 입맛을 다셨다. 그 표정으로 봐서 틀림없이 그때 괜히 그놈을 놓아주었다는 생각을 하는 것이 분명했다.

"이르다 뿐이겠나? 알려진 것만 근 오십여 명이 넘네. 그야말로 쳐 죽일 놈들이지. 뭐 자네 정도면 충분히 그놈을 잡을 수 있을 것이니 별 신경은 쓰지 않네만."

살짝 말을 끊으며 오진간은 기이한 표정을 만들었다. 뭔가 상당히 수심이 서린 듯한 표정. 거기에 덤으로 오른손을 들어 자연스럽게 턱을 괸다.

언제 만들었는지 우수에 찬 듯한 촉촉한 눈동자로 탁상의 정중앙을 바라보자 항자웅은 얼굴을 일그러뜨렸다. 누가 봐도 뻔한 표정을 다시 한 번 만들고 있는 것이다.

표정이 하는 말은 간단했다. '물어봐. 왜 이런 표정인지 어서 물어봐!' 라는 말을 표정으로 하고 있는 셈이다.

"후우, 무슨 일이시죠?"

"그게 참 곤란한 일이 터져 버렸네! 아아, 자네가 묻지 않았다면 내 입에도 올리기 싫을 그런 일이라네."

'그럼 아예 표정도 짓지 말든가' 라는 말을 삭이며 항자웅은 떨떠름한 표정을 지었다. 오진간은 불쑥 항자웅 쪽으로 몸을 기울이며 입을 열었다.

"요즘 들어 이 진우현 부근에 아주 고얀 일들이 일어나고 있네. 그간 이런 일이 없더니 이젠 아주 빈번하게 일어나. 이러다 정말 큰 변란이라도 일어나게 되는 것이 아닌지 아주 염려가 되네."

"변… 란이요? 무슨 일이 있었던 겁니까?"

아마도 이런 관료들이 가장 달가워하지 않는 말이 이 변란이란 것일 터였다. 쉽게 말해 전쟁이라도 터진다는 것인데 그렇게 되면 자리보전은 끝이라고 보면 된다.

그럼에도 불구하고 이런 표현을 쓴다는 것은 뭔가 좀 난해한 문제가 발생했다는 뜻이다. 그런데 그것이 무엇인지는 양신명의 입을 통해 알 수 있었다.

"오 현령께서는 요즘 이 주변에 움직이는 비적들을 염두에 두시는군요. 질이 좋지 않은 자들이 남쪽과의 교역 거점인 이곳을 필두로 활동한다고 들었습니다."

"바로 그렇소이다! 그 망할 비적 놈들이 문제요!"

조금만 더 입을 열면 피라도 토할 기세다. 세 사람은 동시에 움찔하며 뒤로 물러났지만 오진간은 거침없었다.

"그놈들이 감히 교역 물품을 터는 것도 모자라 황궁에 진상할 물건까지 빼돌렸다 하오! 세상에 이런 대역무도한 놈들이 어디 있단 말이오! 내 이번 일은 도저히 묵과할 수 없소이다!"

이 중에 묵과하라고 말한 사람은 아무도 없다. 게다가 도적놈들이 무슨 물건 주인 따지며 덮치는 것 본 적 있는가? 만일 그렇다면 그건 도적이 아니다.

요약하자면 결국 타국에서 올라온 진상품을 호위하는 무사들이 모자라 당했다는 건데 어째서 그런 일이 일어났는지는 뻔했다. 지키라는 규정 안 지키고 사람 적게 고용해서 그 머리 숫자만큼 돈 빼돌렸다는 말이다.

일례로 여기 옆에 있는 손소의 손진표국은 절대 그런 일을 당하지 않는다. 언제나 일급 표사들이 지키고 있으니 간덩이가 웬만큼 팅팅 붓지 않는 이상 그럴 수가 없었다.

대체 얼마나 해먹었기에 이런 지경에 이르렀는지 도통 알 수가 없었다. 설마 진상품을 호위하는 데 달랑 몇 사람만 보낼 리가 만무하니 말이다.

"우리 현에서 가장 강한 백부장을 보냈건만 그 친구까지 실종된 상황이라오. 내 이래서야 이 자리가 문제가 아니오. 이건 이 나라의 근간을 뒤흔드는 일이고, 나아가 천륜과 도덕을 저버린 짓이오! 그러니 어찌 이 사람이 두고 볼 수만 있겠소?"

도적질 하나 하는데 무슨 천륜이 있고 도덕을 논하는지 모를 일이다. 그런 거 다 아는 놈이 도적질할 턱이 없는 법. 이리저리 빙빙 돌리는 말에 불과했다.

"혹시 그 백부장이란 사람, 저기 진현무관(武官)의 장만추(長滿推) 관주인가요? 종남파의 속가제자이신……."

"맞네! 바로 그 사람이야. 자네도 그 친구를 아는가? 그럼 얼마나 흉악한 놈인지 알고 있겠구만! 내 그래서 오늘 특별히 자네를 부른 것일세. 나와 함께 힘을 합쳐 이 위난을 극복해 보지 않겠나?"

항자웅은 인상부터 확 썼다. 진현무관의 장만추면 이류고수를 겨우 벗어난 정도다. 무공 수준이라고 할 것도 없거니와 가르치는 것도 거의 양생술(養生術) 수준이다.

제자라고 해봤자 어린애 십여 명이 전부인 사람이 백부장을 맡은 것부터가 이상한 노릇이다. 분명 그 사람도 돈 아낀다고 별 시답지 않은 낭인 몇 명 데리고 갔을 것이 분명했다.

"위난이 맞는지 어떤지 모르지만 저 밖에 있는 병사만으로도 충분하지 않습니까? 동헌에 들어올 때 보니 꽤 많은 병사들이 있던데요."

"후, 내가 왜 그 생각을 못했겠나? 하나 비적단 속에 고수들이 숨어 있다는 정보일세. 우리 병사들이라고 해봤자 일정 수준 이하의 사람들, 자칫하면 그놈들 잡자고 병력 다 소진할 판인데 그럼 진짜 큰일이 생기면 어떻게 되겠나?"

결론은 자기 병력 온전하게 보전하고 싶다는 이야기인지라 항자웅은 심드렁한 표정을 지었다. 이 이야기 저 이야기 가져다 붙이지만 별로 마음이 움직이질 않는다.

"아참, 이것도 이야기를 해야겠구만. 그 비적단에게 수배금이 붙어 있다네. 아마 이 정도 되지 않을까?"

슬쩍 다리를 내밀며 오진간은 입을 열었다. 자연스럽게 항자웅의 시선이 그리로 흘렀는데 오진간은 품속에 넣을 수 있을 만한 작은 상자를 발로 열고 있었다.

끼이이이이.

한데 그 상자 안이 온통 황금색이었다. 아무리 작은 상자라 하더라도 최소한 금 열 냥은 되어 보이는 그 상자를 본 항자웅의 눈빛이 바뀌었다. 그리고는 차분한 목소리를 내었다.

"듣다 보니 정말 화가 머리끝까지 나는군요! 세상에 그런 극악무도한 놈들이 어디에 있답니까! 내 당장에라도 가서 이 일을 마무리 지을 것입니다!"

"역시 자네는 이 나라에 필요한 인재일세!"

두 사람은 서로의 오른손을 맞잡으며 고개를 끄덕였다. 항자웅의 눈빛이 너무도 초롱초롱하게 반짝이는 순간이었다.

"고작 금 열 냥 정도에 팔리는 신세였냐? 그 정도 금액을 벌 요량이면 차라리 우리 원행이나 따라가지 그러냐?"

"친구끼리 금전 거래하는 거 아니다. 차라리 그냥 달라고 하면 했지 일은 안 해."

"그 말이 그 뜻이었냐?"

"그럼. 금과옥조 같은 명언이지."

뭔가 좀 비틀린 것 같은 이야기를 태연하게 지껄이며 항자웅은 입을 오물거렸다. 한쪽 뺨에 불룩한 것은 다름 아닌 경단이었다.

세 줄 중 한 줄은 자신이 먹었고, 또 한 줄은 계약 축하 기념이라며 오 현령에게 주었다. 나머지 한 줄만이 원래의 의도대로 하이화에게 전달되었다.

항자웅과 손소, 그리고 하이화는 지금 그 대단하시다는 비적을 만나러 가는 길이다. 물론 집에는 이미 들렀고, 자랑스럽게 금 세 냥을 어머님께 드린 후 출발한 것이다.

사실 항 씨 가문은 돈에 그리 쪼들리지는 않는다. 항자웅의 어머니도 하시는 요리원이 꽤 성황이고 의원 일을 하는 동생도 꽤 벌이가 괜찮다. 아버님도 적자는 보지 않는 생활을 하고 있으니 돈이 어려울 턱이 없다.

그럼에도 불구하고 황금 세 냥을 어머님께 드린 것은 순전히 기분을 풀어드리기 위함이었다. 가보니 산처럼 쌓여 있던 뇌물은 온데간데없이 사라진 후였다.

아버지께서 다 쓸데없는 것이라며 모조리 돌려보낸 것이다. 그 때문에 어머니의 기분은 급하락하여 항자웅을 보자마자 예전의 카랑카랑하신 모습 그대로 보여주었다.

그때 내민 것이 금 세 냥이었고, 그래서 별 탈 없이 집을 나오게 된 것이다. 사정이 있어 잠시 나온다고 하니 도시락까지 챙겨주셨다.

물론 이렇게 한가한 일은 아니다. 하지만 부모님께 산적 잡으러 간다고 말할 수는 없기에 그저 놀러 가는 것으로 되어 있었다. 그 때문에 그 옆에 혹 하나가 붙어 있게 되었지만 말이다.

"어이, 꼬마 아가씨. 그냥 돌아가 주면 안 될까? 우리 놀러 가는 거 아니거든."

하이화는 고개를 좌우로 도리도리 흔드는 것으로 대답을 대신했다. 항자웅은 그저 어깨 한번 으쓱한 후 신형을 돌렸다. 꼭 가겠다는데 말릴 이유가 없었다.

"나중에 무섭다고 울지나 마라. 그나저나 이 녀석들은 어디에 있대? 표국 사람들은 이런 정보에 밝지 않나?"

"밝다마다. 저기 저 산이다. 이름도 없는 것이 꽤 험준하거든."

"호, 딱 봐도 좀 큰데, 이거."

손소가 가리킨 산은 마을 남쪽에 있는 산으로 손소의 말처럼 꽤 큰 산이었다. 아마 마을 사람들도 워낙 우거진 곳이라 그쪽으로 가진 않을 터였다.

"확실한 거지?"

"네 동생도 하는 말이니 틀림없을 거다. 근데 진짜 할 거냐, 이 일?"

"여기서 자소 이야기가 왜 나와? 그 녀석이 산적이랑 무슨 관련이라도 있나?"

항자웅은 살짝 놀라 되물었다. 산적은커녕 동네 불량배 하나도 제대로 감당하기 힘들 정도로 그 녀석은 약하다. 한데 어떻게 이를 안단 말인가?

"약초꾼들을 상대하니까. 그들은 산이 우거지면 우거질수록 좋아하거든. 지금 가는 곳도 네 동생이 소개시켜 준 약초꾼에게 가는 거야."

"아하, 그런 거구만. 일리가 있네."

적잖이 안심을 하며 항자웅은 작은 한숨을 쉬었고, 손소는 그 모습에 피식 웃었다.

"그보다 아직 대답 안 했다. 진짜 갈 거야? 이런 일이라면 애들만 보내도 상관없다만."

"진짜 가야지. 집에 들어가 봤자 별다른 할 일도 없고, 그냥 들어가 앉아 있기도 좀 그래."

차라리 나다니는 게 낫다는 판단이 선 것 같았다. 뭐 얼마 전의 일도 있고 하니 그럴 수도 있었다. 가족들의 안전이야 지금 현재 양신명과 양위대가 지키고 있으니 일단은 안심해도 되고 말이다.

"그리 결심했다면 좀 들어. 스스로 용호채(龍虎砦)라 부르는 놈들이야. 사실 생긴 지 꽤 된 곳으로 적어도 삼십여 가구 이상이라 알려져 있어."

"뭐야? 오 현령은 생긴 지 얼마 안 된 곳이라 했잖아. 그곳이 맞아?"

"맞아. 그 작자가 그동안 신경도 안 쓴 거야. 생긴 지 십 년이 넘어."

항자웅은 그럼 그렇지 했다. 관료들이 하는 짓은 도무지 믿을 수가 없다.

이리저리 이야기해도 결국 자신의 뒤치다꺼리나 좀 해달라는 것일 뿐, 그들에게 무슨 나라와 민족에 관한 생각 따윈 없었다. 그저 입으로만 나불대는 족속들인 것이다.

"사실 비적단이라기보다 화전민에 가까운 곳이야. 무공 수준이야 두말할 것도 없고. 내 예상대로라면 그리 오래 걸리진 않을 거다."

"그 참 이상하네. 그럼 그런 곳에서 왜 나라에 진상되는 공물에 손을 댄 거지? 그들이 화전민에 가까운 사람들이라면 함부로 손대지 않았을 것 같은데."

"나도 그게 이상하긴 해. 하루아침에 목숨을 전부 포기한 것도 아니고 왜 그런 짓을 한 것인지 말이야. 관의 추적을 받게 되리라는 것은 훤히 알 텐데."

손소와 항자웅은 이런저런 이야기를 나누다 마을을 완전히 벗어났고, 이제 용호채가 있는 큰 산으로 들어서기 시작했다.

사람들이 많이 다니지 않는 곳이라 그런지 꽤 우거진 산림이 보였는데 한낮이고 겨울인데도 어두울 정도로 울창한 삼림이 쭈욱 펼쳐져 있었다.

"여기로 가는 거예요?"

두 눈을 초롱초롱하게 빛내며 하이화는 폴짝 앞으로 나섰다. 아무래도 그녀는 지금 두 사람이 놀러 가는 것으로 완벽하게 오해하고 있는 듯싶었다.

"그 참, 놀러 가는 거 아니라니까. 산적 소굴로 갈 거야. 그렇게 좋아할 때가 아니라고, 꼬마 아가씨."

"적어도 목숨은 지켜준다면서요. 그거 거짓말이에요?"

"……"

항자웅은 입을 다물었다. 확실히 그런 말을 한 기억은 난다. 저 쪼끄만 아가씨가 눈물 뚝뚝 떨어뜨릴 때 이야기했었다.

생각해 보면 참 등신 같은 짓이었다. 그때 매몰차게 더 울게 놔둘 것을.

"끄응, 약속은 지켜. 그러니 집에 가라고. 거기가 더 안전하잖아."

"집보다 아저씨 옆이 더 안전할 거 같아요."

작은 혀를 날름거리며 하이화는 앞서 올라갔고, 항자웅은 그저 어금니만 지그시 깨물 뿐이었다. 문득 그의 귓가에 손소의 목소리가 들려왔다.

"상황 판단 제대로 했네. 우린 몰라도 적어도 저 아가씨는 놀러 온 거 맞는데?"

"맞기는 뭐가 맞아! 아우, 더워. 이 엄동설한에 왜 이리 난 더운 거야."

손바닥으로 얼굴을 부치며 항자웅은 그녀의 뒤를 따랐고, 손소는 알 듯 말 듯한 미소를 지었다. 그는 항자웅의 얼굴에서 아주 작은 변화를 본 것이다.

항자웅의 얼굴, 진짜 붉어져 있다. 원인이 무엇인지 확실하게 알 수는 없지만 적어도 추위 때문만은 아닌 것이 확실했다.

*   *   *

화인은 아랫입술을 피가 나오도록 깨물었다. 그는 굳은 얼굴을 한 채 그저 눈앞에 있는 누군가를 바라보고만 있었다.

그의 앞에는 한 사내가 있었다. 덩치가 화인보다 두 배 이상 컸는데 그 덩치만큼이나 식욕도 왕성했다.

주욱, 쭉, 우걱우걱.

잘 익은 닭다리를 확 잡아 뜯자 한 번에 뼈만 남았다. 그는 손목을 움직여 뼛조각을 옆으로 던졌는데 이미 그곳엔 닭 뼈가 수북하게 쌓여 있었다.

대체 몇 마리나 먹었는지 모를 지경이다. 양손과 입가에 번들번들한 기름이 낀 채 쩝쩝거리고 있었는데 그 모습 자체로 눈살을 찌푸리기에 충분했다.

그러나 화인은 그럴 수가 없었다. 그는 자신의 상관, 천살토에 속한 무인이었던 것이다. 문득 그의 눈이 사내의 옆에 놓여 있는 대감도로 향했다.

물경 오 척에 다다르는 거대한 도신이 제일 먼저 들어온다. 섬뜩한 예기는 물론 말하나마나 그는 이 거대한 도를 젓가락 다루듯 휘두른다.

그는 팽호(彭豪)란 자였다. 별호는 참수광도(斬首狂刀)라 불리는데 이는 사람을 죽일 때 살아 있든 죽어 있든 반드시 머리를 잘라내기 때문에 생긴 별호였다.

마치 목을 자르는 망나니처럼 말이다. 하나 망나니 따위와 그를 비교할 수는 없다. 그는 오대세가 중의 하나인 하북팽가 출신으로 상당한 무공을 지니고 있었다.

오인우살은 여기저기서 넘겨 배운 것들을 합하고 쪼갠 무공을 사용하고 있었는데, 그래서 언제나 합격술을 펼쳤다. 개개인의 무공은 민망할 정도로 낮았다.

항자웅에게 그렇게 쉽게 박살 난 이유도 그 점에 있을 터였다. 항자웅은 이들이 합격술을 펼칠 조금의 시간조차 주지 않았다. 그로 인해 결국 다섯 명 중 네 명이 죽은 것이다.

하지만 이자는 다르다. 팽가의 오호단문도(五虎斷門刀)를 거의 완벽에 가깝게 익힌 팽호는 천살토 중에서도 손꼽히는 고수였다.

"그래서 지금 뭘 어떻게 해달라는 건데? 네놈과 같이 다니던 떨거지들, 그놈들의 복수라도 해달라는 거냐?"

생긴 것만큼이나 거친 말투가 팽호의 입에서 흘러나오자 화인은 한층 고개를 조아렸다. 상황이야 어찌 되었든 그가 기댈 곳은 여기밖에 없었다.

"복수 따위는 꿈도 꾸지 않습니다. 그자는 우리가 감히 쳐다

볼 수도 없을 정도로 대단한 무공을 지니고 있는 자. 이대로 가면 저희 오인우살의 임무는 실패로 돌아갈 것입니다."

"크흐흣, 그러니까 지금 토주님의 기대를 저버린 것이 못내 아쉬워서 하는 이야기다 이거냐?"

"그렇습니다, 팽 대협, 어차피 저희 오인우살은 회생이 불가능합니다. 마지막 가는 길이라도 명예롭게 가고 싶군요."

비장한 목소리로 화인은 말했지만 팽호는 그저 피식피식 웃을 뿐이었다. 그는 다시 한 번 탁자 위에 놓인 닭 한 마리를 잡아 뜯어내며 말했다.

"명예? 우리 천살토에 언제 그런 것들이 있었지? 이봐, 화인, 우리 좀 솔직해지는 것이 어떨까?"

주죽, 죽, 우걱우걱.

"내가 널 돕지 않아도 되는 것은 알고 있겠지? 이곳에 내가 온 것은 다른 일 때문이다."

"잘 알고 있습니다. 그래서 이렇게 부탁드리는 것이지요. 복수라고 칭하셔도 좋습니다. 부디 이번 일에 나서주시기를……."

팽호는 사이한 웃음을 머금었다. 이제 먹을 만큼 먹었는지 손을 탁탁 털며 의자 뒤로 몸을 기대었다.

끼이이이.

꽤 튼튼한 태사의건만 거의 부서질 듯한 비명을 지르고 있다. 그만큼 사내의 몸은 상당했다.

"실은 애당초 네놈들이 마음이 들지 않았었다. 다섯 놈이 한 몸처럼 싸우면 될 것이라고? 무공은 결국 혼자서 이루어야 되는 것. 아주 된통 걸렸구나."

"킥킥."

"크흐훗."

여기저기서 비웃는 소리가 들려온다. 팽호가 무서운 것은 그 본신의 무공도 있지만 그와 같이 다니는 자들 때문이기도 했다. 서른 명 남짓의 참도수(斬刀手)들이 바로 그들이다.

팽호는 천살토와 지살토를 망라하여 쓸 만하다 생각되면 자신의 수하로 삼았다. 본인이 가지고 있는 오호단문도를 거리낌 없이 가르치며 이들의 무공 실력을 올리려 했던 것이다.

그 성과는 실로 대단해서 지금에 있어 팽호는 천살토에서 열 손가락 안에 드는 힘을 가졌다. 물론 일신의 무공만으로는 불가능한 일이었고, 그리되기까지 참도수들의 역할이 지대했음은 두말할 것도 없다.

끼이이이.

"좋다, 네 소원을 들어주지. 뭐 어쨌든 나도 오랜만에 본토에서 나온 셈이니 좀 놀아야겠지? 그 핑계 삼는 것도 나쁘진 않겠군."

태사의에서 일어난 후 팽호는 신형을 돌렸다. 주변을 둘러보니 일반 가정집이 아니라 나무로 지어진 산채였는데 그는 그 안쪽으로 향하고 있었다.

"일단은 좀 즐기자고. 화인 너도 좀 즐겨봐. 형제들이 죽은 건 죽은 거고 산 사람은 즐겨야지. 안 그래?"

촤르르륵.

주렴을 걷고 들어가자 그 안에는 여인들로 가득했다. 모두들

입과 손을 결박당한 채 바들바들 떨며 겁먹은 눈동자만 팽호에게 향할 뿐이었다.

"이런, 제길. 산채라 그런지 영 계집들이 시원찮네. 아쉬운 대로 오늘은 네년으로 해야겠구나. 웃차."

"으읍… 읍……."

개중에 젊어 보이는 여인 하나를 허리춤에 낀 채 그는 침상으로 움직였다. 여인의 신형을 거칠게 침상에 내던진 후 팽호는 화인에게 물었다.

"그런데 누구라 그랬지? 네 형제들을 그렇게 만든 놈 말이다."

스륵, 슥.

다른 사람들이 보든 말든 팽호는 상관없이 옷부터 훌훌 벗어던졌다. 화인은 그쪽으로는 눈길도 주지 않은 채 황급히 대답했다.

"항자웅, 진우현의 항가장에 있는 항자웅이란 놈입니다. 그외에 손……."

"아, 됐다. 어디 있는지만 알면 됐지 뭘 그리 말이 많아? 그따위로 생각이 많으니 당하고 말지."

"……."

침상 위로 몸을 밀어 넣으며 팽호는 음흉한 미소를 흘렸고, 화인은 그런 팽호를 향해 한마디 더 하려 했다. 항자웅이란 놈뿐만이 아니라 진육협의 한 명인 쌍룡검객 손소도 있다고 말이다.

그런데 그게 말이 안 나온다. 무언가 뜨거운 것이 콱 하고 목

구멍을 막아버린 것처럼 말이다. 그건 이 팽호란 자에 관한 거친 반감이었다.

깊숙이 한 번 더 고개를 숙인 후 화인은 신형을 돌렸다. 그 역시 자신들과 똑같은 우를 범하려 하고 있다. 오인우살도 우천간의 말을 새겨듣지 않아 결국 낭패를 보았다.

그의 마음속에 두 개의 바람이 생겼다. 너무도 당연한 일이지만 하나는 저 팽호가 성공적으로 항자웅과 손소를 죽여주기를 비는 마음이다.

문제는 또 한 가지의 바람이다. 저 팽호 역시 자신들과 똑같은 것을 경험하기를 은연중에 바라고 있는 것이다.

第七章
용호채

1

산행이라는 것은 힘들 수도 있지만 천천히만 움직이면 어려울 것은 없다. 특히 오르기 편한 늦봄부터 가을까지는 말이다.

겨울 산행은 의외로 어렵다. 아무리 남쪽이라 해도 가끔 눈이 내리는데 이런 우거진 산의 눈은 녹지 않는다. 나무가 우거져 응달을 만들어내기 때문이다.

험한 산이라는 것은 이렇듯 사람이 다닌 흔적이 없는 산을 말하는 것이다. 이런 산을 오르는 것은 산길을 따라 움직이는 일반적인 산보다 열 배 이상 힘들다.

당연히 하이화 같은 마른 여인이 버틸 수 있는 곳이 아니다. 그래서 지금 그녀는 항자웅의 등에 업힌 채 착 달라붙어 있었다.

"그렇게 가라고 몇 번을 말해? 아나 진짜, 말 드럽게 안 듣는 꼬마 아가씨일세."

"그래서 지금 나 버린다는 말이에요, 아저씨?"

"할 수 있다면 그리하고 싶다만 네 의지가 보통이 아니니 쉽지 않을 것 같다."

"당연하죠. 비록 무공은 없어도 내 몸 하나 건사할 수는 있다구요."

넓적다리를 받쳐야 할 항자웅의 팔은 지금 축 늘어뜨려진 채 앞뒤로 휘적휘적 휘저어지고 있었다. 그러니 하이화의 신형은 업혀 있다기보다는 등에 달라붙어 있다는 표현이 옳았다.

양팔로 목을 꽉 부여잡고 다리로 저 굵은 허리를 감았는데 사실 허리라기보다 가슴과 배의 경계 부분이라는 말이 정확한 표현이리라.

"건사라……. 대체 어떻게 하면 이 상황에 건사란 단어가 나올 수 있는지 모르겠구나. 누가 널 교육한 거냐, 대체?"

"누구긴요, 우리 아버지겠죠. 아버지도 자주 이렇게 해줬어요."

뿌득, 뿌드득.

산 위로 올라올수록 눈은 점점 더 많이 쌓여 이젠 발목까지 잠길 정도다. 하지만 항자웅은 그 눈길이 힘들다는 것을 느끼지 못했다. 그보다 더 황당한 생각이 떠올라서였다.

한음도 하린벽, 생긴 것으로 따지자면 열세 명의 교관 중 제일이었다. 잘생긴 순서가 아니라 더럽게 생긴 것으로 말이다.

그런 사람이 이 쪼그만 아가씨를 업고 다니는 광경이 그려지니 웃기기 그지없었던 것이다. 항자웅은 자신도 모르게 피식 웃었다.

"풉, 그 양반이 그러고도 다닌단 말야? 참 안 어울리게 사는 양반이셨네."

"사람 좀 업고 산에 왔다고 미친 거냐? 무슨 네 이야기를 그렇게 남 이야기하듯 해?"

분위기를 확 깨는 손소의 목소리에 항자웅은 고개를 확 돌렸다. 우드득 소리가 났을 것이라 추측할 정도로 빠른 움직임이었다.

"지금 누구하고 누구를 비교하는 거야? 내가 아무려면 그 양반이랑 같은 급인 것 같아? 이래 봬도 나 좀 생겼다고 사람들이 말해."

"당장 이름 대봐. 사실 여부 확인 좀 해보게."

"맞아요. 이름 대봐요, 아저씨."

"얼씨구, 이것들 봐라?"

한쪽 눈썹을 파르르 떨며 항자웅이 말하자 손소는 씨익 웃으며 옆으로 떨어졌다. 하이화야 등 쪽에 있으니 일단은 시야에서 멀리 있는 셈이다.

"나라와 민족을 위해 비적단을 소탕하러 온 분에게 이 무슨 망…… 음?"

한참 장난스럽게 이야기를 하다 항자웅은 입술을 꽉 닫았다. 아울러 마냥 재미있게만 느껴지던 항자웅의 기운이 한순간에 딱딱하게 바뀌었다.

그러자 손소 역시 덩달아 내력을 키워 올렸는데 무엇 때문인지는 알 수 없었다. 문득 항자웅의 신형이 움직였다.

뽀득.

한 발자국 앞으로 나간 후 그는 허리를 숙였다. 하이화는 눈을 휘둥그레 뜨며 꽉 매달렸는데 그녀를 떨구어 버리기 위해 한 동작이 아니었다.

슛, 스슛, 크릭.

눈 속에 손을 집어넣고는 잠시 휘젓다가 다시 빼어 올렸다. 그러자 항자웅의 오른손에 뾰족한 물체 하나가 잡혀 올라왔다.

그냥 한군데 뾰족한 것이 아니라 날카로운 네 개의 가시가 있었고 서로 간에 간격을 일정하게 둔 형태였다. 언제 어디서든 막 던져도 침 하나는 반드시 하늘을 향하도록 말이다.

"이런 야산에 철질려(鐵蒺藜)라니, 좀 어울리지 않는 것 같은데?"

"동의한다, 자웅. 이제 보니 한두 개가 아니야."

손소는 두 눈을 빛내며 하얀 눈밭을 살펴보았다. 그곳엔 꽤 많은 흔적들이 보였다. 뭔가 눈을 파고들어 간 흔적은 아마 모두 철질려가 깔려 있을 터였다.

평지도 아니고 이런 산길에 철질려라니 확실히 이상한 상황이었다. 손소는 다리에 힘을 주며 항자웅에게 말했다.

"우리가 만나기로 한 약초꾼이 저 위에 산다. 아무래도 좀 빨리 움직여야 할 것 같다만."

"앞장서. 그리고 꼬마 아가씨 넌 팔에 힘 꽉 줘. 지금부터는 장난이 아니야."

"알았어요, 아저씨."

한 손으로 그녀의 엉덩이를 받치며 항자웅은 몸을 날렸고, 이

내 먼저 달려가는 손소의 뒤를 따랐다. 손소는 바닥으로 움직이지 않고 나무 위로 올라가 가지들을 밟으며 움직였다.

탓, 타탓, 탓, 피이잉.

삽시간에 십여 장 이상을 뛰어올라 온 두 사람은 작은 움막 앞에 섰다. 눈이 소복하게 쌓여 있는 아주 작은 움막. 이건 사람이 사는 용도가 아니라 약초꾼들이 잠시 동안 머물다 가는 임시 거처였다.

당연히 그리 크지도 않았기에 한눈에 모든 광경을 볼 수 있었다. 한데 보기도 전에 이미 느껴지는 것이 있었다.

"피비린내……."

절대로 잊을 수 없는 냄새다. 이십 년 전까지 엄청나게 맡아본 이 냄새에 항자웅은 미간을 찡그렸다. 손소는 빠르게 몸을 움직여 움막의 문 역할을 하는 거적을 치웠다.

펄럭.

"……."

채 일 장도 안 되는 작은 공간에 세 명의 사내가 죽어 있었다. 옷차림으로 봐서 세 명 다 약초꾼 같았는데 특이한 것은 셋 다 머리가 없는 상태였다.

"흡."

항자웅의 등에서 하이화의 짧은 비명이 들려오지만 지금은 그녀에게 신경 써줄 때가 아니었다. 손소는 빠르게 주변을 훑어보며 상황을 파악하기 시작했다.

"우리가 만나기로 한 사람들이 이 사람들인데… 죽은 지 사나흘 정도 된 것 같다. 적어도 약초를 노린 놈들은 아니야."

턱.

시신 옆에 있는 약초 바구니를 발로 차보니 그 안에 약초가 그득했다. 모두 세 개의 바구니가 다 차 있으니 돈을 원하는 놈들이라면 이런 것을 놔두고 갈 턱이 없다.

"목을 자르는 것도 특이점이라 할 수 있겠지. 수급을 가져가지도 않을 것인데 잘랐다."

한쪽 구석에 뒹구는 세 개의 수급을 보며 항자웅이 말하자 손소의 눈이 반짝였다. 그는 품속에서 뭔가를 꺼냈는데 이는 손바닥보다도 작은 서책이었다.

"어디선가 읽은 적이 있는 것 같아. 강호에 목을 잘라 죽이는 자들이 있다고 말이야. 살아 있든 죽어 있든 목을 잘라 자신들이 죽였다는 표식을 남긴다 했는데……."

"그동안 강호에 무슨 일이 일어난 거야? 어디서 이런 변태 같은 자식들이 나타난 거지?"

비정한 강호라 해서 사람을 잔인하게 죽이는 자들도 있지만 사실 그런 자들은 소수다. 대부분의 사람들은 그저 단칼에 죽이려는 본성을 가지고 있다.

이는 시신을 훼손하기 싫어하는 무의식에서 기인하는 것으로 유교의 사상을 한 번이라도 접해본 사람이라면 누구나 그렇게 한다. 이는 비단 무림에서만 통용되는 것이 아니다.

그중에서도 특히 목은 중요히 생각하는 부분. 만일 시신의 목을 가져간다면 그것만으로도 새로운 분쟁이 생길 정도로 시신 훼손은 작은 일이 아니다.

당연히 이런 습성을 가진 놈들이 있다면 알아둘 수밖에 없다.

특히나 표국 일을 할 사람의 입장에서라면 더더욱 필요했다.

"여기 있군. 그래, 이놈들이야. 참도수라 불리는 놈들이야."

"참도수? 이름 한번 살벌하게 지었네."

말을 하면서도 항자웅의 눈은 상처 부위를 살펴보는 데 여념이 없었다. 목이 잘린 것을 제외하고 죽은 방법이 모두 달랐다. 가슴이 박살 난 것과 머리가 이미 반쯤 으깨진 것, 그리고 배와 등을 관통하는 자상이 원인이었다.

즉, 목은 죽은 후에 잘렸다는 것이다. 참도수들의 짓이라는 손소의 말이 더욱더 진실일 가능성이 높아졌다.

"그 수장은 팽호란 놈이야. 별호는 참수광도. 무공이 상당해서 주의하라고 적혀 있어."

"이놈이나 저놈이나 모두 참수로구만. 사람 목 베는 것이 뭐 그리 좋은 일이라고……. 그것만 쓰여 있는 거야?"

"아니. 좀 더 있어."

서책을 뒤적이며 손소는 자료를 찾았고, 할 말을 추리기 시작했다. 잠시의 시간이 지난 후 손소는 고개를 들었다.

"희한한 놈일세. 목 자르는 게 너무 좋아서 스스로 망나니가 되기를 자청한 놈이래. 당연히 출신 가문인 팽가에서는 난리가 났고, 결국 그 때문에 파문당한 놈이야."

"팽가에서 파문당했다고?"

"그래. 정신이 반쯤 나가 있는 놈이긴 하지만 무공만은 쉽게 볼 수 없는 것 같아. 오호단문도를 십성 이상 수련한 놈이래. 이래서 조심하라고 써놨군."

"한마디로 꼴통 중에 꼴통이구나. 어린아이에게 보도를 쥐어준 격이야."

어린아이들은 그저 휘두를 뿐이다. 그것이 어떤 파장을 가져올지 따윈 생각하지 않는다. 생각한다면 그건 어린아이가 아니다.

물론 이 팽호란 놈이 어린아이처럼 순수하다는 이야기는 아이다. 일부러 어린아이처럼 행동하고 있으니 그게 무서운 것이다.

"아무래도 이들의 도움을 받기는 힘들 것 같으니 다른 수를 생각해 봐야겠다. 어떻게 생각해?"

"이봐, 손소. 도움은 이미 받았다. 이 정도면 충분해."

말과 함께 항자웅은 손가락을 뻗어 한군데를 가리켰다. 그곳에는 보일 듯 말 듯한 작은 발자국이 살짝 찍혀 있었다.

거의 흔적이라 봐도 틀리지 않을 정도지만 충분했다. 손소와 항자웅은 충분히 추적을 시작할 수 있을 것이다.

손소는 고개를 끄덕였다. 이 산에서 동시에 두 부류의 호랑이들이 산다고는 생각하지 않는다. 아마도 이 흔적을 쫓아간다면 자연스럽게 부근의 산적들과도 연결되지 않을까 싶다.

혹시 연결이 안 되어 있어도 상관없다. 공물을 노리는 산적 따위보다 여기 있는 이들이 더 문제다. 당연히 그냥 두고 갈 상황이 아닌 것이다.

"이것 참, 일이 커져가네. 한 가지 더 알아야 할 것이 있다. 한 줄이 더 쓰여 있어."

손소는 책을 닫으려다 쓴웃음을 지었다. 우연히 본 단 한 줄이지만 그 내용은 정말 심상치 않았다.

"이놈, 천살토 소속이야."

"뭐?"

항자웅은 미간을 찡그렸다. 설마 이곳에서 들을 것이라고는 생각지도 못한 이름을 들었다.

천살토라면 등 뒤의 하이화하고도 큰 관련이 있는 단체. 손소의 말처럼 정말로 일이 커져가고 있다.

"천살토라……."

슬쩍 그 이름을 되뇌며 항자웅은 살짝 주먹을 쥐었다. 아직도 그의 머릿속엔 죽은 금인이 한 말이 남아 있었다. 그 어처구니없는 위협들이.

"자꾸 거치적거리네. 짜증나게."

진심에서 우러난 발언이다.

*　　　*　　　*

누군가를 보호한다는 것은 쉬운 것일 아니다. 살수가 일 할의 노력을 들인다면 보호자는 거의 십 할 이상의 힘을 기울여야 한다.

단적으로 든 예이긴 하나 그 말이 틀린 것이 아님을 양신명은 잘 알고 있었다. 머리가 아니라 이미 몸으로 충분히 새겨 넣었던 것이다.

그의 몸에는 수십 가지 상처가 있다. 자잘한 상처들은 기억도 나지 않는데 대충 목숨이 위협받은 것만 그 정도다. 그러니 그의 전투 경험이 어느 정도인지 군이 이야기하지 않아도 충분했다.

그런 백전노장이 지금 인상을 잔뜩 찌푸리고 있다. 항가의 보호에 관해서 수하들이 보고를 시작했기 때문이다.

"범위가 너무 넓습니다. 일반적인 장원이라면 별 무리 없겠지만 이곳은 서원을 겸하고 있지요. 크기가 족히 세 배는 됩니다."

"사람들의 출입도 문제가 됩니다. 제재할 방법이 마땅치가 않습니다. 서원에서 배우는 자라 하면 마땅히 제재할 수가 없습니다."

"이곳 둘째 공자님의 병사도 같이 처리해야 할 범위라면 문제가 큽니다. 병력을 양분할 수밖에 없습니다."

문제점을 조목조목 들고 나오니 머리가 아플 수밖에 없는 것이다. 그러나 더 문제는 그 하나하나가 모두 맞는 소리라는 것에 있었다.

"저희 집이 그토록 힘든 구조인 줄 몰랐습니다. 다들 이렇게 사는 것 아니었나요?"

"허허, 물론 보통 사람들의 집이야 다 그렇지. 이 녀석들은 본가에서 쉬운 경호만 맡아서 이 난리들이야."

살짝 인상을 구기는 항자소를 향해 양신명은 입을 열었다. 뜬금없이 이런 이야기를 듣는 것이 얼마나 불쾌한 일인지 그는 알고 있는 것이다.

이 자리는 항가의 안전에 대한 이야기를 하는 자리였다. 일단 원살토에 노출된 이상 무슨 일이 들이닥칠지 몰랐다. 더욱이 그들은 이곳에 하이화가 있는 것을 알고 있다.

이곳으로 그들이 닥칠 확률은 십 할 중 십 할이다. 게다가 한 번 전력도 있으니 그에 대한 대비는 너무도 당연한 일이었다.

"난감하군요. 그렇다고 아버님께 서원을 닫게 할 수도 없으니. 뭔가 대책이 좀 있어야 할 것 같네요."

사람을 살리는 일이 아니라면 항자소는 아무것도 모른다. 이건 전적으로 양신명이 해야 할 일이기에 결국 그가 나섰다.

"일단 가장 보호하기 편한 곳이 내원일세. 이곳은 내원을 중심으로 장방형으로 펼쳐진 구조라 결국 중심으로 모이게 되어 있지. 그 점을 이용하는 것이 좋겠어."

"십자집성(十字集城)이로군요. 알겠습니다. 그리하지요."

두 눈을 동그랗게 뜨며 항자소는 양신명을 바라보았다. 뭔가 설명이 필요하다는 눈치다.

"간단하네. 우리는 이 장원의 외곽에도 경비를 서겠지만 그리 많은 숫자는 아니지. 진짜 주력은 이 내원과 외원 사이가 될 거야. 즉, 이렇게 집 중간에서 우리가 둘러싸는 형국이지."

"아, 그럼 우린 일이 생기면 바로 최단 시간 내에 내원으로 오라는 이야기군요. 그 후 내원을 봉쇄하는 것이고요."

"그렇지. 그래서 십자에 해당하는 곳은 모두 문을 항상 열어 놓게나. 그래야 지킬 수가 있겠지."

"그거라면 부모님들을 설득시킬 수 있을 것 같군요. 좋은 생각이십니다."

활짝 웃으며 항자소는 말했지만 진짜 십자집성의 효능은 가두는 것에만 있지 않았다. 유사시엔 안의 병력이 밖으로 나가기도 편했던 것이다.

아마도 이런 형태의 장원에는 딱 어울리는 방법이다. 요는 얼마나 빨리 지켜야 할 사람들이 움직여 주는가에 있지만.

"하면 둘째 공자님은 어떻게 할까요? 병사를 폐쇄할 수도 없지 않습니까?"

수하 한 명의 목소리에 항자소는 다시 어두운 얼굴을 만들었다. 병사를 폐쇄한다는 것은 어림도 없는 소리다.

병사에는 당장 움직이지도 못하는 사람이 부지기수다. 사람들을 부려 항가에서 병자를 본다 하더라도 그 준비만 하루 이틀 걸리는 것이 아니다.

애당초 불가능한 일이다. 그리고 이 점은 양신명 역시 잘 알고 있었다.

"일단 그곳에 나가 있는 것은 자네 혼자뿐이니 앞으로는 반드시 사람들을 붙이겠네. 자네의 곁에서 둘, 보이지 않게 네 명이 붙게 될 터이니 그리 알도록 하게. 이건 양보 못해."

"후, 알겠습니다. 제가 불편한 것보다 여러분이 더 불편한 게 문제겠지요. 필요한 것이 있으시면 얼마든지 말씀하세요. 무엇이든 봐드리라는 부모님의 말씀이 있으셨습니다."

"허허허, 말만으로도 고맙네. 하나 지금 당장은 이 정도로구만. 아마 며칠 후에는 좀 더 도움을 얻을 곳이 있을 것이야."

양신명은 관을 생각하고 있었다. 항자웅과 손소가 현령의 일을 해결하고 있으니 병사들을 좀 빌리는 것은 문제도 아니었다. 그들로 하여금 병사를 지키게 하면 최선이었다.

물론 그들을 믿지는 않는다. 하나 상식적으로 관원들이 지키는 곳보다는 무림인들이 지키는 곳으로 올 확률이 높았다. 함정 아닌 함정을 파는 것이다.

"도움을 얻을 수 있는 곳이라니요? 그런 곳이 있나요?"

"아닐세. 곧 알게 될 것이야. 다만 그곳이 좀 느려터진 곳이라 그래. 헛헛."

관의 행정이라는 것이 굼뜨기 그지없다. 조금 이따 가서 이야기한다 하더라도 이삼 일 후에나 움직일 터였다. 그러니 당장은 그들만으로 움직일 수밖에 없었다.

"그러나 이 모든 것은 역시 자네 형님이 돌아오시면 해결되네. 우리 전부의 힘보다 자네 형님이 더 나으니 말이야. 그러니 그리 걱정하지 않아도 될 것이야."

딴에는 힘이 되라고 한 소리다. 그런데 그 말을 듣는 항자소의 표정이 그리 밝지 않았다. 양신명은 그 모습을 보고 아차 싶었는데 항자소는 무림인이 아닌 것이다.

"강하다… 는 것은 그만큼 많은 적이 있다는 뜻이겠죠. 왜 형님이 그동안 무공을 안 보이고 살았는지 이해되네요."

양신명은 항자소의 어깨에 손을 올렸다. 물론 그 말이 틀린 것은 아니다. 강하다는 것은 귀찮은 일에 얽힐 수 있는 확률이 높다는 말이다.

그러나 항자웅의 경우는 달랐다. 그는 스스로 그림자가 되었고 그렇게 세상에 절대 나서지 않으려 했다. 하나 세상일은 모두 사람의 뜻대로만 흘러가지 않는 법이다.

"낭중지추일세. 자네 형님 같은 사람이라면 그 어디서든 돋보일 수밖에 없지. 그에 관한 이런 일들은 나로선 안타깝다고밖에 할 수가 없구나."

"생각하고 있었던 일이긴 합니다. 다만 이렇게 급작스럽게 터지니 정신이 없군요. 잠시 남자답지 못한 모습을 보인 것 같아 얼굴이 부끄럽습니다."

"무슨 말을 하는가? 사람은 누구나 다 마찬가지일세. 눈앞에서 죽음이 일어나는데 마음 편할 사람은 없어. 두려운 게 당연한 거야."

무공조차 없는 사람이다. 죽음이 싫어 삶을 찾아 의원을 택한 사내에게 어쩌면 항자웅의 모습은 정반대의 삶일 수도 있었다.

오히려 이 정도면 담담한 반응이라 할 정도다. 침착함을 넘어 대견하기까지 한 반응인 것이다.

"그러니……."

"대주님, 본장에서 급보입니다."

"음?"

갑자기 어디선가 비단 한 쪼가리가 날아드는 듯하더니 정확하게 양신명의 손아귀에 들어왔다. 날렸다기보다는 누군가 가져와 빠르게 손을 타고 넘긴 것인데 그 흐름이 너무도 부드러웠던 것이다.

한두 번 해본 것이 아닌 것이 분명했다. 이들의 훈련은 상상 이상으로 잘 조련된 듯했다.

한데 그런 움직임에 기분 좋아야 할 양신명의 얼굴이 급격하게 굳어졌다. 그는 천 쪼가리를 확 구겨 버리더니 수하들에게 말했다.

"지금 즉시 사람을 보내 국주님과 항자웅 그 친구를 찾아라. 그래서 이 비선을 전하라! 빨리!"

"네, 알겠습니다, 대주님."

다급한 그의 음성만큼이나 사내는 빠르게 시야에서 사라졌다. 그가 사라지자마자 양신명은 다시 외쳤다.

"지금부터 경계태세를 두 단계 위로 올린다! 쉬는 사람 없이 전부 교대로 경계에 들어간다! 알겠나?"

"옛, 대주님!"

사사사삿.

모든 것이 다 결정되자 대원들은 사라졌다. 대여섯 명이 순식간에 사라지는 광경은 항자소에겐 정말 놀랄 일이지만 그보다 양신명의 일그러진 얼굴이 더욱더 마음에 걸렸다.

"무슨 일입니까? 또 일이 터진 것입니까?"

"아니, 아니다. 본가의 일이라서 그렇구나. 넌 신경 쓸 것 없다."

온화한 미소와 함께 양신명이 입을 열자 항자소는 살짝 미간을 찡그렸다. 무언가 숨기고 있는 것이 분명하다.

그러나 말하기 싫은 사람에게 굳이 말하게 하고 싶지는 않았다. 사라진 수하들처럼 항자소는 살짝 고개를 끄덕인 후 신형을 돌렸다. 더 이상 이곳에서 볼일은 없는 것이다.

항자소까지 사라지자 작은 정자에는 오로지 양신명만이 남게되었다. 혼자인 것이 확인된 순간 양신명의 얼굴에 다시 한 번 냉막한 표정이 떠올랐다.

"참수광도 팽호라니… 대체 그놈들이 왜 이곳에 나타난 것이지?"

팽호와 참도수가 이 근처에 왔음을 알리는 비선이었던 것이다.

2

"조용한데?"

"그러게. 많이 조용하네. 아무도 없나?"

항자웅은 고개를 끄덕이며 말을 받았다. 두 사람은 지금 작은 봉우리 위에서 아래를 내려다보고 있었다.

내려다보기는 하지만 꽤 큰 소나무 아래에 있기에 들킬 염려는 없었다. 보인다 해도 나무만 보일 터였다.

"조용한 게 문제가 아니라 너무 멀지 않아요? 들리는 게 아니라 뭐 보이지도 않네."

"우리가 너랑 똑같다면 말이 안 된다고 생각하지 않냐? 그리고 우린 이 정도면 다 보이거든."

"뭐가요? 사람이 개미처럼 기어가는 모습이요? 여기 있으면서 들키는 걸 걱정하는 게 더 이상하지 않아요?"

항자웅의 얼굴이 살짝 일그러졌고, 손소는 반대로 슬쩍 웃었다. 항자웅은 말끝마다 안 지고 대드는 하이화가 괘씸한 거고 손소는 그런 항자웅이 처한 상황이 그저 즐거운 것이다.

"우리한텐 오십여 장 정도만 돼도 충분해. 네 아버지도 그렇게 말씀하지지 않더냐?"

"아뇨. 아버진 이런 경우 그냥 가요. 가서 죽이 되든 밥이 되든 부딪치는 게 사나이래요."

"아아, 내가 깜박했다. 천하의 한음도가 말이 필요할 리가 없지."

고개를 설레설레 흔들며 항자웅은 중얼거렸다. 아이 같은 그녀의 모습 때문에 그 아버지인 한음도 하린벽에 대한 생각이 살짝 어그러지는 듯했다.

하린벽은 강한 남자다. 다른 사람 모두 그리 생각하는 바였고, 또 그 자신도 어느 정도 이에 관한 생각이 있다. 거기까지는 아주 바람직한 생각이다.

다만 그 생각이라는 것이 도를 넘어서니 문제였다. 하린벽은 너무도 강한 남자를 지향하고 있었던 것이다.

도를 사용하는 이유도 그저 강한 남자같이 보이기 위해서였다. 그런 사람이니 이런 경우 그냥 조용히 관찰만 하고 있지 않을 터였다.

"확실히 지금과 같은 경우는 그리해야 할 필요도 있겠지. 우리도 간만에 그 가르침대로 해볼까?"

"미쳤냐? 말은 그렇게 하면서 하 사부가 언제 혼자 갔다고 하는 것 들어본 적 있어? 맨날 뒤에 강한 애들 줄줄이 데리고 가니 뭐가 걱정돼? 나라도 그렇게 하겠다."

그의 이야기엔 한 가지 빠져 있는 것이 있었다. 한음도는 남자다움을 강조하지만 싸움만은 항상 이기고 시작을 한다. 이기고 하는 싸움이란 전력을 월등하게 가져가는 것을 말한다.

그러니 그렇게 이야기할 수 있는 것이다. 그리고 지금과는 전혀 맞지 않는 예이기도 했다.

"그럼 아저씨도 애들 데리고 다니든가. 그만한 인덕이 안 돼서 혼자 다니는 거죠?"

"인덕은 무슨……. 네 아버지가 인덕이 훌륭해서 애들이 따

르는 거 같냐? 다 이거 때문이거든!'

검지와 엄지를 동글게 말아 보이자 하이화의 양 볼이 부풀어 올랐다. 아무래도 제 아비의 이야기이다 보니 화가 나는가 보다. 하긴 세상에 아비 욕하는데 누가 화를 안 내겠는가?

문제는 이 항자웅이란 인간이 보이는 덩치와는 아주 상반된 소갈머리가 있다는 데 있었다. 제가 잘못 이야기한 것을 알면서도 부득불 소리치기 시작했다.

"무슨! 우리 아빠가 뭔 돈이 많다고 그래욧! 우리 아빠 돈 많은 거 아저씨가 봤어? 봤냐고!"

"너 요 며칠 새 성격 급격하게 변화하고 있다? 식객이 왜 이리 시끄러? 그리고 네 아버지 돈 많거든! 같이 있을 때도 한 냥 이하로 식사를 해본 적이 없는 사람이야! 이거 왜 이래!"

"개구리도 자주 보면 안 징그럽거든요! 그리고 우리 아버지 밥 먹는 게 뭐가 잘못되기라도 했어요? 그러는 아저씨도 돈 못 벌고 아버지 돈 쓰잖아요."

"적절치 못한 비유라 생각지 않냐? 그리고 나 돈 주는 사람은 우리 어머니거든. 뭘 알려면 제대로 알고 이야기해!"

"잘들 났다, 아주."

손소는 고개를 좌우로 흔들며 탄식을 내뱉었다. 한 번에 두 개씩 문답이 설정되는 사람들이라…… 진짜 제대로 된 호적수인 것이 분명했다.

"그렇게 말하기도 어렵겠다. 둘 다 돈은 구리 동전 한 푼 벌지도 않는 양반들이 뭘 그리 잘났다고 시끄럽게 떠들어?"

"이거 왜 이래? 오늘 나 돈 번 거 못 봤어? 난 그 설정에서 빼줘."

"노약자와 여자는 예외예요. 나도 빼줘요."

"……."

손소는 자신도 모르게 오른손이 검파 쪽으로 흘러가는 것을 느꼈다. 그러자 그제야 항자웅과 하이화는 입 싸움을 중지했다. 둘 다 하얀 이를 드러내며 적의는 없다는 것을 확실하게 보이면서 말이다.

"오늘따라 불청객이 반갑기는 처음이다. 울컥하는 마음에 누구라도 베고 싶어졌어. 정말이다."

"친구의 부탁인데 당연히 들어줘야겠지? 그럼 난 구경만 할게. 드디어 진육협의 일인 쌍룡검객 손소의 솜씨를 보는 건가?"

말과 함께 항자웅은 옆에 있는 커다란 바위에 등을 착 붙이며 두 눈을 반짝였다. 뒤쪽의 공격을 사전에 차단한 채 본격적으로 구경한다는 뜻이 분명했다.

손소는 어금니를 지그시 깨물며 허리를 홱 돌렸다. 그리고는 눈앞에 있는 작은 나무숲을 향해 말했다. 물론 그냥 허공에 대고 말이다.

"봤지? 사정이 이래서 오늘 내가 좀 과하게 움직일 것 같다. 미리 양해를 바라도록 하지."

사정 모르는 사람이 보면 미쳤다고 할 일이다. 아니, 당장 하이화조차 이게 무슨 일인지 도통 알 수가 없었다.

"누구… 있어요?"

놀란 하이화가 물었지만 손소는 말이 없었다. 그저 항자웅에게 등을 보이고 여유있는 모습으로 말이다. 하이화는 왠지 모를 불안감에 슬금슬금 항자웅에게 다가갔다.

"있냐고? 없는 게 더 이상한 거야. 너랑 나랑 그렇게 떠들었는데 못 들었겠어?"

하이화의 어깨를 잡아당겨 뱃살 앞에 놓은 채 항자웅은 빙긋 웃었다. 물론 저 앞의 손소는 그 모습을 보진 못했지만 그는 충분히 항자웅의 모습을 그려낼 수 있었다.

스스스슷.

일단의 사내들이 모습을 드러낸 것은 그때였다. 근 십여 명의 사내들로 각기 각양각색의 무기를 지니고 있는 자들이었다.

"이거 오늘 내가 월척을 잡았구나. 진육협의 일인이라…….
그저 지겨운 정찰이나 하게 된 줄 알았더니."

맨 앞의 사내가 입을 연다. 한쪽 얼굴에 큰 검상을 지니고 있는 모습이 흉악하기 그지없었다. 점소이 쪽 일은 완전히 포기하고 살아야 할 더러운 인상이었다.

그자를 포함하여 옷의 대부분이 푹 젖은 것을 보니 꽤 오랫동안 이 근처에서 배를 깐 채 엎드려 있었던 던 같다. 손소는 한 걸음 앞으로 나가며 중얼거렸다.

"월척이라……. 비유라고 지껄인 게 고작 월척이냐? 그게 다야?"

딸각.

손소의 엄지손가락에 검동을 밀어낸다. 검집과 검동 사이로 하얀 검날의 반짝임이 살짝 보였다.

"그럼 오늘 어디 월척한테 한번 죽어봐. 꽤나 아플 테니."

피잇.

손소의 오른손이 허공을 날았다.

*　　　*　　　*

"동치 이놈은 어디 간 거냐?"

거대한 몸을 뒤척이며 팽호가 말하자 여기저기서 화들짝 놀란 움직임들이 느껴진다. 거의 대부분 벌거벗은 여인들이었다.

여인들은 모두 겁을 먹은 채 팽호의 눈치만 보고 있었다. 옷이라고 해봤자 찢어진 천 쪼가리 몇 개 걸친 여인들. 무슨 일을 당했는지는 너무도 뻔하다.

"혹 이상한 움직임이 없는지 경계하러 나갔습니다. 걱정도 팔자인 놈이라 어쩔 수 없었습니다."

보고는 팽호에게 하지만 눈길은 거의 전라인 여인들에게 향한 채 한 사내가 대답했다. 팽호는 그런 사내를 보고 피식 웃었다.

"걱정도 팔자인 놈이라……. 그 걱정 때문에 네놈들이 살고 있는 거다. 쓸데없는 소리 말고 어서 가서 움직일 준비들 하라 해."

"지금 말입니까?"

사내는 눈을 동그랗게 떴다. 움직여도 너무 급작스럽게 움직이기 때문인데 곧 날이 저물어가는 상황이다.

비록 원살토 소속이긴 하지만 그들은 살수가 아니다. 살수라기보다는 용병에 가까운 사람들. 목숨의 위협을 받거나 의뢰를 받은 것도 아닌 이상 밤에 이동할 일은 없는 것이다.

"무림세가를 치는 것도 아니고 일반 서원이다. 어두운 밤에 빠르게 끝내는 것이 좋아. 괜한 소문은 안 듣는 게 좋은 방향이겠지."

"현명한 판단이십니다. 저도 그리 주청하려 했습니다."

어느새 옆에 화인이 나타나 공손히 읍을 하자 팽호는 그에게 눈길을 던졌다. 아무리 생각해도 그리 호의적인 눈빛은 아니었다.

"주청이라……. 내가 황제라도 되나? 큭, 듣기 싫지는 않구만."

"황제라고 해봤자 자금성 안에서나 황제일 뿐입니다. 적어도 이 강호, 특히 지금 광서성에서는 대인께서 황제라 해도 과언이 아니지요."

타고난 세 치 혀를 유감없이 놀리며 화인이 기분을 맞추자 팽호는 웃었다. 세상에 칭찬에 강한 사람은 없다.

"쓸 만한 머리에 기름진 헛바닥이구만. 좋아, 너도 간다. 복수를 원한다면 그 옆에서 봐야겠지?"

"감사합니다! 이 화인, 반드시 따라갈 것입니다."

"알았으니 어서 준비나 해. 웃차."

끼이이이.

휘어진 침상이 다시 원상태로 돌아가며 비명을 지른다. 그는 쿵쿵 소리가 나도록 몸을 움직이더니 벗어놓은 옷을 주섬주섬 걸치기 시작했다.

옷이라고 해봤자 늑대 가죽으로 만든 옷이 거의 전부인지라 팽호는 눈 깜박할 사이에 입었는데 그보다는 오히려 그의 거도를 챙기는 데 오랜 시간이 걸렸다.

일단 날부터 가는 게 순서였다. 그는 탁자 위에 병기를 올려놓더니 숫돌 하나를 들고는 서서히 칼날을 문지르기 시작했다.

스르르릉, 스르릉.

사실 팽호의 칼 정도면 날이 그리 중요하진 않다. 굳이 날을 세운다면 저 칼 끝부분에나 세우는 것이 정석이다.

그것도 손을 대더라도 다치지 않을 정도로 살짝 무딘 것이 좋다. 그건 이 칼이 가지고 있는 무게 때문이었다.

두께가 한 치나 되는 칼날이다. 길이가 오 척이나 되는데다 두께도 이렇게 두꺼우니 그 무게는 어림잡아 삼십 근 이상일 터. 그 정도의 칼이 휘둘러지면 날이 상하지 않을 리가 없다.

즉, 날카로움으로 상대하는 것이 아니라 그 칼의 무게로 인해 눌러 버리는 셈이다. 그러니 날을 갈아봤자 한 번에 이가 빠질 것은 자명한 이치다.

"그런 눈으로 보지 말고 묻고 싶은 것이 있음 물어. 자꾸 그런 눈을 만드니까 황구(黃狗)라 불리는 거 몰라서 그래?"

"에헤헤, 뭐, 사실 그게 이미 제 이름이 된 지 오래인 걸요. 그리고 좋은 이름보다는 오래 사는 것이 더 좋습니다. 개의치 않습니다만, 하나 여쭤도 되겠습니까?"

스스로 황구라 칭한 사내는 비굴한 웃음을 지었다. 아까부터 팽호의 이야기에 꼬박꼬박 대꾸하는 것을 보니 아무래도 이자가 나름 참도수 중에서도 서열이 높은 듯 보였다.

"물으라고 이야기했다. 두 번 이야기하게 하지 마."

"아, 넵, 대인. 에헤헤."

헤픈 웃음을 흘리며 황구는 슬쩍 탁자로 다가왔다. 그리고는 거도를 보며 입술을 열었다.

"두꺼운 도는 대부분 날을 세우지 않는 것으로 알고 있습니다만 어째서 이렇게 날을 세우시는 겁니까? 금방금방 날이 무뎌지지 않나요?"

그만이 아니라 참도수 모두가 다 궁금한 것인지라 여기저기서 호기심 어린 눈빛들이 쏟아진다. 팽호는 피식 웃으며 한 번 더 길게 숫돌을 밀어내었다.

"목이 잘 안 잘리니까."

"……."

아주 간단한 그 말에 황구는 멍한 표정을 지었다. 설마 이렇게 누구나 다 충분히 생각할 수 있는 이유는 아닐 줄 알았던 것이다.

칼을 갈면서 마음을 다진다든지, 아니면 자신을 내친 가문에 대한 복수를 다짐한다든지 하는 것이 그간의 추측이었다. 설마 이렇게 쉬운 이유일 줄은 꿈에도 몰랐던 것이다.

스릉.

대충 다 갈았는지 팽호는 만족스런 웃음과 함께 거도를 들어 올렸다. 삼십여 근의 무게를 미동도 없이 들어 올리는 그의 신력(身力)은 정말 대단했다.

"여기 본래 있던 채주 놈들은 어디 있나?"

"일단 창고에 가둬놓은 상황입니다. 데려올까요?"

팽호의 말을 듣기도 전에 황구는 뒤쪽으로 손목을 까딱였다. 그러자 몇 사람이 밖에 나갔고, 잠시의 시간이 흐른 후 그들은 십여 명의 사람을 데려왔다.

솔직히 봐도 산적같이 생긴 놈들은 아니었다. 뭔가 험악한 것도 아니고 그저 못 먹어 곤궁해 보이는 놈들이 전부다. 그나마 채주란 놈 하나 덩치가 좀 있는 편이지만 그거야 산채 사람들 중 이야기다.

팽호에 비한다면 아예 덩치가 없는 것이나 다름없었다. 팽호는 그들의 앞으로 나가 한 명 한 명을 훑어보기 시작했다.

사람의 눈이 아니라 먹이를 노리는 야수의 눈빛이다. 그러자 그 눈빛에 찔끔한 사내 중 하나가 입을 열었다.

"사, 살려주십쇼. 앞으로는 절대 이런 짓 하지 않겠습니다."

본능적인 두려움을 느낀 것이다. 이렇게 누군가 한 사람이 입을 열자 모두의 입술이 달싹거렸다. 각자 애원이라도 해볼 요량인 것이다.

"그렇습니다. 나리, 살려주십쇼."

"다신 이런 짓 안 하겠습니다. 그러니……."

샷.

옷이 베이는 소리가 허공에 들렸다. 정말 아주 잘 드는 얇은 칼날이 옷감에 슥 대어지는 소리, 그리고 그 날붙이에 너무도 날카롭게 잘려 나가는 소리의 여운이 길게 남았다.

털썩, 도로로로로.

한 사람이 쓰러지고 그의 머리가 방바닥을 굴렀다. 그리고는 잘린 목에서 붉은 피가 쉼없이 뿜어져 나오자 그들 모두 새파랗게 질렸다.

공포심에 혓바닥마저 굳어버린 것이다. 팽호는 애당초 이들을 살려둘 생각이 전혀 없었던 듯하다.

"쯧, 조금 덜 갈린 것 같은데…… 베는 맛이 좀 이상해."

시이이익.

그는 다시 한 번 숫돌을 꺼내 갈았다. 사람의 목을 벤 칼이건 만 핏방울 하나 묻지 않았다. 그만큼 쾌속한 수법인 것이다.

덩치는 둔하게 보여도 그 칼솜씨만큼은 전혀 달랐다. 서너 번 더 숫돌질을 한 후 그는 칼날을 들어 올려 눈으로 자세히 살펴보기 시작했다.

"대체 우리가 무슨 잘못을 했다고 이러시오! 비록 도적질을 하고 사는 한이 있지만 적어도 그대들에게 잘못한 것은 없소이다!"

"엇쭈리? 이놈 봐라?"

채주로 보이는 놈이 두 눈에 파란 귀화를 담으며 소리치자 황구는 재미있다는 표정을 지었다. 그는 사내의 앞에 쪼그려 앉으며 싱긋 웃었다.

"너, 이름이 뭐냐?"

아무리 봐도 나이는 채주가 더 많았지만 지금은 나이를 따질 때가 아니었다. 강호에선 칼자루 쥔 쪽이 어른 행세하는 법이니까.

"강두(江頭)라고 한다."

황구의 입가에 미소가 더욱더 진해진다. 왠지 즐거워 죽겠다는 표정. 그러나 그 표정은 마냥 즐거워서만 짓는 게 아니다.

너무나 당황스러울 때 자연스럽게 지어지는 웃음인 것이다. 이 웃음 뒤에는 당연히 칼날이 서려 있었다.

"그래, 강두. 너 말 잘했다. 그럼 네가 턴 사람들은 니들에게 뭐 잘못한 거 있었어? 그래서 털었냐?"

"그… 그건……."

달리 반박할 말은 없었다. 강두 역시 이 산채를 운영하면서 다른 사람들의 눈에 눈물 나게 한 적이 있다.

물론 아는 사람들은 아니다. 모르는 사람, 어수룩하게 생기고 돈 좀 있어 보이는 자들이라면 시행했다. 어찌 되었든 이곳은 도적들의 소굴이니 당연한 노릇이다.

"할 말 없지? 그럼 우리가 왜 니네들을 이렇게 대우할까? 이유가 뭐겠어?"

"……."

알 수가 없다. 강두는 그저 입만 벙긋거리며 할 말을 찾지 못했다. 그러자 황구의 얼굴이 일그러진다.

"이런 빌어먹을 대가리 가지고 무슨 채주를 하나? 하다못해 찍기라도 해봐. 이유가 뭐냐고!"

"모, 모릅니다!"

강하게 나간 건 여기까지였다. 강두는 갑자기 서슬 파래진 황구의 얼굴을 보자마자 찔끔한 표정을 지었다. 애당초 그는 이들의 상대가 될 수가 없었던 것이다.

한데 그 순간이었다. 왠지 황구의 표정이 떨떠름하게 바뀌었다.

"그 새끼 진짜……. 봐, 인마. 대가리 쓰니까 써지잖아. 정답이야, 정답. 나도 몰라, 이 새끼야."

"…네?"

멍한 표정을 지으며 강두는 흠칫 놀랐다. 죽이는 사람도 이유를 모른다는 것이 무슨 뜻인지 얼른 감이 오질 않았던 것이다.

"사람 죽이는 데 무슨 이유가 필요해? 굳이 이유가 필요하다면 내 한 가지 이야기해 줄게. 너 이 새끼, 생긴 게 드럽게 마음에 안 들어. 이럼 되냐!"

"키득."

"큭큭."

여기저기서 웃음소리가 흘러나오자 강두는 얼굴을 굳혔다. 애당초 처음부터 가지고 놀 생각인 것을 괜히 장단 맞춰준 꼴이 된 것이다.

곧 죽을 상황이지만 부끄러움에 얼굴까지 벌게지며 강두는 어금니를 꽉 깨물었다. 그 변화를 눈치챘는지 황구의 표정이 다시 즐겁게 변했다.

"어, 이 새끼 봐라. 꼴에 화 좀 나나 본데? 어디 한판 뜰까? 그래서 한번 참새처럼 쩩 소리쳐 볼래? 응?"

피이잇, 투투툭.

황구의 손에 들린 박도가 허공을 가르자 강두의 몸에 감겨진 오랏줄이 끊겨 나갔다. 줄을 끊어냈음에도 불구하고 강두는 전혀 상처를 입지 않았는데 그만큼 황구의 무공도 경시할 수가 없는 정도였다.

"훗, 좋아. 그럼 이렇게 하지. 어이, 너, 강두라고 했나?"

뒤쪽에서 팽호의 목소리가 들리자 황구는 고개를 돌렸다. 그러자 팽호는 오른손을 획 들어 올렸다.

후후훙, 콰아악.

"헉!"

황구와 강두 사이에 오 척의 거도가 박혀 버리자 두 사람은 소스라치게 놀랐다. 그들의 귓가에 팽호의 담담한 목소리가 들려왔다.

"너 지금 그 칼 들고 내 앞으로 와. 그리고 나에게 건네준다면 살려주마. 아니, 너와 너의 산채 식구들 모두 살려주지."

"저, 정말입니까?"

강두는 환한 표정을 지었다. 죽음을 눈앞에 둔 그로서는 너무도 확실하게 살 수 있는 방법이었던 것이다.

그냥 칼만 쥐고 열 걸음 가까이 걷기만 하면 그만이다. 그로서는 절대 거절할 수가 없었다.

"단, 칼날이 땅에 닿으면 안 된다. 땅에 닿는 즉시 저 황구가 너와 네놈의 애들 모두를 벨 것이야. 알겠나?"

"네, 네, 알겠습니다! 그럼요!"

강두는 자리에서 벌떡 일어나 바로 도파에 손을 올렸다. 그리고는 온 힘을 다해 잡아 들어 올렸다.

끼긱.

"……!"

순간 강두는 얼어붙었다. 이건 옮기기는커녕 들어 올리는 것조차도 쉽지 않았던 것이다. 마치 무언가 꽉 붙잡고 있는 듯 꼼짝도 하지 않았다.

"익… 이익… 이야아아아압!"

온 힘을 다해 그는 힘을 주었고, 너무 힘을 준 나머지 바지에 찔끔 실례까지 했다. 하지만 지금은 그따위 것에 신경 쓸 때가 아니었다.

시리링!

"호오!"

하지만 죽을힘을 다한 결과 결국 그는 거도를 집어 들 수 있었다. 그러나 들기만 할 뿐 그것을 허공에 곧추세우며 팽호에게 다가가는 것은 엄두도 내지 못했다.

"채, 채주!"

"채주! 힘내요! 채주!"

하지만 뒤에서 들리는 소리에 강두는 아랫입술을 질끈 깨물었다. 도파의 끝을 배에 꽉 대고 온 힘을 다해 들어 올리며 한 걸음 뗐었던 것이다.

쿵!

온몸이 다 부서질 것 같은 느낌에 그는 턱을 부들부들 떨었다. 하나 이 하나가 마지막 살길이라 생각하기에 그는 더욱더 턱에 힘을 주었다.

툭, 투툭.

입술이 터져 피가 흘러나오지만 강두는 아랑곳하지 않았다. 그저 어기적어기적 앞으로 나가는 것만 생각했다.

쿵, 쿵쿵, 쿵!

얼마의 시간이 흘렀는지 알 수가 없지만 어느 사이 강두는 눈앞에 팽호가 와 있는 것이 보였다. 그는 손을 움직여 칼날을 잡았다. 날카로운 칼날 때문에 손바닥이 단번에 베어졌다.

당연히 핏물이 흘러내리지만 꾹 참고 온 힘을 다해 들어 올렸다. 그러자 거도가 결국 하늘을 향해 곧추섰다.

"우아아압! 여, 여기… 여기 칼……."

다급한 음성에 팽호는 씨익 웃었다. 그리고는 손을 뻗어 강두가 가져온 거도를 다시 거머쥐었다. 너무도 쉽고 편안한 동작으로 말이다.

"후아! 후아! 해, 해냈다!"

땅에 주저앉으며 강두는 뒤쪽을 향해 고개를 돌렸다. 그곳엔 수하들이 감격에 겨운 눈동자를 하고 있었다. 어쨌든 이 무거운 칼을 겨우 땅에 떨어뜨리지 않고 움직일 수 있었던 것이다.

이제는 살 수 있다는 생각에 그저 즐거운 생각뿐이었다. 한껏 이를 내보이며 시원하게 웃던 바로 그때였다.

슷.

"……."

시원한 바람과 함께 보고 있던 수하들의 표정이 변했다. 무언가 멍하니 놀란 표정. 입을 벌린 채 한없이 놀란 표정들을 짓고 있었던 것이다.

왜 그러냐고 그는 묻고 싶었지만 강두는 자신의 목소리가 나오지 않는 것을 느꼈다. 무의식중에 그는 손을 목으로 올렸다.

주륵, 죽.

붉고 뜨거운 액체가 느껴진다. 그와 함께 강두는 눈앞이 흐려지는 것을 느꼈다. 아니, 느낀다고 생각하는 순간 이미 그는 의식 자체를 잃어버렸다.

투우우웅.

잘려진 목이 무릎 꿇은 강두의 몸 아래로 떨어져 내렸다. 차가운 팽호의 목소리 역시 그 머리 위로 같이 흘러내렸다.

"누가 내 칼에 더럽게 피를 묻히라 했나?"

슥슥.

강두의 옷에 칼을 닦은 후 팽호는 신형을 일으켰다. 그리고는 황구를 향해 차가운 명령을 내렸다.

"황구, 네놈 밑에 있는 애들 열 명 정도 여기 남아 뒷정리를 해. 바로 본 천에서 만나도록 하지. 저 계집들과 이 떨거지들은 어찌해야 할지 알겠지?"

"여부가 있습니까, 대인. 깨끗하게 정리해 놓도록 하지요."

"그래. 아참, 그리고 동치 그놈이 오거든 내게 보내. 멍청한 놈이 무슨 정찰을 수백 리 밖까지 하러 갔나?"

"알겠습니다, 대인. 그럼 본 천에서 뵙겠습니다."

허리를 깊숙이 숙이며 포권을 해 머리보다 더 높게 올리는 황구를 향해 팽호는 피식 웃었다. 그 웃음 속에 깃든 감정은 분명 즐거움과 함께 비웃음이 들어 있었다.

"나머지 참도수들은 움직인다. 오늘 안에 그 항가인가 뭔가를 완전히 밀어버린다."

"예, 대인!"

우렁찬 함성과 함께 사내들이 움직인다. 그렇게 팽호와 참도수, 그리고 화인은 산채에서 떠나기 시작했다. 올 때처럼 그들은 너무도 빠르게 중인들의 시야에서 사라졌다.

"후우, 좋아. 아주 좋아. 역시 떡고물이 좀 떨어졌구만. 킥킥."

황구는 사이하게 웃었다. 한없이 비굴한 웃음은 이 순간 완전히 사라졌고 지금은 너무도 사이한 웃음이었다.

"야, 저 새끼들은 이따 베도록 하고 일단 저쪽부터 정리하자. 무슨 말인지 알지?"

"크흐흑, 형님, 당연하지요. 말을 안 해서 그렇지 얼마나 기다린 줄 아십니까? 큭큭."

"빌어먹을 놈이 돼지고 싶나. 넌 아래위도 없냐? 닥치고 기다려! 나부터 들어갈 테니."

"아우, 당연하지요. 저희는 여기서 아주 목 빠지게 기다리고 있겠습니다. 키힉."

웃옷을 벗으며 황구는 방 안으로 향했다. 생각보다 시간이 많이는 없을 테지만 적어도 그 하나 정도 즐길 시간은 충분할 터였다.

"돼지면 어때? 나한테 도움 되면 그만이지. 이히히힛."

음산한 대청에는 역겨운 황구의 웃음소리만이 휘돌 뿐이었다.

第八章

손소, 나서다

1

천살토에 소속된 무인들답게 이들의 무공은 살수의 것과는 거리가 멀었다. 그보다는 오히려 중도법(重刀法)에 가까운 것이 아무래도 그들의 수장인 팽호의 영향을 받은 듯싶었다.

속도보다는 위력으로 승부를 내는 전형적인 수법에 손소는 상당히 위태롭게 좌우로 신형을 흔들었다. 사실 한두 명 정도면 그리 어려울 것이 없다.

그러나 세 명 이상이라면 이야기가 다르다. 거기에 그냥 동네 잡배들도 아니고 어릴 때부터 칼을 잡고 휘둘러 온 놈들이다. 당연히 쉽지 않을 수밖에 없다.

"천하의 쌍룡검객 손소의 실력이 겨우 이 정도일 줄이야. 역시 강호의 소문은 믿을 게 못 된다니까."

핑, 피피핑.

휘돌아 치는 도풍을 피해내며 손소는 고개를 돌렸다. 그곳엔 조용히 팔짱을 낀 사내가 한 명 서 있었다. 아무래도 이놈들의 우두머리인 것처럼 보였다.

"허풍 떨기는……. 안 무서운 척하려면 그 손이나 감춰. 이 엄동설한에 웬 땀을 그렇게 움켜쥐고 있어."

피이이잉, 카아앙!

말을 하는 와중에도 발아래서는 불꽃이 일어났지만 손소는 전혀 동요가 없었다. 그는 방위를 빠르게 밟으며 삽시간에 합공의 사정권을 벗어났다.

"검 하나 제대로 뽑아내지 못할 정도로 당황한 놈이 있는 척하기는. 장담하는데 곧 네놈은 내 발아래 시체로 나뒹굴게 될 것이다."

그는 비릿한 웃음을 지었다. 여전히 꽉 쥔 손에 흥건한 땀이 배어든 채 말이다. 순간 손소는 피식 웃으며 크게 앞발을 찼다.

파아아앙!

환형이 생길 정도로 빠른 신법에 아홉 명의 참도수가 움찔했다. 어느새 일 장여의 거리를 벌려놓은 것이다.

"뭐, 좋아. 흔히들 말하는 격장지계 같은 것을 좀 해보려는 모양인데 미안해서 어쩌냐? 난 그런 것에 넘어가질 않으니 말이야."

어디서 개가 짖느냐는 듯한 표정은 덤이다. 그러자 사내의 눈꺼풀이 살짝 떨리는 것이 보였다.

"그렇다고 바로 표시 나게 그럼 안 되지. 이놈 이거 도박은 영 글러먹은 놈이었구만."

"도박이 서툰지 아닌지는 해봐야 알 수 있는 법이지. 어중간하게 넘겨짚는 것을 보니 진육협의 명호는 거저 얻은 것이구만."

"풋."

적을 앞에 두고 할 짓은 아니지만 손소는 피식 웃고 말았다. 그건 저자의 얼굴 때문인데, 이미 벌겋게 상기되어 있었다.

대체 누가 격장지계에 걸려든 것인지 구분이 안 가는 상황이다. 손소는 엄지를 치켜들었다.

그리고는 등 뒤쪽으로 손가락을 넘겼다. 손가락 끝에는 항자웅이 멀뚱히 서 있었다.

"정말 웃기는 상황이로구만. 저 녀석이 이토록 도움이 될 때가 있다니. 하늘이 뒤집어질 일이야."

"다 들려, 인마. 내가 뭘 도왔다고 그래?"

항자웅의 목소리에 하얀 이를 드러내며 손소는 웃었다. 적을 앞에 두고 보여주기는 조금 아까운 미소였다.

"너랑 같이 두 달만 다니면 이런 격장지계쯤은 우습다니까? 인정할 것은 인정해. 푸핫핫핫!"

대소까지 터뜨리며 그는 한참을 웃었다. 그 여유있는 모습에 사내들은 황당해하면서도 어이없어했다.

"후우! 이제야 좀 가슴이 풀리네. 겨우 상대할 마음이 섰어."

슥.

빙긋 웃으며 손소는 한 걸음 앞으로 나아갔다. 열 명이 내뿜는 투기 속으로 망설임없이 밀고 들어간 것이다.

그 투기 속에서 움찔거릴 만도 하건만 그는 눈 하나 깜박이지 않았다. 그저 친한 친구를 만나러 간 듯 그렇게 고요한 느낌일 뿐이었다.

"의뭉스러운 놈. 꼭 저렇게 한 번씩 사람 이상하게 만들어요."

"그게 아니라 진짜 이상하긴 해요, 아저씨."

"뭐가 이상해? 강호에서 이 정도면 표준이야."

하이화는 조용히 고개를 좌우로 흔들었다. 항자웅은 한쪽 눈썹을 밀어 올렸는데 차라리 말로 들은 것이 나을 뻔했다.

조용히 그 동작이 머릿속에 각인된 것이다. 천천히 흔드는 폼이 진짜 그렇게 생각하고 있음을 강렬하게 표현하고 있는 것이다.

"보통 사람들은 이런 경우 도와줘요. 어떻게든 말이죠. 그리 생각하지 않아요?"

"저 사람 보통 사람 아니야. 진육협의 일인 쌍룡검객 손소라고."

진지한 하이화의 머리 움직임을 따라 하는 건지 한껏 굳은 표정을 지었지만 하이화에게는 전혀 씨알도 안 먹히는 짓이다. 그녀는 샐쭉한 표정을 지었다.

"진짜 안 도와줘요?"

"아까 처음에 한 말 못 들었어? 오늘 땀 좀 흘리겠다는데 놔둬야지."

"친구잖아요."

"친구니까."

뭔가 살짝 말이 겉도는 것 같지만 결국 하이화는 작은 한숨만 내쉴 뿐이었다. 항자웅은 정말로 손소를 도울 생각이 손톱만큼도 없어 보였다.

"물론 아저씨 성격은 이해가 가지만 그렇다고 친구가 다치는 것을 볼 수는 없는 법이죠. 제가 보기에도 상당히 밀리는 것 같은데요."

"호오, 그새 안법을 터득하셨나? 저 공방이 지금 보인다는 거야?"

항자웅은 얼굴 가득 장난스런 표정을 지었고, 하이화는 양 볼에 바람을 빵빵하게 넣었다. 일순간에 안법을 터득할 리가 없지 않은가?

"저 무섭게 생긴 사람 말처럼 아까부터 검을 빼지도 못하고 있잖아요. 내가 아무리 무공을 몰라도 그게 그리 좋은 상황은 아니라는 것 정도는 알아요."

하이화의 얼굴에 작은 그늘이 생겼다. 항자웅은 그런 그녀를 물끄러미 바라보다 손가락으로 작은 콧대를 살짝 눌렀다.

"그래도 무가의 핏줄이라 이거냐? 이 와중에 의협심이나 발휘하고 말이야."

"잇! 코 찌그러져요! 에잇!"

양손을 들어 코의 옆면을 꾹꾹 누르며 그녀가 말하자 항자웅은 재미있어 죽겠다는 듯 하얀 이를 내보였다. 하나 장난은 거기까지였다.

"뭐 그렇게 생각할 수도 있겠지만 그건 보통 사람의 이야기지. 말했듯 저 녀석은……."

"알아요. 진육협의 일인 쌍룡검객 손소. 그만하면 나도 외워요."

그녀의 입술이 한 뼘은 튀어나왔다. 작은 입술이 쫑긋거리는 것이 이상하게 마음에 든다.

"그럼 그 별호의 무게가 어느 만큼인지도 알아?"

"에?"

전혀 생각지도 않았던 질문에 그녀는 눈을 동그랗게 떴다. 이런 말을 들어보지도 못한 그녀였기에 당연히 무슨 뜻인지도 알지 못했다.

"그럴 줄 알았다. 이름 앞에 붙은 별호라는 것은 그저 예명 같은 것이 아니야. 그건 무림인이 가진 모든 것이지."

사뭇 진지한 이야기다. 솔직히 항자웅도 오랜만에 하는 생각이라 머리가 좀 아파왔다. 그러나 할 말이 아예 없는 것도 아니다.

"별호는 그가 가진 모든 것을 의미하지. 그가 살아온 길, 그리고 앞으로 살아갈 길, 또한 그 본인이 흘린 피의 양 또한 알게 해주지."

"흘린… 피요?"

이해하기 힘든 말이다. 손소를 예를 들면 그는 쌍룡검객, 그리 무서운 별호는 아니다. 한데 거기에 어떤 피가 흘렀다고 생각할 수 있을지 이해가 되질 않았다.

"쌍룡검객, 듣기 좋지. 정파의 기치를 내건 사람들은 모두 그런 별호를 얻고 싶을 거야. 마치 쌍룡이 춤을 추듯 휘도는 검법, 그래서 쌍룡검객이란 별호, 멋있을 것 같지?"

"그렇다고 대답하라는 거죠?"

강요 아닌 강요에 하이화의 입술은 조금 더 비죽 튀어나왔다. 하지만 이어진 설명에 입술은 조금씩 들어가기 시작했다.

"과거 저 녀석이 별호를 얻게 된 것은 십여 년 전부터, 근 서른 살밖에 안 된 애송이가 어떻게 저런 거창한 별호를 얻게 되었을까? 최소한 오십 이상 정도는 되어야 붙는 별호를 그 나이에 얻었잖아."

그러고 보면 좀 빠르다는 생각이 든다. 용이니 봉이니 하면서 어린 녀석들이 짓고 다니는 것도 있지만 그건 그저 장난이다. 은근히 어린 나이에 용이라는 칭호를 달고 다니지는 않는 것이다.

용 같은 글자 하나 쓰는 것이 뭐가 그리 대수냐고 생각하겠지만 실은 그렇지 않다. 실제로 거창하고 멋들어진 별호가 새파란 애송이에게 붙게 되면 그건 무시당하고 비무당하는 지름길이다. 함부로 붙일 수가 없는 것들인 것이다.

그런데 그 모든 것을 다 고려하면서도 손소는 얻었다. 하이화가 생각하기엔 그저 그만큼 강했기 때문이 아닐까 했다.

"뭐, 무슨 별호 하나에 그렇게 유난을 떠느냐고 한다면 할 말은 없어. 그러나 나에겐 좀 다른 의미야. 저 녀석뿐만이 아니라 진육협 모두 각별한 의미야."

"어떤 의미로요? 뭐가 다른 것이 있나요?"

항자웅은 웃었다. 한데 그 웃음은 여태껏 항상 떠오르던 장난스러운 웃음이 아니었다. 왠지 모를 씁쓸한 기운이 담겨 있었던 것이다.

"다르지. 저 녀석들은 누군가에게 인정을 받아 얻은 별호가 아니야. 이 녀석들의 별호는 정말 인위적인 거야. 가진 과거를 포장하기 위해 만든 눈가림이라고 할까?"

"……"

물어본 내가 잘못이라는 표정을 띠며 하이화는 한숨을 폭 쉬었다. 그러거나 말거나 항자웅은 앞쪽을 향해 턱짓을 했다.

"눈으로 직접 봐. 진짜 손소의 무공을. 쌍룡검객이라는 멋들어진 별호 뒤로 흩뿌렸던 피의 양이 느껴지게 될 거야."

그 말을 마지막으로 항자웅은 입을 다물었다. 마치 할 말은 다 했다는 듯한 표정인데 사실 더 할 수 있는 말도 없었다. 애당초 말재주하고는 담쌓고 살아온 인생이었으니 말이다.

나머지는 직접 그저 보는 수밖에 없다. 하이화는 미간을 찡그리며 열심히 앞을 바라보았다. 열 명이 내뿜는 투기 안으로 손소는 웃으며 들어가고 있었다.

그러자 마치 기다렸다는 듯이 아홉 개의 거도가 날아든다. 하이화는 순간 움찔했는데 그건 손소의 몸이 아홉 조각이 나는 착각이 들어서였다.

하지만 결론적으로 그런 일은 없었다. 손소의 신형은 부드럽게 움직였고, 마치 아주 얇은 칼날이 된 듯 휘청거리며 움직였다. 그리고 한순간 허공에 찬연한 검광이 피어올랐다.

사아아앗!

검의 부딪침조차 없었다. 제일 앞에 서 있던 사내의 주변으로 손소의 검광이 한번 번뜩인 것뿐이다. 한데 그냥 한번 휙 지나간 것이 아니었다.

마치 한 마리의 뱀처럼 손소는 상대를 휘감으며 움직였고, 검은 거리낌없이 휘둘러지며 움직였다. 왼쪽 발부터 시작해서 나선형으로 말아 올라가 목까지 두 바퀴가 새겨져 있었다.

핏, 피피피핏!

어떻게 했는지도 몰랐다. 물론 이는 손소의 움직임을 볼 수 없을 정도로 그녀의 무공이 형편없기 때문이지만 다음 장면은 달랐다. 당한 사내의 몸에서 피분수가 쏟아져 나왔기 때문이다.

뿜어져 나온 피는 허공에서 유려한 곡선을 그리며 점점이 땅에 떨어져 내렸다. 그리고 그녀는 아주 짧은 순간이나마 그 유려한 곡선의 움직임을 보았다.

한군데가 아니라 상처 난 곳에서 모두 한꺼번에 터져 나듯이 흘러나왔다. 그건 사람을 휘감고 올라가는 거대한 뱀 같은 모양이었다.

"봤지, 저거?"

항자웅의 목소리가 들려오지만 그녀는 아무런 말도 할 수가 없었다. 별호가 가진 피의 무게라는 말을 이제야 이해할 수 있었던 것이다.

검법이 아름다워 붙여진 것이 아니다. 당하는 사람의 몸에서 뿜어져 나온 피가 그저 용처럼 보일 뿐이다. 진정 두렵고 무서운 별호였던 것이다.

"저놈, 진짜 무서운 놈이라고. 가끔 친구인 게 다행이라고 생각될 정도 말이야."

하이화는 슬쩍 항자웅 쪽으로 몸을 움직였다. 그녀는 퉁퉁한 항자웅의 배를 밀어 그에게 착 달라붙었다. 평소 같았으면 저리

가라고 튕겨낼 항자웅이지만 지금은 그저 조용히 있었다.

두려운 것이다. 그리고 그 두려움을 항자웅은 이해한다. 과거 한때나마 그 역시 손소에게 그런 두려움을 느꼈다.

세월이 흘러 이젠 손소가 더 이상 두렵지는 않지만 그렇다고 적으로 만들 생각도 없다. 그는 그만큼 강한 자였던 것이다.

"괜찮아. 아직까지 진짜 무서운 모습은 안 나올 테니까 말이야. 게다가 지금은 우리 편이잖아."

하이화의 고개가 조용히 아래위로 흔들렸다.

투기가 사라졌다.

사람 가운데 놓고 그렇게 질식할 것 같은 기운을 팡팡 내뿜던 열 명의 사내는 지금은 그저 멍하니 서 있는 사람들일 뿐이었다.

아니, 한 명 죽었으니 이젠 아홉 명이다. 그들 모두 손소의 얼굴을 보며 한기를 느끼고 있었다. 손소는 입가에 지은 미소를 지우지 않았다.

"이봐, 그런 표정은 집어치우라고. 조금 전에 내 이야기 못 들었어? 이제야 할 마음이 생겼다고 한 것 같은데?"

"……."

그가 말하지만 아무도 대답하는 이는 없다. 아마 대답은커녕 입도 제대로 뻥긋하지 못할 터였다.

마구 내리눌러 질리게 하는 것이 아니다. 보이지 않는 거대한 무엇인가를 가지고 내리누르는 것. 한마디로 무형의 기운에 압도당한 것이다.

아홉 명의 사내는 모두 얼굴색을 하얗게 만들었다. 그들은 이 한 수로 손소의 실력을 알 수 있었다. 이건 그들이 막을 수 있는 힘이 아니었던 것이다.

따라서 지금까지는 그냥 놀아주었다 해도 과언이 아니다. 진짜 제대로 힘을 썼다면 지금까지 이들은 살아 있을 턱이 없었다.

"고작 이런 정도에 겁을 집어먹으면 앞으로 어떻게 하겠다는 거지? 지금이라도 꼬리 말고 사라지겠다는 건가?"

도망이라는 글자, 그 글자가 머릿속에 떠오른 순간 여덟 사내는 움찔했다. 자신도 모르게 진짜 그 단어대로 할 뻔했던 것이다.

변화가 없는 것은 오로지 한 사람뿐이었다. 수장 격인 자로 여태껏 손소를 도발하던 자다.

"못할 것도 없지. 명성이 자자한 쌍룡검객, 그 앞에서 도망치는 엉덩이 좀 보였다고 책잡힐 것은 없다."

"호오."

역시 어느 정도 강단은 있는 자였다. 손소는 한 걸음 앞으로 나갔고, 그러자 아홉 사내는 한 걸음 뒤로 물러선다.

"너, 이름은?"

손소의 말에 사내는 양발에 힘을 주며 턱을 들어 올렸다. 힘껏 있는 척 하지만 꾀죄죄한 행색에 무공도 보통보다 조금 높은 것이 단숨에 보인다.

"부모란 자들이 지은 이름이라면 몰라. 친구들은 동치(童痴)라 부르지. 이래 봬도 앞뒤 안 가리고 잘 날뛰거든."

"그래, 그리 보인다. 아주 잘 지었구나."

쉽게 말해 미친 동자란 뜻. 죽을 줄도 모르고 이리 까부는 것이니 딱 들어맞는 이름이다.

"이봐, 동치, 내 너에게 두 가지를 제안하도록 하지. 둘 다 네 녀석이 선택할 수 있는 길이다."

말과 함께 손소는 오른손에 든 검을 슬쩍 내렸다. 그러자 동치를 비롯한 그의 수하들의 눈길이 움직이는 것이 느껴졌다. 당연히 손소의 검에 고정되어 있었다.

"하나는 지금 이 자리에서 내 손에 죽는 거다. 네놈의 수하라 여겨지는 이 여덟 명의 사내와 함께 저 녀석처럼 말이다. 내가 그리할 수 있을 것이라는 것은 이미 증명했지?"

이미 죽은 사람을 턱짓으로 가리키며 손소는 말했다. 동치는 어두운 낯빛으로 아무런 말도 하지 못하고 있었다. 손소의 말은 틀림없는 사실이다.

"다른 하나는 네 녀석 말대로다. 엉덩이를 보이고 도망쳐. 잡지 않는다."

"……!"

쉽게 말해 살려준다는 것이다. 동치와 나머지 사람들은 놀라며 서로를 바라보았다. 생각지도 않은 제안을 받은 것이다.

너무 좋은 제안에 그 말의 진위를 의심할 정도였다. 한데 그 추측을 증명이라도 하듯 손소는 다시 입을 열었다. 조건을 걸어온 것이다.

"단, 너희가 무슨 일로 이곳까지 왔는지 알려준다면 말이야. 그 정도면 꽤 훌륭한 조건이 아닐까?"

그 말에 동치의 얼굴이 확 일그러졌다. 그는 수중의 환도를 흔들며 손소를 향해 도끼눈을 만들었다.

　"빌어먹을, 내가 누구라 생각하는 거야? 기껏해야 말단에서 조금 벗어난 정도이거늘 뭐 아는 것이 있을 거라고 보나?"

　동치는 생각할 것도 없다는 듯 거친 말을 내뱉었고, 손소는 미간을 찌푸렸다. 처음부터 끝까지 아주 비협조적인 놈이었다.

　"댁도 단체를 이끄는 수장이면 생각이란 것을 좀 해보쇼. 중요한 일을 행사하는 데 있어 아무나 다 이유를 가르쳐 주나? 진급 못한 것도 억울한데 지금 날 놀리는 게요?"

　누가 누구를 놀리고 있는지 모를 순간이다. 손소는 한쪽 입술을 슬쩍 말아 올리며 살기를 피워 올렸다. 이제 상황은 돌이킬 수 없는 방향으로 흐르고 있었다. 한데,

　"내, 내가 말하겠소! 그러니 우릴 살려주시오!"

　가만히 지켜보던 수하 중 한 명이 손을 번쩍 들며 소리쳤고, 자연스럽게 손소의 눈길이 그를 향했다. 동치의 바로 옆에 있던 자다.

　"뭔지는 모르지만 살짝 보기는 했소이다. 지금 알려줄 테……."

　"이 멍청한 놈이 진짜 죽고 싶어서 안달이구나, 아주!"

　콰악!

　"쿠악!"

　그는 말을 하려다 말고 비명을 질렀다. 동치가 뒤에서 커다란 자신의 칼로 찌른 것이다.

　몸을 관통하고 가슴 앞까지 칼이 튀어나왔으니 그는 살 수가

없을 터였다. 수하였음에도 불구하고 추호의 망설임도 없는 동작이었다.

"멍청한 놈들! 그거야말로 우리가 가진 마지막 살길임을 모르나! 함부로 이야기해 놓고 후회하지 말란 말이다! 이 등신 같은 놈들아!"

"……."

동치의 목소리에 일곱 사내가 움찔거렸다. 그리고 그제야 손소는 동치의 생각을 알 것 같았다. 이자는 좀 더 확실한 거래를 하고 싶어 하는 것이다.

가진 패가 이것이 전부라는 생각이니 그 패를 좀 더 크게 활용하려 하는 것이다. 물론 그 입장이야 이해는 간다. 하나 용서는 안 된다.

"나름대로 한 단체에 매인 몸이라 밥값은 해야 되지 않겠소? 그리 쉽게 말할 수는 없을 것이오."

본격적으로 수작을 걸어오는 동치를 보며 손소는 웃었다. 그 어느 때보다 짙은 살소가 진득하게 입꼬리에 걸리는 순간이었다.

"아아, 그런가?"

시링.

손소는 오른손을 한번 털어내었다. 용서가 안 된다면 해야 할 일은 하나뿐이다. 그는 더 볼 것도 없다는 듯 양발에 힘을 주며 앞으로 달려나갔다.

쉬잇, 터어엉!

달려가는 몸이지만 손소의 무릎은 거의 굽혀지지 않았다. 발목의 힘과 허리의 움직임만으로도 그는 이미 충분히 빠른 신형을 가지고 있었다.

"......!"

얼마나 빠른가 하면 손소의 입에서 나온 말이 채 사라지기도 전에 벌써 동치의 눈앞에 당도할 정도였다. 황망한 순간 속에서 동치는 순간적으로 손소의 오른팔이 보이지 않는 것을 느꼈다.

없어진 것이 아니라 너무 빠르게 움직여 생긴 현상이다. 순간 그의 눈앞에 붉은 안개가 한꺼번에 피어올랐다.

피이이이잇.

안개는 삽시간에 붉은 용의 형상을 만들며 두 마리가 좌우에서 하늘로 올라갔다. 좌우에 있던 수하들이 당한 것인데 동치는 그저 두 눈만 부릅뜬 채 쓰러지는 두 명의 수하들을 바라볼 수밖에 없었다.

뭘 해보려 해도 상대가 보여야 할 수 있다. 게다가 눈앞에 있던 손소는 벌써 사라진 후였다.

피이이잇, 우드득!

오른편에 있던 수하 한 명이 고개를 푹 숙였다. 숙이기는 했는데 그 정도가 좀 심했다. 완전히 숙여 발아래 목이 토로록 굴러 버린 것이다.

목이 잘린 것이다. 잘린 목에서는 피가 폭포처럼 뿜어져 나왔는데 그 서슬에 그나마 뭉쳐 있던 수하들이 좌우로 흩어졌다.

찰박.

그리고 바로 그때 동치는 도저히 잊을 수 없는 광경을 보았다. 허공에 피어오른 그 안개 같은 핏줄기가 반으로 갈라졌던 것이다.

마치 요술과도 같은 일이지만 분명 이는 틀림없는 사실이다. 진짜 핏줄기가 지면과 나란하게 반으로 갈라졌다가 다시 하나로 합쳐졌다. 이는 아주 찰나의 일이었다.

그러나 그 효과는 확실했다. 목이 잘린 수하의 좌우로 또다시 두 명이 쓰러졌다. 쓰러진 순간 이미 그들은 죽어 있었다.

털썩.

원인은 저 미간의 점. 쓰러진 두 사람의 미간에는 아주 작은 점이 찍혀 있었다. 물론 이는 손소가 한 짓이다. 한데 분명 거의 일 장에 가까운 거리가 있었다.

아무리 검을 늘리고 늘려도 닿을 수 없는 거리다. 그렇다고 지법을 날린 것도 아닌 게 동치의 눈도 아주 둔태는 아니었다.

이건 검날에서 날아온 힘에 의한 것이다. 그리고 그 힘이 무엇인지 그는 잘 알고 있었다.

"검… 기(劍氣)."

꿈에서나 볼 수 있을 만한 수법을 지금 본 것이다. 그러는 사이 손소는 다시 한 발을 내디디며 앞으로 신형을 쭉 뻗고 있었다.

"눈은 좋은 놈이로구나. 그 눈을 위해 다시 보여주마."

타아아앙.

크게 내디딘 오른발을 땅에 내려 힘차게 딛는 순간 손소는 왼손을 허리 뒤춤으로 가져갔다. 등허리를 꼿꼿이 세운 채 마치 어디 마실이라도 나온 듯한 그런 모습이다.

오른손을 들더니 좌우로 노를 젓듯 휘둘렀다. 아래에서 위로 한 번, 그리고 다시 휘돌려 위에서 아래로 한 번. 시링시링 하고 아주 맑은 소리가 났다.

하지만 그 여린 동작이 보여주는 위력은 엄청났다. 동치는 자신의 양편 약 이 척의 거리에 길고 깊은 줄이 파이는 것을 보았다.

좌아아아아아앗!

줄이 다가온다고 생각하는 순간 이미 그를 지나쳐 나갈 정도로 빨랐다. 이건 인간이 반응할 수 없는 것이란 생각이 드는 가운데 뒤쪽에서 질척한 소리가 들려왔다.

좌아앗, 후두두둑!

"……."

무슨 소리인지조차 알기 싫을 정도로 섬뜩했다. 동치는 아랫입술을 꽉 깨물며 손소를 바라보았다. 이미 그는 이 척 앞에 조용히 서 있었다.

마치 아무런 일도 없었다는 듯 흐릿한 미소를 지으면서 말이다. 잔악하기로 따진다면 이만한 사람은 세상에 없을 터였다.

정파의 상징이라는 진육협, 그 별호를 가진 인물이 한 일치고는 너무도 잔혹한 손속에 동치는 떨리는 목소리를 내었다.

"다, 당신, 정파의 사람이 아니었나?"

그의 말에 손소는 웃었다. 정파가 아닌가라는 동치의 말, 무슨 말인지 짐작이 갔기 때문이다.

소림을 위시로 한 구대문파, 그들을 일컫는 소리가 그것이다. 함부로 사람을 죽이지 않으며 죽인다 한들 깨끗하고 고결한 죽음을 준다. 그것이 흔히들 말하는 정파의 모습이다.

깨끗한 죽음이라는 것은 그들의 입에서 나온 말이다. 오죽하면 죽은 자가 자는 듯이 편안한 신색을 하게 되는 무공을 최고로 치니 말이다.

그런 맥락에서 본다면 손소는 마교의 마인이라 한들 틀린 말이 아니다. 물론 그건 보는 사람의 입장일 뿐, 손소의 생각은 아주 많이 달랐다.

"그래서? 그게 뭐 어쨌는데?"

"…그, 그런……."

전혀 예상하지 못한 반응에 동치는 어찌할 줄을 몰랐다. 보통은 이럴 경우 양심의 가책으로 똥 씹은 표정을 짓는 것이 일반적이었으니까.

"그럼 네놈이 날 죽이려 했을 때 그냥 죽어주어야 했나?"

"……."

딱히 할 말이 없었다. 정파건 뭐건 자신은 그를 죽이려 했고 그는 방어를 했을 뿐이다. 오히려 기회를 발로 차버린 것은 동치 그 자신이다.

"한참 재미가 있으려는 찰나에 찬물을 끼얹는구나. 지금 그 말이 네놈의 운명을 결정했다."

처음으로 손소의 표정이 변했다. 웃음을 짓고 있는 것은 여전했지만 그 웃음의 색깔이 문제다. 너무도 싸늘한 살소였던 것이다.

"개중에는 이따위 정파 놈들도 있다는 것을 알고나 죽어라."

스르릉.

손소의 검날이 올라온다. 그리 빠르지 않은 그 일격에 동치는 황급히 환도를 앞으로 내밀었다. 어떻게든 막아보고자 하는 생각이지만 그의 실력으로는 어림도 없었다.

오히려 그 환도의 도신을 타고 검날이 미끄러져 올라왔다. 그리고는 손목 어귀에 닿자 또 한 번 요술 같은 일이 터져 나왔다.

빙글빙글.

검날이 돌기 시작했다. 마치 동치의 오른손이 자석이라도 되는 듯이 말이다. 멍하니 바라보는 순간 어느새 어깨까지 와버렸다.

파파파팟!

"크아아악!"

동치의 오른손이 갈가리 찢겨 나갔다. 고통에 동치는 풀썩 주저앉았다. 그의 오른손은 더 이상 움직일 수가 없었다.

승부는 뒷전이다. 밀려오는 고통 속에 동치는 어금니를 꽉 깨물었다.

다닥, 다다닥, 다다다닥.

절로 이빨이 부딪쳤다. 추워서 그런 것이 아니다. 그렇다고 아픔 때문도 아닌 것이 아무리 아프다 한들 이런 반응은 나오지 않는다.

두려움이었다. 진짜 어찌할 수 없을 정도의 사내를 만났고 이젠 끝이라 생각했을 때의 두려움을 이제야 느끼게 된 것이다. 이자는 참수광도 팽호가 와도 승부를 장담하기 힘든 자였다.

툭.

주저앉은 동치의 어깨 위로 손소의 칼이 얹혀졌다. 조금만 힘을 주면 동치의 목은 그대로 떨어져 나갈 터였다.

마지막 기회가 있다면 지금이었다. 수하 한 명을 죽이면서까지 지킨 정보를 말해야 하는 것이다.

시리리리링.

문득 동치의 귓가에 아주 맑은 소리가 흘러들었다. 눈앞에서 뭔가 번쩍이긴 했지만 순간 그는 무엇 때문인지 몰랐다.

오로지 살기 위해 무엇을 해야 될까만 생각했다. 동치는 때가 되었다 생각하고 온 힘을 다해 소리쳤다.

'자, 잠깐! 알려주겠소! 내가 본 것을 알려줄……!'

이상한 일이었다. 분명 온 힘을 다해 소리쳤는데 목소리가 나오질 않았다. 게다가 손소는 한술 더 떠 그냥 신형을 돌리고 있었다.

모든 것이 다 끝났다는 듯 말이다. 그는 움직이는 손소를 향해 왼손을 뻗었고, 그 순간 현기증이 일어났다.

파아아앗.

동치의 목에서 피가 뿜어져 나왔다. 이미 그의 생명은 손소에 의해 사그라진 지 오래였다.

"성질머리하고는……. 뭔가 말하려는 참이었구만."

"필요없어. 팽호 그놈에게 직접 물어보면 그만이다."

"하긴……."

고개를 끄덕거리며 항자웅은 손소와 어깨를 나란히 한 채 걷기 시작했다. 손소가 있는 반대편으로 하이화도 조용히 따르고 있었다.

문득 항자웅은 그 어깨가 살짝 떨리는 것을 느꼈다. 아무래도 손소의 한 수가 그녀의 마음속에 작은 파문을 일으킨 것 같았는데 그거야 뭐 그녀를 탓할 수는 없었다.

"아버지 말 틀린 거 없지?"

"에?"

항자웅은 피식 웃으며 하이화의 어깨를 슬며시 안았다. 워낙 거대한 몸에 왜소한 여인의 조합이라 그녀의 몸은 항자웅에게 파묻혀 버리는 듯 보였다.

"집 나가면 고생이라잖아. 그렇지 않아?"

"피, 우리 아버진 그런 이야기 안 하네요."

다시금 씩씩하게 입술을 내밀자 항자웅은 웃었다. 이 빌어먹을 강호에서 필요한 것은 바로 이런 마음인 것이다.

왠지 그는 하이화가 침울해하는 것을 보기가 싫었다.

2

양신명은 다시 한 번 눈을 들어 주변을 바라보았다. 야트막한 담에 높은 전각, 그리고 사방으로 뚫린 문이 확 들어온다.

내전의 마당에 서서 그는 지금 혹시나 모를 상황에 대비하여 여러 가지 방안을 그리고 있었다. 하지만 그 어떤 수단을 사용하든지 약점은 있게 마련이다.

그 약점을 최대한 가리려 이렇게 애를 쓰고 있는 것이다. 다행히 그 노력이 헛되지 않았는지 이제 조금 마음이 놓이려 하는 순간이었다.

"양 대협께서는 이거라도 좀 드시면서 하시지요. 그러다 몸

상하시겠습니다."

"그래요. 화차를 좀 내어봤습니다. 드시지요."

항자소 부부가 뒤쪽에서 다가오자 그는 빙긋 웃었다. 아직 산달은 아니지만 꽤나 배가 부른 터라 이런 일도 그리 쉽지는 않을 터였다.

"아이고, 그 몸으로 어딜 자꾸 나오십니까? 이리 주시고 얼른 들어가시지요."

"아니에요. 자꾸 움직여야 좋대요. 솜씨 좋은 의원이 그리 말을 하니 들어야지요."

흘끔 항자소를 보며 그녀가 말하자 양신명도 따라 웃었다. 다른 것은 몰라도 금슬 하나는 참 좋은 부부였다.

아니, 이 두 사람뿐만이 아니라 항자웅의 부모님도 마찬가지다. 서로 말은 별로 하는 것 같지 않지만 일반적인 사람들보다 정이 깊다. 그건 굳이 보지 않아도 느낄 수 있었다.

누군가를 보호하는 입장에서 보자면 참 일할 맛 나는 상황인 것이다. 정말 지켜주기는 하지만 진짜 임무 끝나면 자신의 손으로 죽이고 싶은 자들도 부지기수였다.

양신명은 얼른 화차를 받아 한 모금 입안에 털어 넣었다. 진한 향기와 조금은 달짝지근한 맛이 살짝 추운 이 겨울밤에 딱 어울리는 듯했다.

"호, 좋은 차로군요. 몸이 녹습니다. 이거 찻집을 하셔도 될 것 같은데요?"

"무슨 말씀을…… . 어서 더 드세요."

넉넉한 농을 주고받은 후 양신명은 항자소를 향해 눈을 돌렸다. 아무리 가정을 위해 일해주는 양신명이 고맙다고는 하나 그 때문에 이렇게 만삭에 가까운 아내까지 같이 올 일은 아니었다.

즉, 하고 싶은 이야기가 있다는 것으로 해석할 수 있을 것이다. 항자소는 겸연쩍은 얼굴로 입을 열었다.

"아, 실은 당분간 안채에서 지낼까 합니다. 일이 있어서 모이는 것은 나야 뭐 그리 힘든 것이 없지만 이 사람과 아이들은 좀 빠르게 움직이는 것이 어렵지 않나 해서요."

"그렇다면 나야 더 고맙지. 지금이라도 난 집안사람 모두 이곳에서 생활해 달라고 이야기하고 싶은걸? 헛헛."

아마 자신의 부인과 아이들만 특별히 봐달라는 것 같아 민망했던 모양이다. 하나 그건 전혀 부담될 일이 없었다.

오히려 항자웅의 부모에게도 그리해 달라고 하고 싶은 마음이 굴뚝같았다. 하지만 그 대쪽 같은 아버님이 그리할 리가 없었다.

"지난번에 그 일이 있고 나서… 좀 무서워진 것이 사실이에요. 혹시나 그런 일이 다시 있게 된다면 전 좀 견디기 힘들 것 같아요."

어두운 낯빛으로 부인이 말하자 항자소는 살짝 그녀를 안았다. 양신명은 조금은 쓸쓸한 얼굴로 고개를 끄덕였다.

이해할 수 있는 일이다. 그녀는 무공을 하는 사람도 아니었고 집안 자체도 무가가 아니다. 평범한 양민이었던 것이다.

당연히 이런 일이 두려울 것이다. 세상에서 가장 강한 사람들이 그런 보통 사람들이지만 이는 뱃속 편한 사람들이 하는 이야기다. 실제로 가장 피곤한 사람들이야말로 그들이었다.

세상의 거의 대부분을 차지하는 사람들이 바로 이들이다. 그리고 이들이 있기에 세상은 움직인다. 그럼에도 불구하고 가장 신경 쓰지 않는 사람들이기도 했다.

너무나 많기 때문에 그저 당연시 여기는 것이다. 무공을 하는 무림인이나 정부의 관리들도 말로는 사람들을 위한다지만 그렇게 사는 사람은 손에 꼽을 정도로 적다.

양신명은 차라리 이런 사람들을 살리고 싶다. 돈 있고 힘 있는 자들의 호위는 이제 넌더리가 난다. 이번 일은 그런 자신의 생각을 현실화할 수 있는 좋은 기회나 다름없었다.

"당연한 일입니다. 그러나 걱정하실 것은 없어요. 험한 세상이지만 그 험한 세상을 견디기 위해 만들어진 것이 우리랍니다. 헛헛."

사람 좋은 미소를 머금으며 양신명은 말했고, 그것이 지금 그가 할 수 있는 전부였다. 그렇게 부인이 살짝 웃으며 고개를 끄덕일 때였다.

"보고 드립니다. 정체불명의 인원이 장원을 감싸고 있습니다."

양신명의 눈이 반짝 빛나는 순간이었다. 어느 틈에 수하 한 명이 나타나 옆에서 보고하고 있었는데 그의 표정은 꽤나 굳어져 있었다.

"정체불명의 인원? 정말 그러한 것이냐?"

"…참도수로 짐작됩니다. 병기를 확인한 결과 중병기에 구환도 이상의 크기입니다."

틀림없었다. 가장 두려운 일이 현실로 벌어졌지만 양신명은 침착했다. 지금 그가 동요한다면 항자소 부부의 동요는 더욱더 커질 터였다.

"자, 그럼 생각대로 움직여 보지요. 자넨 지금 즉시 부모님과 가솔들을 데리고 이 안채로 집결하도록 하게. 난 일단 그들을 만나봐야 할 것 같아."

"알겠습니다, 양 대협. 그럼."

양자소가 부인을 부축하고 빠른 걸음으로 움직이자 양신명은 바로 옆에 있는 평평한 돌 위에 찻잔을 내려놓았다.

"참 맛있는 차였는데 말이야."

우득, 우드득.

목과 허리를 돌리며 양신명은 눈을 빛내기 시작했다. 살짝살짝 몸을 움직일 때마다 양신명의 몸에서는 강렬한 기운이 피어오르기 시작했다.

"일호 경계태세를 발령한다! 내원 앞에 집결하도록 하라!"

"알겠습니다, 대주님. 그럼."

말과 함께 사내는 사라졌고, 양신명은 그 자리에 우뚝 섰다. 완연히 저물어가는 저녁하늘을 바라보며 그는 조용히 중얼거렸다.

"식어버린 찻물이 되겠지만… 막아낸 후 마시는 것이 즐겁겠지?"

작은 다짐이 서린 중얼거림이었다.

*   *   *

산채를 넘쳐 나는 많은 사람들, 그리고 그 사람들보다 많은 병기의 반짝임. 항자웅과 손소는 그런 것들을 예상하며 산채로 잠입했다.

　아니, 산채 입구를 박살 내며 들어왔으니 잠입이라 하기는 좀 그렇다. 난입이 맞는 말인데 문제는 어떻게 들어왔는지가 아니었다.

　대체 이곳은 뭘 하는 곳인지 당최 이해가 가질 않았던 것인데, 그건 이 산채 안의 인원이 예상보다 턱없이 적었기 때문이다.

　"웬 놈이냐!"

　제일 처음 들은 소리는 예전에 많이 듣던 소리다. 주로 집주인들이 침입자에게 하는 소리. 그런데 그 집주인의 모습이 좀 야릇하다.

　입은 의복들이 하나같이 거의 걸치는 수준이다. 남자의 중요 부위만 겨우 가린 상태로 병기부터 찾아 들고 있다. 게다가 그 숫자도 기껏해야 열댓 명 정도.

　그중에 결박되거나 죽은 사람들이 대여섯이니 실제로 움직이는 사람은 여덟아홉 정도란 뜻인데 항자웅은 눈앞에서 들려온 질문은 싹 무시한 채 고개를 돌려 주변을 살폈다.

　왼쪽 한구석이 눈에 띄었다. 천을 내려 문짝을 대신하고 있었는데 항자웅은 터벅터벅 그쪽으로 걸어갔다.

　"아, 아저씨, 같이 가요."

　"얼른 와. 저놈들 신경 쓰지 말고."

　중요 부위만 가린 채 칼을 들고 있는 사내들, 그들을 보는 하이화의 표정이 그리 고울 리는 없었다. 하지만 그녀를 위해 옷을 입으라고 할 수도 없었기에 항자웅은 그저 그녀를 옆구리로 바싹 끌어당기며 못 보게 할 뿐이었다.

문짝으로 다가간 항자웅은 바로 천을 걷어내었다. 좌악 하고 거친 소리가 들려오자 문간 너머의 풍경이 고스란히 들어왔다. 그런데 그 광경이 가관이었다.

"흑."

너무 놀라 딸꾹질하는 하이화를 돌려세우며 항자웅은 한쪽 눈을 가늘게 떴다. 참으로 보기 민망한 장면이 적나라하게 펼쳐져 있었던 것이다.

"주지육림이 따로 없구만. 아무래도 이놈들, 산채 놈들이 아닌 것 같다."

벌거벗겨진 여인들 위에 사내 몇 놈이 올라타 있었다. 솔직히 서로 간에 좋아서 그런 것이라면 별로 기분 나쁜 광경은 아니다.

그러나 하초에서 피를 흘린 채 정신을 잃은 여인들을 겁간하는 장면이라면 문제가 다르다. 물경 대여섯 명의 여인이 있었는데 그녀들 모두 반쯤은 정신이 나가 있는 듯 보였다.

"이런 빌어먹을! 어떤 새끼가 감히 이 어르신이 볼일 보는데 훼방이야! 썩 꺼지지 못해!"

방바닥에서 힘쓰는 몇 놈과 달리 널찍한 침상 위에서 땀 흘리는 놈이 버럭 소리를 질렀다. 생긴 것은 꼭 쥐를 닮은 자였는데 항자웅은 비릿한 웃음을 지어 올렸다.

"볼일은 화장실에서 처보고 거기선 좀 내려왔으면 하는데?

내가 여인의 벌거벗은 몸을 싫어하지는 않지만 네놈들의 엉덩이라면 이야기가 달라지거든?'

"뭐야! 이 새끼가 진짜 죽고 싶어 환장을 했나? 야! 뭣들 하는 거야!"

사내는 못내 훼방당한 것이 짜증나는 듯 소리를 버럭버럭 질렀는데, 그때였다. 항자웅은 왼쪽 옆구리를 뭔가가 찌르는 듯한 느낌이 들었다.

하이화였다. 그녀가 손가락으로 찌른 것인데, 문득 그녀는 한쪽 구석에 눈길을 보내고 있었다.

"무슨 일인……."

이유를 물어보려다 항자웅은 입을 다물었다. 그녀가 바라보는 한쪽 구석엔 시신 몇 구가 포개져 있었는데 모두 벌거벗겨진 여인들의 것이었다.

젊은 여인들이었고 모두 하초에서 피를 흘리는 것과 동시에 목이 잘려져 있었다. 데리고 놀다 죽인 것이 분명했다.

하이화와 비슷한 나이의 여인들, 그녀들을 보는 하이화가 좋은 마음일 리가 없다. 항자웅은 그녀를 살짝 옆으로 밀며 말했다.

"너 저기 손소에게 잠깐 가 있어. 일단 여기 정리 좀 해야겠다."

"그냥… 여기 있을게요. 그러면 안 돼요, 아저씨?"

"…뭐, 좋을 대로."

그녀는 한쪽 구석으로 가더니 여기저기 흩뿌려진 옷들을 모으기 시작했고, 그리고는 죽은 여인들에게 가 조용히 덮어주었다. 이어 아직은 살아 있는 여인들에게 다가가더니 부축하며 안전한 곳으로 데려오려 했다.

"뭐야, 저년은? 뭐 마침 잘됐네. 야, 저년도 벗겨! 그리고 저 돼지 새끼는 얼른 죽이라니까 뭐해!"

"옛!"

항자웅의 얼굴이 살짝 일그러졌다. 솔직히 느껴지는 것으로 봐서 무공은 상대가 안 된다. 저 정도라면 무공을 한다고 말할 수조차 없는 수준이다.

여기 있는 자 모두 아까 전 만났던 그 열 명의 참도수와 비교한다면 반도 안 되는 무공을 가진 자들이다. 당연히 항자웅의 적수가 될 수는 없다.

"그 새끼 진짜 말 안 듣는구만. 꼭 쳐 맞아야 말을 들으려나."

질펀한 육두문자를 날리며 항자웅은 소리친 사내가 있는 침상으로 다가갔다. 사내는 항자웅이 오든 말든 신경 쓰지 않은 채 오로지 여인 위에 올라타는 것만 생각하는 듯했다.

"죽을 곳을 알아서 온 놈이니 그리해 주마!"

"죽엇!"

휘이이잉, 휘이잉!

환도를 들고 휘둘러 오는 몇 놈을 보며 항자웅은 피식 웃었다. 모두 세 명으로 그래도 품 자 형식을 취하며 압박하는 것을 보니 연습은 좀 되어 있는 듯했다.

그러나 그뿐이다. 그 정도의 압박은 압박이라 할 수도 없는 것이기에 항자웅은 되레 그 품 자의 가장 가운데로 몸을 날렸다.

투우웅.

무거운 몸을 앞으로 통기듯 날아가 오른손을 들자 정면에 있던 자가 눈을 크게 뜬다. 자신이 달려오는 속도에 항자웅이 달려가자 속도의 체감은 두 배 이상 빨라졌다.

물론 그자의 입장에서 본 것이다. 항자웅의 입장에서 보면 그리 빠른 것은 아니었다. 그는 멍하니 바라보고 있는 사내의 칼을 향해 손을 뻗었다.

텁.

별로 힘들이지도 않았거늘 칼날은 더 이상 움직이지 않았다. 그러자 사내는 두 눈을 부릅뜨며 외쳤다.

"다, 당신 누구요!"

"알면? 뭐가 달라지냐?"

따아아앙.

오른손에 힘을 주자 두꺼운 칼날이 반 동강 나버린다. 그 모습에 세 사람 모두 눈알을 휘둥그렇게 만들었고, 항자웅은 부러진 칼날을 버리며 오른손을 들어 올려 사내의 뺨을 후려쳤다.

짜아아악!

"아욱!"

목이 부러질 듯 힘차게 고개가 돌아가자 항자웅은 한 걸음 옆으로 움직였다. 오른쪽에서 다가오던 사내의 품속에 바싹 파고들고는 주먹을 쥐었다.

어깨는 그대로 놔둔 채 팔을 크게 휘돌리기 시작했다. 직선으로 나가는 것이 아니라 유려한 곡선을 그리며 사내의 몸을 두들겼던 것이다.

퍽! 퍼퍽!

옆구리와 팔, 그리고 목에 주먹이 꽂혔고, 사내는 끽소리도 하지 못한 채 신형을 옆으로 뉘었다. 잔경련과 함께 그대로 통나무가 쓰러지듯 넘어진 것이다.

쿠당탕!

그가 쓰러지는 순간 항자웅은 다시 움직였다. 방향은 본능적으로 환도를 가슴께로 끌어 올리던 왼편에 있던 사내다. 좌우로 한 번 신형을 흔든 후 다시 항자웅은 사내의 품속으로 파고들었다.

이번엔 상체가 아니라 하체를 노렸다. 그가 노리는 곳은 허벅다리 안쪽, 살짝 빗겨 나가기만 해도 온몸에 힘이 쭉 빠져 버리는 곳이 그곳이다.

투욱.

"후억!"

하물며 정타로 맞는다면 그건 힘이 빠져 버리는 것으로 설명이 안 된다. 그냥 풀썩 주저앉은 그의 정수리에 항자웅의 팔꿈치가 내리꽂혔다.

빠각!

"각……."

이상한 비명과 함께 사내는 사지를 쭉 뻗으며 늘어졌고, 항자웅은 다시 정면을 향했다. 뺨을 맞은 사내가 목을 움켜쥐며 흔들거린다. 상태를 보니 아직 정신이 돌아오지 않은 듯했다.

한 걸음 앞으로 나가며 항자웅은 다시 오른손을 움직였다. 그리 힘들이지 않은 채 쭉 뻗은 주먹은 그의 턱을 향했다. 턱 제일 아래 부위, 턱 끝에서 약 반 치 정도 위다.

툭.

"우어어……."

풀썩, 떨그렁.

때로는 정타로 가격하는 것보다 이렇게 머리끝에서 제일 먼 곳을 한쪽 방향으로 가격하는 것이 효과가 좋을 때가 있다. 이는 머릿속이 크게 울리는 효과 때문이다.

그건 무공의 고하와는 상관없이 인간이라면 누구나 느끼는 현상이다. 물론 무공이 강한 자라면 움직임도 민첩할 테니 맞히기가 쉽지 않다. 하나 이들이라면 그냥 서 있는 것이라 다름없다.

아마도 머릿속이 울리는 것을 떠나 환각을 볼 정도로 정신없을 터이다. 이렇게 당하게 되면 할 수 있는 것은 하나뿐이다.

그는 양팔을 허우적거리며 주저앉았고, 항자웅은 미련없이 그를 지나쳤다. 죽여봤자 손만 피곤할 정도로 하수, 그냥 놔두어도 별 위협도 되지 않을 자다.

결국 침상 앞으로 다가간 항자웅은 아직도 일에 열중하고 있는 사내의 등을 바라보았다. 흠뻑 땀이 흘러 번들거리고 있었다.

항자웅은 손을 들었다. 다섯 손가락을 쫙 펴니 그 크기가 무시무시했다. 솥뚜껑 같은 손이라는 말이 딱 들어맞는 표현이다.

무릎을 굽히며 그대로 내려쳤다. 목표는 땀으로 흥건히 번들거리는 그놈의 등짝이었다.

짜아아악!

"끄아아아……!"

내력은 하나도 없이 오로지 근육의 힘만으로 쳐낸 일격이다. 내력이 깃든 것 같은 효과는 없겠지만 고통으로 따지자면 오히려 더할 것이다.

덩치가 크다고 힘도 좋은 것은 아니지만 적어도 항자웅에게는 통하는 이야기다. 항자웅의 힘은 일반 사람의 두 배가 넘어간다. 무공을 하는 사람들 중에서도 항자웅보다 힘 좋은 사람들을 찾기가 쉽지 않을 정도다.

그러니 그 고통은 필설로 표현하기 힘들 것이다. 사내는 사지를 가늘게 떨며 고통에 몸부림쳤지만 항자웅은 용서 따윈 없다는 듯 다시 손을 움직였다.

"이놈의 쉐이, 안 일어나? 진짜 단매에 처죽고 싶지?"

짜아아앙! 짜아앙!

"우아아아악! 아아아아악! 아악!"

일어나는 것인지 꿈틀거리는 것인지 모르는 가운데 사내는 흠씬 두들겨 맞았다. 근 일각 이상이 지난 후에야 항자웅의 매질은 멈추어졌다.

"황구라고?"

"예, 그렇습니다. 황구 맞습니다. 쉽게 말해 길거리 똥개란 뜻이지요."

"몰라서 묻는 거 아니니 그리 답할 거 없어. 게다가 그게 뭐 그리 좋은 이름이라고 그따위 표정이야?"

허연 이를 드러내며 웃는 황구를 보며 항자웅은 어이없어했다. 사실 그에게서 표정은 읽을 수가 없었다. 표정이 지어져야 할 부위가 팅팅 부어오른 것이다.

얼굴뿐만이 아니라 몸 전체가 팅팅 부어올랐는데 이는 일각 동안 항자웅이 손찌검(?)을 한 결과였다.

뭐 꼬락서니야 사실 황구뿐만이 아니라 다른 자들도 비슷했다. 상황이 종료된 후 손소는 묶인 사내들을 풀어주었는데 결박이 풀리자마자 그들은 황구를 비롯한 다른 놈들에게 매타작을 질펀하게 가했다.

나중에 손소가 말리기 전까지 진짜 쳐 죽이려는 기세였다. 그후에 안 일이지만 그들은 원래 산채의 사람들이었고 겁간당한 처자들은 그들의 가족이었다. 어느 정도 이해가 가는 상황이었다.

이후 항자웅은 그들을 모두 끌어 모았고, 한 명 한 명에게 자초지종을 묻기 시작했다. 그리고 지금에서야 그 조각들이 하나하나 맞춰지는 중이었다. 항자웅은 태사의에 앉아서 그 조각들을 맞춰보았다.

"그러니까 네놈들은 참도수의 일원이고 지금 뒤처리를 위해 남아 있다 이거냐?"

"그렇습죠. 저희 대인께… 아니, 팽호 그 자식이 이리하라고 시켰습니다. 네, 그래요."

"……."

참으로 할 말 없게 만드는 인간이었는데 진짜 참도수가 맞나 하는 생각이 들 정도다. 불과 반 시진 전에 만났던 자들과는 그 분위기부터가 달랐다.

"후, 차라리 아까 그놈들이 더 이해하기 편하구만. 아까 그놈

동치라고 했나?"

"아아, 그런 이름이었지."

손소의 말에 항자웅이 고개를 끄덕였다. 그놈도 어지간히 싸가지 노랗다고 생각했는데 이놈을 비교해 보니 그놈은 참하기 그지없는 자였다.

"도, 동치 그 친구를 보셨습니까? 그 녀석은 보통 포악한 놈이 아니라 위험한 놈입니다, 나리!"

"…이 자식 봐라? 누가 누굴 생각해?"

본격적으로 잘 보여 살아남겠다는 생각이 바로 보이는 순간이었다. 항자웅은 미간을 찡그리며 손가락을 들어 손소를 가리켰다.

"그놈하고 수하 열 명 모두 저 친구가 저세상으로 보냈으니 신경 쓰지 마. 그보다는 대체 뭘 노리고 이곳에 왔는지나 어서 불어."

"……!"

이렇게 놀란 표정은 처음이다. 맞을 때도 이런 표정은 아니었고 어딘가 모르게 비굴한 표정이 같이 숨어 있었다. 한데 지금은 순수하게 놀라는 것이 분명했다.

그만큼 그 동치란 놈을 높게 본다는 뜻이리라. 그렇다면 이야기를 캐기는 더욱더 쉬워질 터였다.

"네, 말씀드리겠습니다. 저희는 무슨 목갑을 가지러 왔습니다. 검은 색깔이고 아무것도 쓰여 있지 않았는데 크기는 딱 요만했습니다."

좌우로 손을 벌리는데 약 한 자 정도의 크기다. 한데 두께를

표시하기 위해 벌린 손이 좀 이상했다.

양손을 쓴 것이 아니라 한 손 엄지와 검지만 벌렸다. 높이가 채 두 치도 안 된다는 뜻이다.

"뭐야? 단검이라도 된다는 건가? 고작 그것 하나 받으려 팽호가 직접 왔다는 거냐?"

"옛! 뭔지는 몰라도 대단히 중요한 것인 듯했습니다. 저희는 눈길만 던져도 화를 냈거든요."

항자웅과 손소는 서로 얼굴을 바라보았다. 더 이상 캐고 싶어도 그럴 수가 없었다. 이들이 아는 것은 이게 전부였다.

나머지는 팽호와 참도수의 행방뿐이다. 손소는 한 걸음 앞으로 나서며 황구에게 물었다.

"그럼 그 물건을 가지고 팽호는 돌아간 건가? 어디로 갔지?"

"아뇨. 가긴 갔는데 본토로 가진 않았습니다. 여기서 화인이란 놈을 만났거든요."

"화인? 오인우살의 화인 말이냐?"

"대인께서도 아십니까? 아주 짜증나게 생긴 놈입지요. 네."

누가 짜증나는지 모를 일이지만 항자웅은 뭔가 좋지 않은 느낌이 들었다. 오인우살의 화인이라니……

"그놈이 형제들의 복수를 해달라고 하도 졸라대서 말입니다. 가시기 전에 한번 들른다고 했습니다. 그 어디더라? 야, 어디라 했지?"

옆에 같이 있던 사내를 툭툭 찌르자 그가 화들짝 놀란다. 그는 주저하다가 어눌한 어투로 대답했다.

"그게… 다른 것은 모르겠고 항가장이라고만……."

콰직!

태사의의 팔걸이가 가루가 되어 부서졌고, 황구를 비롯한 사내들은 한순간 몸을 오들오들 떨었다. 곧바로 항자웅에게서 피어오른 살기 때문이었다.

질식할 것 같은 그 엄청난 살기는 아마 태어나 처음으로 느껴보는 것일 터였다. 항자웅의 입에서 낮은 목소리가 흘러나왔다.

"언제… 떠났나?"

"바, 반 시진! 반 시진 전입니다!"

거의 울부짖는 듯한 황구의 목소리를 들으며 항자웅은 신형을 돌렸다. 이곳에서 노닥거릴 시간은 더 이상 없었다.

"손소, 여기 정리하고 집에서 보자. 저 녀석도 같이 좀 데려와 줘."

"그러지. 나도 빨리 합류할 테니 항가장에서 보자."

찬바람이 일게 신형을 돌리는 항자웅을 향해 하이화가 뭔가 말을 하려 했지만 그러지 못했다. 손소가 손을 들어 만류했기 때문이다.

슷, 파아아앙!

한순간 바람이 되어 항자웅은 사라졌고, 하이화는 그저 입술만 살짝 내밀 뿐이었다. 그런 하이화의 귓속으로 손소의 목소리가 들려왔다.

"아까 날 보고 무섭다고 느꼈다면 저 친구를 따라가지 않는 게 좋을 거요."

"……"

하이화는 고개를 돌렸다. 무섭게 느낀 것은 사실이었고, 그래서 일부러 항자웅을 기준으로 언제나 손소의 반대편에 가 섰다.

"우리 중에 가장 무서운 놈이 바로 저놈이오. 게다가 지금 상황은… 진짜 화를 내고도 남는 상황인지라……."

주변을 둘러보던 손소는 산채 사람들을 향해 널브러져 있던 병기를 손으로 가리켰다. 이젠 가져가라는 뜻이다.

정리할 것도 없었다. 그냥 이놈들에게 병기를 쥐어주면 나머지는 알아서 할 터였다. 항자웅이 먼저 간 것은 정말 바빠서 간 것이 아니다.

여기 하이화에게 보이기 싫은 것이다. 진짜 그의 모습을 말이다. 붉은 피가 맴도는 그 하늘 아래의 풍경을.

"쯧, 이러다 진짜 국수 먹게 될지도 모르겠는걸."

아무에게도 들리지 않을 만큼 작은 소리로 손소는 말했다. 누군가에게 마음이 없다면 나올 수 없는 배려였던 것이다.

적어도 그가 아는 항자웅이란 놈이라면.

第九章
위기, 항가장

1

양신명은 마치 뭔가가 묻기라도 한 것처럼 오른손을 툭툭 털어내었다. 그러나 그의 팔에는 아무것도 묻어 있지 않았다.

이는 습관이다. 무언가를 앞에 두고 창을 쥐어야 할 때, 목숨을 걸고 또 한 번 움직여야 할 때 스스로 취하는 행동이다. 이를테면 슬쩍 오늘의 운세를 점친다고나 할까?

아프지 않고 부드럽게 휘돌려진다면 그날은 운이 좋은 날이다. 그렇다고 맞을 칼도 비껴가는 것은 아니지만 적어도 원없이 몸을 움직일 수는 있었다.

한데 오늘은 좀 이상하다. 툭툭 털 때 살짝 시큰한 느낌이 온다. 아니, 사실 이런 느낌을 갖게 된 것은 꽤나 오래전의 이야기다.

아마도 마흔이 넘어 오십이 가까워 오며 확실하게 느껴진 것 같다. 그의 나이 올해 예순둘. 무림인들에게 나이 따윈 중요하지 않다고 하지만 보통 사람이라면 손자들의 재롱이나 볼 나이다.

어쩌면 당연한 것이다. 또한 이는 언제 죽어도 이상하지 않다는 이야기와 같은 맥락에서 이해될 수 있을 것이다.

어쨌든 좋지 않은 느낌이 드는 것은 사실이다. 그리고 그 느낌처럼 지금 양위대는 살짝 밀리고 있었다. 상대는 천살토의 참수광도 팽호와 그의 수하인 참도수들. 쉽게 볼 상대들이 아니다.

"항가 식솔들의 이동이 완료되었습니다."

"음, 그래, 수고했다."

수하 한 명의 보고에 양신명은 고개를 끄덕이며 흡족한 얼굴을 했다. 계획대로 운용되는 것은 기분 좋은 일이지만 그 계획이 들어맞았다는 것은 사실 그리 좋은 일만은 아니다.

아니, 오히려 맞지 않는 것이 더 나았다. 혹시나 모를 상황에 대비하는 것뿐이었는데 그 혹시나 했던 게 정확하게 맞아버린 경우다.

"손님 대접 한번 기가 막히는구나. 당장에 안채까지 내어주려는 건가?"

묵직한 목소리 하나가 허공에 울리자 양신명의 시선이 움직인다. 본채와 안채를 잇는 너른 공간, 그곳에는 지금 수십여 명의 무인이 도열해 있었다.

하나같이 커다란 덩치에 큰 칼을 지닌 자들이다. 풍기는 기운은 그리 고수라 할 수 없었지만 그들에게서는 역한 피 냄새가 물씬 피어오르고 있었다.

"이 집 주인의 평판이 그리 낮지 않은 편이오. 찾아온 손님에게 박하게 구는 법은 없다 들었소."

양신명의 대꾸에 묵직한 목소리의 사내가 웃는다. 그가 웃으면 튼실한 근육이 같이 꿈틀거리는 것이 꽤나 징그러운 모습이다.

"그 주인에게 고맙다는 인사라도 해야겠구만. 기왕지사 후하게 대접할 것이면 직접 나오시라 전하지? 특히나 항자웅이라 하던가?"

키잉!

수중의 대도를 지팡이처럼 살짝 짚으며 사내가 말하자 양신명은 웃었다. 물론 그 웃음은 코밑에 있는 입만 움직인 웃음이다.

웃고 싶어 웃는 웃음이 아닌 것이다. 상대에게 얕보이지 않으려는 본능적인 동작일 뿐이었다.

"어느 집이든 주인이 먼저 이름을 칭하는 법은 없지. 귀하가 참수광도요?"

물어보기는 하지만 이미 답은 나와 있다. 진한 피 냄새 이외에 이 사람에게서는 위험한 냄새도 같이 풍겼다.

가지고 있는 내력이 자연스럽게 허공에 비쳐 나올 정도이다. 말로 하지는 않았지만 양신명은 내심 비명성을 삼켰다.

'고수, 그것도 일류 이상.'

틀림없었다. 이날 이때까지 수많은 전투에서 살아남은 그이지만 그건 무공이 강해서가 아니었다. 그의 무공은 강호에서 그리 눈에 띄는 정도가 아니다.

오로지 판단력 하나로 살아남은 것이다. 본능과도 같은 그 판단력에 의해 순간순간을 넘겼고, 그리고 지금까지 왔다.

한데 그 판단력이 지금 경고를 하고 있다. 부딪치지 않는 것이 제일 좋은 방법이라고. 하지만 애석하게도 그 경고대로 할 수는 없는 상황이었다.

"생긴 게 이따위니 틀리다고 말할 수는 없겠지. 팽가에서 내친 후레자식을 찾는다면 맞는다고 해두마."

유들거리며 팽호는 이죽거렸다. 무공뿐만이 아니라 성격도 그리 모난 것 같지 않자 양신명은 더욱 죽을 맛이었다. 흥분시켜 판단력을 흐리는 것도 쉽지 않아 보였다.

"그나저나 이건 정말 의외로군. 이 궁벽한 곳에서 손진표국의 주력 무단(武團)을 만나게 될 줄이야. 내가 눈이 비틀어지지 않는다면 당신이 금영창(金影槍)이겠구만. 그렇지?"

"천하의 참수광도가 이 사람을 알고 있다니 영광이오이다."

비꼬는 것인지 진심인지 모를 소리에 팽호는 웃었다. 쫙 입이 찢어지며 그가 웃는 순간 즐거움보다는 소름이 끼친다.

웃음과 함께 살기가 진하게 퍼져 나왔던 것이다. 물론 그 살기가 향하는 곳은 이쪽이었다.

"말장난은 이쯤하고 슬슬 시작하지. 이 집 아들인지 뭔지 하는 문제도 있기는 하지만 일단 빙궁의 계집년은 어디 있지?"

팽호 곁에 있는 화인을 본 순간 왜 안 묻나 싶었다. 이로써 이들의 목적은 확고해졌다. 오인우살의 복수와 함께 하이화 소저를 납치하러 온 것이다.

"어디 있을 것 같나?"

목적이 확실하니 그에 따른 대우가 시작되었다. 당장에 하대가 시작되자 팽호는 다시금 근육을 꿈틀거렸다. 그는 거도를 지팡이 삼은 자세를 풀지 않으며 입을 열었다.

"이것 참, 나답지 않게 말이 많았군. 그럼 이쯤에서 시작하도록 하지. 어이."

"크훗. 기다리고 있었습니다, 대인."

"으흐흐흐."

하나같이 괴소를 흘리며 참도수들이 움직이자 양신명도 한 걸음 뒤로 물러났다. 그러자 양위대원들이 일제히 앞으로 나가 도열했다.

모두 대도를 지니고 있는 참도수들에 비해 양위대는 장창을 들고 있었다. 인원은 참도수들에 비해 반 정도밖에 안 되지만 범위가 넓은 창의 특성 때문에 널찍하게 둘러서 있었다.

웬만하면 그 창날의 번쩍임에 한 번쯤 기죽을 만도 하건만 참도수들은 전혀 그렇지 않았다. 그저 징그러운 괴소를 흘리며 터벅터벅 앞으로 다가올 뿐이었다.

"카악, 퉤! 자, 그럼……."

누군가의 거친 목소리가 들려온다. 그 목소리에 동조하듯 여기저기서 투기가 넘실거렸다.

"죽어보라고! 우아아아아!"

"이야아아앗!"

거대한 울림과 함께 참도수들이 달리기 시작했다. 그렇게 양위대와 참도수의 일전은 시작되었다.

"양신명과 양위대에 관한 이야기는 없었던 것으로 기억하는데?"

"……."

팽호의 낮은 목소리에 화인의 어깨가 움찔거렸다. 혹시나 팽호가 알게 되면 귀찮다고 생각해 오지 않을까 봐 일부러 말하지 않았다.

"난 꿍꿍이가 있는 놈들을 좋아하지 않는다. 이 성질머리 몰라서 주둥이를 닫은 거냐?"

모를 리가 없었다. 하지만 무엇보다도 그는 복수가 필요했고, 그러자면 참도수와 팽호의 도움은 너무도 절실했다.

"죄송합니다. 이 모든 죄는 나중에 달게 받겠습니다. 지금은 오로지 형제들의 목숨 값만 생각하고 싶습니다."

잠시 생각을 굴리던 화인은 작심한 듯 입을 열었다. 이리저리 돌려 말하는 것보다 차라리 이렇게 대놓고 이야기하는 것이 이 팽호라는 작자에게는 먹힐 것이라는 판단에서였다.

그리고 그 판단은 틀리지 않았다. 팽호는 비틀린 웃음과 함께 대수롭지 않다는 듯 말했다.

"그나마 막장으로 가는 놈은 아니구만. 좋아, 그 정도는 내 참아주지."

"가, 감사합니다!"

화인은 허리를 깊숙이 숙였다. 이로써 마음 한편에 있던 불안감도 완전히 사라졌다. 이제 남은 것은 팽호가 형제의 원수를 갚는 것을 보기만 하면 된다.

"감사할 것은 없어. 어차피 이 모든 빚은 이자까지 쳐서 받아낼 테니. 아마 꽤나 비싸게 먹힐 거야."

"네?"

뜻 모를 팽호의 말에 화인의 마음속에서 다시 한 번 불안감이 피어올랐다. 팽호라면 무슨 핑계를 대서라도 사람 귀찮게 하고도 남을 인간인 것이다.

그런 사람이 빚이라 못 박고 받으려 한다면 피곤하기 그지없는 일이다. 그것이 화인의 가슴속에 피어오르는 불안감의 이유였다.

"저 애들을 봐. 무슨 생각이 드나? 참 용맹하게 싸우지 않냐?"

"…그렇습니다. 참도수들의 용맹이야 이미 강호에 정평이 나 있지요. 한데 어째서……."

마음속이 불안하니 어떤 말도 들어오질 않는다. 팽호는 씨익 웃으며 다시 입을 열었다.

"다른 말로 하자면 진짜 무식한 놈들이지. 도무지 저놈들은 이 대가리라는 것을 쓸 줄 몰라. 저 봐. 거의 두 배에 육박하는 인원으로 겨우 동수나 이루고 있잖아."

순간 화인은 어떤 표정을 지어야 할지 판단이 서질 않았다. 대체 대화의 방향을 어느 쪽으로 잡아가야 할지 도통 알 수가 없었던 것이다.

"너 쓸 만한 대가리를 가지고 있다 들었다."

"……."

"우리 애들의 군사가 되어라. 저 무식한 것들이 죽지 않게 말이야. 그 때문에 내가 순순히 들어주기로 한 거다."

"......!"

놀란 화인의 눈이 크게 떠졌다. 설마 팽호가 속으로 이런 생각을 하고 있을 줄은 꿈에도 몰랐던 것이다.

"어차피 네가 갈 곳은 없다. 임무를 실패해도 따뜻하게 안아줄 본토가 아니다. 무슨 말인지 알겠지?"

"대, 대인."

틀린 말이 아니다. 원살토에 돌아가면 그를 기다리는 것은 죽음일 터였다. 지살토의 우천간처럼 될 뿐이다.

복수도 해야겠지만 스스로의 살길을 마련하기 위해 시작한 일이다. 한데 이런 상황이라면 굳이 그렇게 힘들게 꾸미지 않아도 될 일이다.

화인의 입장에서는 진짜 꿈인지 생시인지 모를 상황인 셈이다. 절대 놓칠 수 없는 일이기도 했다.

"괜한 농지거리로 하는 이야기가 아니다. 이 정도면 이야기가 될지 모르겠군."

획.

말과 함께 화인의 가슴으로 무언가 검은 것이 날아들었다. 길쭉하게 생긴 검은 목갑인데 화인은 얼떨결에 이를 가슴에 품었다.

길이가 한 자 반, 폭이 여섯 치 정도로 그리 크지 않은 듯했는데 그런 것 치고는 꽤 무게가 나갔다. 무엇이 들어 있는지 모르지만 아마도 금속으로 만들어진 듯 보였다.

"네가 가지고 있어. 그게 내가 이 빌어먹을 곳에 온 이유다. 본토에서 무슨 일이 있어도 그것만은 가지고 와야 한다 하더군."

"······."

화인은 가슴이 두근거리는 것을 느꼈다. 원래 그는 이곳이 아니라 저 위쪽 삼서성에 본거지를 두고 있었다. 그래서 빙궁에 대한 일을 시작할 때 팽호는 그 중추적인 역할을 맡았다.

한데 그 중요한 일을 놔두고 본토에서 이곳으로 그를 보냈다. 그 한 가지만 봐도 이 목갑이 가지고 있는 의미가 작지 않음을 알 수 있었다.

그런 중요한 물건을 맡긴다는 것으로 진심을 대신한다 하니 믿지 않을 도리가 없었다. 화인은 옷매무새를 가지런히 한 후 중후한 목소리를 내었다.

"이 화인, 죽는 날까지 대인을 섬길 것을 맹세합니다. 비록 태어난 날은······."

"아아, 됐다. 역시 먹물이라 말이 많구만. 그 점은 좀 줄이도록 해. 머리 아파."

"네, 알겠습니다, 대인."

화인은 머리를 조아렸다. 힘이 있는 상대에게 숙이는 것이 아니다. 진심으로 그가 섬길 사람을 향해 고개를 숙인 것이다.

그 진심이 느껴졌는지 팽호는 크게 웃었다. 앞에서 수하들이 죽을힘을 다해 싸우고 있는 것과 너무도 대조적인 화려한 웃음이었다.

"크앗핫핫! 좋아. 그럼 이 팽호와 식구들의 머리가 된 기념으로 어디 한번 이야기해 봐. 지금 어떻게 해야 이 상황이 정리될까?"

시험 아닌 시험에 화인은 빙긋 웃었다. 이건 솔직히 시험조차 될 수가 없었다. 이미 답은 나와 있었던 것이다.

"수하들을 뒤로 물리시고 대인께서 나서시면 됩니다. 적어도 이 장원 안에서 대인을 능가할 사람은 없습니다."

"큭큭, 그래, 역시 그 방법이 최우선이겠지? 아주 빠르고 말이야."

"차륜전으로 차근차근히 깰 수도 있습니다만, 그럼 그쪽으로 할까요?"

"아니, 됐다. 시간 끄는 건 질색이다."

손사래를 치며 팽호는 앞으로 나갔다. 차륜전이란 다름 아닌 참도수들을 반으로 나누어 연달아 몰아치는 방법이다.

인원이 많은 쪽에서 적은 쪽을 확실히 물리치는 방법이다. 가장 손실도 적지만 문제는 시간이 좀 걸린다. 무엇보다 팽호가 딱 싫어하는 방법이었다.

"자, 그럼……."

쿵!

거도를 땅에 찍으며 팽호는 신형을 일으켰다. 그저 앉았다가 일어선 것뿐인데 그 작은 한 동작으로도 주변의 공기가 요동쳤다.

"어디 우리 군사님의 판단에 따라 움직여 볼까?"

슛.

한 걸음 앞으로 나서며 팽호는 내력을 끌어올렸다. 그의 주변

에 투기가 일렁인다고 생각하는 순간 그의 신형은 이미 허공에
떠 있었다.

커다란 자신의 칼을 머리 위로 힘껏 치켜든 채 어느새 하늘로
달려 올라가 양위대 위로 떨어져 내리고 있었다.

양위대는 고수들의 집단이 아니다. 그렇다고 무공에 천부적
인 재질이 있는 사람들로 구성되어 있는가 하면 그것도 아니다.

대원이 되는 가장 중요한 것은 두 가지다. 하나는 확실한 신
원이 보장되어야 하고 또 하나는 성격인데, 특히 중요하게 여기
는 것은 성격 쪽이다.

이는 양위대의 특성 때문인데 양위대는 한 사람 한 사람을 고
수로 성장시키지 않는다. 삼십여 명의 대원이 모두 하나처럼 움
직이는 것을 그 목표로 삼기 때문이다.

남을 생각할 줄 모른다면 양위대에 있을 수가 없었다. 일견
웃기는 상황일지도 모르지만 실제로 이들이 움직이는 것을 보
면 알 수 있다.

눈앞에 보이는 상황이 이를 반증하고 있었다. 무공만으로 따
지자면 훨씬 고수 축에 드는 참도수들이지만 실제로는 목하 고
전 중이었다.

"크아아아! 이 빌어먹을 새끼들! 다 죽여 버린다!"

"죽고 싶지 않으면 꺼져 버렷!"

거친 목소리가 그 증거다. 마음대로 되지 않아 화부터 내고
있는 셈인데, 화내기 전에 전법을 바꾸는 것이 먼저 해야 할 일
일 터다.

무작정 부딪쳐 오는 자들을 막아내지 못할 이유가 없는 것이다. 삼십여 명의 양위대원은 두 줄로 서서 장창을 앞으로 놀리고 있었다. 칼로 쳐내는 저들에 비해 체력 소모가 훨씬 적었다.

게다가 전위(前衛)가 힘들어하면 후위(後衛)가 앞으로 나간다. 뒤로 빠진 전위는 빠르게 체력을 회복하며 다시 앞으로 나가게 된다. 사실상의 연환진인 셈이다.

이대로 시간이 흐르면 양위대의 승리가 자명하지만 그렇게 쉬운 상황만 펼쳐질 리가 없다. 가장 무서운 자가 한 명 남아 있는 것이다.

"밀어붙여! 차압!"

"차아앗!"

카카캭!

잠시 양신명이 생각하는 동안 전장에 작은 변화가 일어났다. 방어선이 아니라 오히려 공격선이 무너졌다. 진을 견디지 못하고 스스로 자멸한 셈이다.

섬뜩한 소리와 함께 창날이 참도수 한 명의 가슴을 갈랐다. 사내는 쓰러졌고, 그를 쓰러뜨린 양위대원이 다시 뒤로 돌아와 대열에 서려는 순간이었다.

"크아아아압!"

허공에서 커다란 기합 소리가 들려오자 양신명은 눈썹을 꿈틀거렸다. 그 소리는 여기 참도수들이 낸 것이 아니었다.

무엇보다 그 정도로 도약할 참도수가 없었던 것이다. 문득 그의 머릿속에 불길한 생각이 떠올랐다.

후웅! 떠어어엉!

중후한 소리 하나가 고막을 울려온다. 너무도 강렬한 울림에 몸이 흔들릴 정도였는데 소리의 원인을 바로 찾을 수 있었다.

황당하게도 거대한 도 한 자루였다. 공중에서 내려쳐져 땅에 틀어박히는 소리. 하나 문제는 그 소리 이후의 일이다.

툭, 투투툭!

양위대원 한 명의 몸이 반쪽이 났다. 머리부터 사타구니까지 정확하게 반으로 양단되어 쓰러지고 있었던 것이다.

그 섬뜩한 장면에 모두의 신형이 멈추어졌다. 참도수와 양위대 모두가 한순간 손을 떨 만큼 잔인한 장면이었다.

"뭘 그리 멍하게 보고 있지? 살고 싶지 않은가 보네."

투우웅!

박혀 있는 도날을 발로 툭 차올리자 거도가 허공으로 떠오른다. 사내는 그 커다란 칼을 한 손으로 빙글빙글 돌리기 시작했다.

팽호였다. 생각보다 이른 시간에 나타난 그를 보며 양신명은 어금니를 꽉 깨물었다. 그가 나타났다면 이제 자신도 그냥 있을 수는 없다.

쉬잉, 키릭!

창끝을 땅바닥에 둔 채 창날의 제일 뒤쪽을 잡고 양신명은 눈을 치켜떴다. 삽시간에 그의 몸에서 강렬한 내력이 밀려들어 온다.

온몸 그득 밀려 올린 그 힘을 느끼자 양신명은 새로운 자신감이 샘솟는 것을 느꼈다. 그리고는 두 번 생각할 것도 없이 바로 한 발을 크게 내디뎠다.

숫, 파아앙!

강렬한 전각의 울림과 함께 팽호를 향해 양신명은 돌진했고, 그러자 팽호의 몸이 움직였다. 거도를 휘돌려 양위대원을 노리던 칼날이 어느새 양신명을 향하게 되었다.

양신명은 오른손에 힘을 주었다. 별다른 것도 없이 그저 힘을 준 것뿐인데 땅바닥에서 기이한 소리가 흘러나왔다.

키이이이이이잉~

창날이 바닥에 깔린 청석을 훑으며 나는 소리였다. 흡사 귀곡성과도 같은 그 소리에 팽호의 얼굴이 살짝 굳었다.

팽호와 양신명의 창날이 채 일 척도 남지 않았을 때 양신명은 오른손을 확 잡아당겼다. 그러자 바닥에 있던 창날이 허공으로 치켜 떠올랐다.

후우우웅!

몸은 그대로 앞으로 가면서 창날을 잡아당기니 보는 사람의 입장에서는 창날만 공중에 떠 있는 듯한 착각을 느낄 수밖에 없었다. 그리고 그건 팽호라고 예외는 아니었다.

팽호는 흥미로운 눈으로 양신명을 바라보고 있었다. 양신명은 그런 팽호를 향해 힘껏 손을 내뻗으며 소리쳤다.

"영환일수(影幻一手)!"

피이이이잉!

보고 있던 참도수들의 얼굴이 변했다. 양신명의 창날이 한순간 수십여 개의 환영으로 변하더니 팽호의 전신을 향해 쏟아졌던 것이다.

일부러 창날을 보여주고 이후 속력을 배가하여 환영의 효과를 더욱더 크게 만드는 방법이다. 이러면 눈이 창날의 환영에 익어 도무지 막을 수가 없게 되는 것이다.

하지만 그건 참도수들의 생각일 뿐이다. 그들의 수장인 팽호는 달랐다. 순간 도를 거꾸로 쥐더니 바로 땅에다 꽂으며 어깨를 도배에 가져다 대었다.

카아앙!

아무리 환영이 많다고는 하지만 결국 진짜는 하나일 뿐이다. 두터운 도날 뒤로 몸을 숨겨 버리니 어찌할 도리가 없었던 것이다.

"역시 영사창법(影蛇槍法)은 대단하군. 그대로 당하는 줄 알았어."

"……"

양신명의 눈썹이 꿈틀거렸다. 세상에 자신의 창법이 무언지 알고 있는 사람은 극히 드물다. 이건 창법이 아니라 실은 검법에서 기반을 뒀기 때문이다.

더욱이 가전으로 내려오는 무공이었기에 알고 있는 사람은 더더욱 적었다. 한데 이 팽호는 정확히 알고 있었던 것이다.

"아아, 이 중원을 일통하려면 그 정도는 머릿속에 담고 있어야지. 나도 집안과 얽히는 것은 사양인 사람이니 더 이상 묻지 마."

"중원을 일통?"

뜻밖의 내용에 양신명은 미간을 찌푸렸다. 설마 하니 이들이 이렇게 나타난 것이 중원 일통을 위한 것임은 꿈에도 생각하지 못했던 것이다.

"뭐, 그런 게 있다. 그런데 지금은 그게 문제가 아니잖아?"

후웅! 쿠우웅!

다시 한 번 도끝을 땅에 박으며 팽호는 웃었다. 그러자 양신명도 왼 어깨를 뒤쪽으로 빼며 신형을 모로 세웠다.

"그렇군. 먼저 이 일부터 해결해야겠지."

차가운 목소리로 화답하는 양신명은 조용히 창날을 앞으로 밀었다. 저녁 하늘 어스름한 달빛 속에 그의 창날이 섬뜩하게 빛나고 있었다.

2

"대체 이게 다 무슨 일이라니?"

그의 어머니 여씨부인이 물어오지만 항자소는 아무런 말을 할 수가 없었다. 이것이 무슨 일인지 그도 정확히 알 수가 없었기 때문이다.

아마 영원히 그는 알 수가 없을 터이다. 솔직히 지금 이 내원 앞에서 왜 저리 서로 죽일 듯이 싸우는지조차 이해할 수 없다. 서로 피를 보는 것조차 항자소가 보기엔 철없는 짓처럼 느껴졌던 것이다.

항자소는 의원이다. 하나 비단 의원이라는 직업 때문이 아니더라도 어떻게 사람이 사람에게 상해를 입힐 수 있는지 그는 생각조차 할 수 없었다. 몸만 컸지 마음은 보이는 것과 전혀 다른 사람이 바로 그였다.

아니, 항자소뿐만이 아니라 항자웅도 마찬가지였다. 어린 시절 아이들하고 툭탁거림은 있어도 그것으로 끝이었다. 이렇게 서로의 목숨을 뺏고자 싸우는 짓은 상상조차 하지 못했다.

한데 그런 형이 누군가의 목숨을 뺏는 것을 그는 지켜보았다. 또 이들은 지금 이곳에 와서 하이화와 형님을 찾으며 똑같은 짓을 하고 있다.

항자소는 눈을 돌렸다. 그의 어머니만의 문제가 아니었다. 아내와 아이들도 잔뜩 겁먹은 얼굴이다. 아니, 언제나 침착하시던 아버님조차 얼굴을 굳힌 채 자신을 바라보고 있었다.

이대로 있을 수는 없었다. 형이 없는 지금 이들을 위해 앞에 나서야 하는 것은 항자소 자신이었다. 하나 뭘 어떻게 해야 할지 전혀 알 수가 없다.

어떻게 생각해야 될지 그 방향조차 판단이 서질 않는 것이다. 그는 무공을 할 줄도 몰랐고 그렇다고 말을 잘하지도 못했다. 오직 의술만이 그가 가진 전부였다.

잠시 생각에 생각을 거듭하던 항자소는 이윽고 입술을 열었다. 그저 최대한 부드러운 목소리가 나오도록 노력하면서 말이다.

"조금만 더 있으면 해결될 것입니다. 그러니 걱정하지 마세요."

참으로 뻔한 소리지만 이것이 전부였다. 이 순간 그가 할 수 있는 것은 말이다.

힘의 팽호와 기교의 양신명. 굳이 정의를 하자면 그렇게 할 수 있을 터였다. 하지만 두 사람 다 기본적으로 가지고 있는 것이 있었다.

빨랐다. 그것도 눈으로 보기 힘들 정도로 말이다. 양위대와 참도수들은 그저 멍한 눈으로 이 두 사람의 싸움을 바라보고만 있었다.

그러나 그들 중 누구도 이 싸움의 진실한 공방을 볼 줄 아는 사람은 없었다. 오로지 팽호와 양신명 두 사람만이 그 우위를 느낄 뿐이었다.

쩌어어엉!

긴 공방 이후 커다란 합이 터져 나왔고, 그제야 두 사람의 모습이 사람들 눈에 보였다. 두 사람 다 땀으로 흠뻑 젖은 채 서로를 노려보고 있었다.

"이거 상상 이상인데? 역시 강호의 소문 따윈 믿을 게 못 되는구만. 기껏해야 강호의 황금충 아래 사는 무사라 생각했거늘……."

"가문에서 패대기쳐진 후레자식치고는 너도 꽤 하는구나. 그 신력과 속도의 조화가 아깝다. 네가 고작 살수 나부랭이 아래 있다니……."

두 사람 다 동시에 씨익 웃으며 한 걸음 뒤로 물러섰다. 놀랍게도 서로는 백중세였다. 누구 한 사람 우위를 점하지 못했던 것이다.

강호의 평판만 따지고 본다면 누가 봐도 팽호의 압승이다. 그 잔인한 무명은 어린아이들도 울음을 그치게 만들 정도였지만 양신명은 알려진 것이 거의 없었다.

손진표국 소속의 고수 정도가 그에게 따르는 유일한 표식, 금영창이란 별호도 돈을 위해 뛴다는 약간의 조롱이 섞인 별호로서 무림 속의 평판은 그리 좋지 않았다.

"하여간 돈 따위에 몸판 것들은 영 마음에 안 든단 말이야. 그래 놓고 뭐 그리 대단한 일을 하고 있다고 떡 하니 버티고 말이야."

"돈 때문에 사람 죽이는 놈들 입에서 듣고 싶은 말은 아니군. 누가 누굴 욕하는 거지?"

딱히 틀린 말은 아니다. 지금은 무엇 때문에 분란을 일으키는지 모르지만 원살토는 주 부류가 살수들. 무엇이든지 돈으로 가능하다는 것은 오히려 이들에게 해당하는 말이다.

"물론 그렇긴 한데 오늘 보니 꼭 무슨 황제를 호위하는 호위무사 같이 굴어서 말이야. 굳이 말하지만 좀 짜증난다고나 할까?"

대체 무슨 말을 하는 것인지 양신명은 알 수가 없었다. 지금에 와서 뭐가 그리 짜증난단 말인가?

"그래서 난 좀 궁금해지는데 말이야. 과연 네가 얼마나 직업에 충실한지 말이야. 바로……."

토오옹!

발아래 널브러져 있던 구환도 하나를 퉁겨 올리며 팽호는 이죽거렸다. 그러더니 벼락같이 오른발을 차올리며 소리쳤다.

"저들을 목숨처럼 지킬 수 있는가 말이다!"

파아앙!

"……!"

팽호의 발길질에 양신명은 두 눈을 부릅떴다. 날아가는 구환도가 향하는 곳은 자신이 아니었다. 바로 항가 식솔들이 있는 안채를 향해 날아갔던 것이다.

"양위대는 어서 움직여라! 저 칼을 막아!"

설마 저 칼이 안채를 폭파시키고 안에 있는 사람들을 죽일 수 있을 것이라고는 생각하지 않는다. 팽호가 고수라고는 하지만 그 정도의 실력은 아닌 것이다.

그러나 그들을 놀라게 할 수는 있었다. 또한 부상의 위협도 있었고, 그러다 보면 그들의 목숨이 위험할 수도 있었던 것이다.

애당초 그의 목적은 이들을 보호하는 것. 그 안에는 최대한 안전하게 하는 단서도 들어가 있다. 조금의 위험도 용서할 수 없다.

피피핏, 피핏!

근처에 있던 양위대원들이 움직인다. 창날을 좌우로 흔들며 날아오는 칼날을 후려치려 했지만 칼날에 담긴 힘은 정말 대단했다.

까라라랑!

"큭!"

"쿨럭!"

창대가 수수깡처럼 부서져 나가며 칼날은 그 속도를 전혀 줄이지 않았다. 그리고는 온 힘을 다해 안채의 벽에 틀어박혔다.

쩌어어엉!

"꺄아아악!"

안쪽에서 고성이 흘러나온다. 뾰족한 여인의 목소리. 아마 항자소의 아내 같았다.

여기까지라면 놀란 가슴을 쓸어내면 그뿐이지만 상황은 여기서 끝이 아니었다. 칼날이 박힌 곳에서부터 방사형으로 실금들이 쫙쫙 가기 시작했던 것이다.

작, 자자작, 자작.

조금씩 무언가 부서져 나가는 소리가 들리는 듯했다. 잔금은 점점 더 커졌고, 결국 벽이 힘없이 허물어져 내렸다.

우르르르르!

"······."

부서진 벽의 안쪽으로 놀란 사람들이 보였다. 모두들 겁에 질려 오들오들 떨고 있었는데, 특히 그중 항자소의 아내는 심각했다. 그녀의 산만 한 배가 눈에 띄게 떨리고 있었던 것이다.

바로 옆에서 항자소가 사색이 된 것을 보니 뭔가 일이 벌어진 것 같았다. 양신명은 어금니를 꽉 깨물며 창대를 들어 올렸다.

노기가 머리끝까지 치밀어 오른 것이다. 그는 더 볼 것도 없다는 듯 온몸을 날려 팽호에게 달려들었다.

"이야! 드디어 화가 나셨나 보네? 이젠 말도 없으신 건가?"

팽호는 표정은 유들유들했지만 그 눈빛은 긴장감이 그득했다. 양신명은 두 눈을 치켜뜨고는 차가운 목소리를 뱉었다.

"지껄일 수 있을 때 맘껏 지껄여라!"

피잇!

하늘 높이 창대를 수직으로 세운 순간 양신명의 몸에서 강렬한 기운이 폭사되었다. 이건 지금까지 보여주었던 것과는 전혀 다른 힘이었다.

안으로 잘 갈무리하던 그의 무공이 아닌 것이다. 마치 이성의 끈을 뚝 끊어버린 듯한 느낌이다.

"두 번 다시 그 입술을 나불대기 힘들 것이다!"

촤아아앙!

깊숙하게 창날이 날아오는 순간 팽호는 다시 도면을 앞으로 내밀었다. 또다시 그 안에 숨을 생각이었는데, 하나 이번엔 그리할 수가 없었다.

피이이잇!

"……!"

팽호의 두 눈이 부릅떠졌다. 창날이 허공에서 유려하게 휘는 것이 보였던 것이다.

마치 환상과도 같은 그 공격에 팽호는 놀라 뒷걸음쳤지만 이미 그는 창날의 공격 범위 안에 들어와 있는 상태였다.

파아앗! 피핏!

그의 가슴에 세 치가량의 붉은 혈선이 그려졌다. 놀랍게도 이건 환영이 아니다. 진짜 창날이 휘어져 들어온 것이다.

황당하기 그지없는 상황에 팽호가 놀란 사이 양신명의 공격은 다시 시작되었다. 그리고 팽호는 마치 기다란 한 마리의 뱀이 입에 칼을 문 채 달려드는 듯한 느낌을 받을 수밖에 없었다.

금영창이라 불렸던 양신명의 진짜 무공이 나타난 순간이었다.

"이럴 수가……!"

조용히 지켜보던 화인은 놀라 두 눈을 크게 떴다. 설마 양신명의 무공이 이 정도로 강할 줄은 꿈에도 생각하지 못했던 것이다.

지금 힘겹게 밀리고 있는 팽호의 모습을 보면서도 도무지 현실이라 생각되지 않았다. 팽호란 자의 무공이 어느 정도인지 화인은 너무도 잘 알고 있었기 때문이다.

팽호는 고수다. 그것도 화인은 꿈도 꾸지 못할 정도로 말이다. 어느 정도냐 하면 오인우살이 모두 살아 있을 때도 한번 대꾸조차 하지 못했다.

괴팍하고 포악한 성정은 둘째치더라도 그 팽가의 오호단문도는 일절 이상이었다. 강호에 나가면 능히 백대고수 안에 들 수 있을 것이라 그는 생각했다.

팽호가 무공이 약한 것이 아니라 저 양신명의 무공이 너무 강한 것이다. 게다가 양신명은 지금 선공을 잡아 밀어붙이는 상태였다.

이대로라면 팽호는 채 무공을 펼치기도 전에 죽을 것이다. 그건 그야말로 최악의 상황, 그것만은 면해야 했다.

"너, 무공이 어느 정도나 되나?"

"네?"

화인은 옆에 있던 사내에게 말을 걸었다. 덩치로 보면 팽호보다도 큰 자였는데 그의 손에도 거대한 구환도가 들려 있었다.

"쓸데없는 소리 할 시간이 없다. 지금 네 무공이 어느 정도나 되느냐고!"

"그리 말씀하셔도 뭐라 드릴 말씀이……. 그저 몸 하나 지킬 정도는 됩니다만……."

의뭉스런 질문에 두루뭉술한 대답이다. 화인은 쓴웃음을 지으며 고개를 흔들었다. 지금 동요하고 있는 것은 그 자신이었다.

침착해야 했다. 그는 저 앞에 있는 팽호와는 다르다. 본능보다 이성에 먼저 눈을 뜬 사람인 것이다.

"후우, 미안하구나. 지금 네 칼을 던져 저 안채까지 다다르게 할 수 있겠는가를 물은 것이다."

"아, 그 정도라면 충분합니다. 내력을 실을 수는 없어도 다다르게 하는 것 정도야 자신있습니다. 아마 저 말고도 여럿 될걸요?"

이보다 더 반가운 소리는 없었다. 화인은 그를 시켜 가능한 자들을 모두 불러 모았다.

육십여 명의 대원 중 다섯 명이 자신있게 앞으로 나왔다. 모두 덩치가 산만 한 것들. 그들을 보며 화인은 고개를 끄덕였다.

"모두 칼을 이들에게 넘겨라. 그리고 너희는 전력을 다해 그 칼을 저 내원으로 던져라. 알겠나?"

"칼을… 말입니까?"

머리가 나쁘다는 팽호의 말은 틀린 것이 아니다. 일일이 설명할 시간도 없지만 화인은 결국 그들을 위해 설명할 수밖에 없었다.

"이대로 가다간 대인께서 위험하다. 너희도 눈이 있으니 알 수 있겠지. 이 방법이라면 대인께서 이 위험을 벗어날 수 있다."

"……."

"저 양신명의 신경을 분산시키는 유일한 방법이란 말이다!

대체 어디까지 설명을 해야 하는 것이냐!"

화인의 입에서 고성이 튀어나왔다. 그러자 아주 다행스럽게
도 개중 몇몇은 이해한다는 얼굴을 했다. 하지만 나머지는 아니
다.

"제길, 그런 거 난 모르겠고, 이 칼을 저 집으로 던지면 된다
는 말이잖소. 그리하면 돼요?"

"그래, 바로 그거다. 그리 생각해."

화인은 포기했다. 그냥 말없이 따라주면 그것으로 족해야 할
상황. 여섯 명의 사내는 서로를 보더니 고개를 끄덕였다.

"에이, 몰라! 시키면 시키는 대로 하는 거야! 이야아아압!"

"우라압!"

"아랏차!"

각양각색의 기합성과 함께 허공에 거도가 날아올랐다. 팽호
같이 내력을 싣지는 못했지만 이건 날아가는 그 자체가 위협이
다. 허공에서 떨어져 내리는 힘이 만만치 않은 것이다.

"쉬지 말고 던져! 여기 있는 칼을 다 던지는 한이 있더라도 멈
추지 마라!"

화인의 고함에 장내는 다시 일렁이기 시작했다. 그렇게 양측
은 또 한 번 난전을 예고했다.

"막아라! 어떤 일이 있어도 막아야만 한다!"

창날을 휘두르면서도 양신명은 온 힘을 다해 소리쳤다. 그의
목소리에 양위대는 일사불란하게 움직였고, 모두들 뒤로 물러
서며 안채의 부서진 벽 앞에 섰다.

휘이이이잉!

콰악! 콰가각!

"크억!"

"우욱!"

짧은 비명 소리와 함께 양위대원들이 쓰러졌다. 그들의 가슴
엔 커다란 구환도가 깊숙하게 박혀 있었다.

그저 허공에 날아온 힘 자체가 엄청났던 것이다. 별 생각 없
이 창대를 세워 막으려 했다가 창대와 함께 몸도 두 동강 나는
상황이었다.

"뭣들 하는 것이야! 그리하다간 막을 수 없다! 창대를 서로 엮
어라! 앞이 아니라 측면에서 막앗!"

팽호를 상대하는 와중에도 양신명은 그쪽으로 신경 쓰고 있
었다. 아직 이런 일에 경험이 부족한 대원들은 허공에서 떨어져
내리는 일격이 얼마나 무서운 줄 모르고 있다.

커다란 포물선을 그리는 화살은 힘없이 툭 떨어지는 것 같지
만 그 내려처지는 힘 자체가 대단하다. 몸에 박힌다면 관통할
정도의 힘인 것이다.

가장 좋은 방법은 피하는 것이고, 어쩔 수 없다면 옆을 때려
야 한다. 그래서 그 방향을 틀어버리는 것이 최선이다. 함부로
앞에서 막는 것은 자살 행위인 것이다.

그러니 양신명의 말처럼 해야 하건만 양위대는 조금 우왕좌
왕하는 모습을 보였다. 이대로라면 저 칼날에 양위대원들이다
죽을 수밖에 없었다.

"어이, 노인네."

그때였다. 양신명은 순간 등줄기에 땀이 흐르는 것을 느꼈는데, 이는 팽호의 목소리 때문이었다. 앞에서 들리는 소리가 아니었다.

옆에서 들려왔다. 어느새 이동했는지 모르지만 그는 팽호의 신형을 놓친 것이다. 신경이 분산되었기 때문이다.

"차앗!"

피이이잉!

온 힘을 다해 창날을 휘날리며 상황을 역전시키려 했지만 팽호는 만만한 자가 아니다. 그는 이미 거도를 휘두른 후였다.

키킥!

"흐읍!"

작은 비명성과 함께 양신명은 양팔에 필생의 내력 모두를 잡어넣었다. 창대를 머리 위로 올린 채 내려치는 팽호의 거도를 막아내었던 것이다.

"빌어먹을! 내가 그리 만만해 보였나? 나에게 신경을 거두고도 상대할 수 있다고 믿었단 말이야? 앙!"

빠가각! 파아앗!

힘에서는 팽호의 절대적인 우위다. 결국 창대는 두 동강이 났고 양신명은 신형을 빠르게 뒤로 젖혔다. 하나 이미 그의 가슴에 깊은 도상이 그어졌다. 이 한 수로 완벽한 승부가 나버린 것이다.

"크윽…….."

피가 흐르는 가슴을 부여잡고 양신명은 신형을 무너뜨렸다. 신형과 함께 그의 자존심도 같이 쓰러져 버린 순간이었다.

반격은커녕 신형을 바로잡을 힘조차 일어나지 않는다. 이대로 양신명은 팽호의 손에 목숨을 내놓아야 하는 상황인 것이다.

"생각 같아서는 당장에 목을 베어버리고 싶지만 내 오늘 정말 좋은 구경 하나 시켜주마."

쿠우우웅!

말과 함께 팽호는 오른손을 움직여 쓰러진 양신명의 목 옆에 자신의 거도를 박아넣었다. 그리고는 바닥에 떨어진 창날 하나를 주어 들었다.

"재수없는 노인네. 네깟 놈이 대체 뭘 할 수 있는지 그 차가운 맨땅에서 똑똑히 지켜봐. 네가 그토록 지키고 싶었던 것이 박살나는 것을 지켜보란 말이다! 엿차!"

부우우웅! 파아앙!

팽호는 오른손을 움직여 창대를 허공으로 던졌다. 이건 저 뒤쪽에서 날아온 구환도에 비할 것이 아니었다. 내력이 잔뜩 실려 있어 허공에 거대한 소용돌이를 만들며 나아갔다.

스치기만 해도 사람이 부서져 나갈 만큼 강맹한 위력이다. 그 엄청난 위력에 쓰러져 있던 양신명은 사력을 다해 소리치려 했다.

도망치라고 말이다. 그래서 너희의 목숨이나마 보존하라고 이야기하고 싶었다. 그런데 입을 열어 외치려는 순간 그는 그럴 수 없음을 깨달았다.

그들이 도망치면 그 뒤에 있는 사람들이 죽는다. 지금껏 목숨을 걸고 해왔던 것이 완전히 무너지게 되는 것이다.

조금이라도 항 씨 가문의 사람들을 살리려 한다면 막아서야

했다. 목숨을 버려가며 조금이라도 저 창날의 힘을 해소해야만
했다.

　잔인한 선택이지만 그는 결국 입을 닫았다. 그의 눈에 양위대
원들이 도열하는 것이 보였다. 어떻게든 팽호가 던진 창대를 막
아보려 하는 것이다.

　"노인네, 독하네. 수하들에게 죽으라고 하는 거야?"

　그 마음을 눈치챈 듯 팽호는 이죽거리며 중얼거렸지만 양신
명은 아무런 말도 할 수가 없었다. 수하들을 사지로 몰아넣고
무슨 할 말이 있을까?

　기껏 할 수 있는 것은 그들의 마지막을 보는 것뿐이다. 곧 그
들의 뒤를 따라가 이야기해야 한다. 나를 용서해 달라고……

　콰드드득!

　잠시 그가 생각을 하는 사이 창날은 결국 수하들의 몸에 작렬
했다. 마치 가죽이 뒤틀려지는 듯 소름이 돋을 정도로 섬뜩한
소리였다.

　어쩌면 목숨으로도 막지 못했을지 모른다는 생각이 드는 가
운데 양신명이 눈을 들어 안채를 본 순간이었다.

　"……"

　뭔가 이상했다. 죽어 쓰러져 있어야 할 그의 수하들이 멀쩡히
서 있었다. 창대를 꼬나들고 여전히 부서진 벽 앞을 지키고 있
었던 것이다.

　팽호가 던진 창대는 허공에서 낭창하게 흔들리고 있었다. 마
치 어디엔가 박힌 듯이 말이다. 그러나 박힌 것이 아니라 누군
가의 손이 창두 부분을 꽉 잡고 있었다.

정말 급하게 달려온 듯 엄청나게 큰 가슴을 헐떡이면서 말이다. 그 모습을 보며 양신명은 고개를 푹 숙였다. 피곤하고 지친 기운이 한꺼번에 몰려오는 것 같았다.

"왔구나… 항자웅."

그의 역할은 여기까지였다.

그냥 봐도 상황을 알 수 있었다. 내원의 벽은 완전히 무너져 있었고, 그 안에 가족들이 있었다.

모두들 겁에 질린 얼굴인데, 이는 자신들의 목숨 걱정 때문이 아니었다. 누워서 잔 경련을 하고 있는 자소의 아내 때문이었다.

하체 아래로 붉은 피가 흘러나오는 것으로 보아 상당한 충격을 받은 듯했는데, 항자소는 필사적으로 진맥하고 있었다. 진맥하는 그의 손도 떨리는 것으로 봐서 그 역시 많이 놀란 듯했다.

"제수씨……."

굳은 얼굴로 항자웅은 중얼거렸다. 이런 상황과 임산부는 절대 맞지 않는 단어다.

빨리 온다고 최대한 달려왔건만 이미 조금 늦어버렸다. 손에 든 창날을 집어 던진 채 항자웅은 가족들에게 다가갔다.

탕그랑!

"히익……."

한데 그가 다가가려는 순간 누워 있던 자소의 아내가 흠칫 떨며 작은 비명성을 질렀다.

두려워하고 있었다. 저들이 아닌 항자웅을 말이다. 그 모습을 본 순간 항자웅은 더 이상 가족들을 향해 다가갈 수가 없었다.

"이곳에서 할 수 있는 일은 없다. 어서 병사로 옮겨야겠어. 뭣들 하느냐! 어서 뒷문을 통해 움직이자! 어서!"

"예, 나리! 자자, 어서 가세!"

서슬이 시퍼런 항자소의 목소리에 병사에서 일하던 사람 몇 명이 다가와 붙었다. 그들은 자소의 아내를 둘러업고 달리기 시작했다.

양위대와 참도수 그 누구도 가족들의 움직임을 막지 않았다. 항자웅이 나타난 이상 그들은 안전했다. 애당초 이들의 목적은 가족들이 아니라 항자웅이었으니 말이다.

부모님과 아이들까지 병사로 이동했고, 그렇게 시야에서 사라지자 남은 것은 항자웅과 항자소 두 사람뿐이었다. 항자웅은 입술을 열었다.

"자소야······."

"알아, 형 탓 아닌 거."

항자웅이 할 말을 알고 있는지 먼저 자소가 결론을 이야기했다. 문득 돌아서는 자소의 붉어진 두 눈이 보인다.

항상 침착하던 자소다. 어떤 일이 있어도 흔들리지 않는 사람이 바로 그였지만 지금은 아니었다. 그 누구보다 속으로 격동하고 있었다.

"형이 살다 온 강호란 곳, 이런 모습이야? 아무런 이유도 없이 사람들을 죽이는?"

이미 주변 상황만으로도 자소에겐 지옥이 따로 없었다. 곳곳에 죽어가는 사람들이 즐비하니 말이다. 거기에 아내마저 다쳤으니······.

"왜 형님이 그토록 과거와 단절하고 싶었는지 이젠 알 것 같아. 막연한 추측이 아니라 진짜 피부로 말이야. 이런 사람들이 싫었던 것 맞지?"

"……."

항자웅은 미동도 없었다. 그저 미안한 표정으로 동생을 바라볼 뿐. 항자소는 억지로 미소를 지으며 신형을 돌렸다.

"이런 말 하긴 정말 싫었는데… 부탁이야, 형. 잘… 해결해 주길 바라."

어떤 의미인지 모를 음성이 항자소의 입술 사이로 흘러나왔다. 문득 항자웅의 눈에 자소의 양손이 들어왔다.

부들부들 떨며 온 힘을 다해 꽉 쥐고 있었다. 너무도 분하다는 듯이.

"내가 할 수 있는 게… 아무것도 없더라고……."

그 말을 마지막으로 자소는 사라졌고, 항자웅은 잠시 멀어져가는 그의 뒷모습을 바라보았다.

동생이지만 형보다도 듬직한 녀석이다. 망나니 같은 형의 모습도 웃으며 참아주며 묵묵히 가문을 위해 일해온 사내다.

그런 사내가 지금 화를 내고 있다. 도저히 이해할 수 없는 사고를 지닌 이놈들 때문에 말이다.

항자웅은 가슴속에 무언가 뜨거운 것이 올라오는 것을 느꼈다. 너무 뜨거워서 가슴 한쪽이 다 시커멓게 타들어가는 착각을 느낄 정도로 말이다.

노화(爐火)였다. 정말 오랜만에 느껴보는 이 뜨거운 노화가 채 식기도 전에 뒤쪽에서 목소리 하나가 들려왔다.

"네놈이 항자웅이란 놈인가 보군. 이제야 찾은 건가?"

살짝 비틀어진 목소리, 팽호의 것이다. 항자웅은 들었지만 미동도 하지 않은 채 동생이 사라진 방향만을 바라보고 있었다.

"훗, 기껏 찾아왔더니 벙어리……."

"주둥아리 닥치고 일각만 서 있어. 너 이 새끼, 어떻게 만들어버릴지 고민 중이니까."

팽호의 얼굴이 확 굳어졌다. 그는 채 말도 다 붙이지 못한 채 절로 칼을 가슴으로 끌어들였다.

그냥 화가 나서 지껄이는 소리가 아니다. 자연스럽게 내력이 흘러들어 가 바로 귓속으로 들어왔다. 그 진심이 확 느껴졌던 것이다.

"진짜 죽지도 못하게 만들어줘? 아니, 차라리 죽는 게 낫다고 생각하게 해줄까?"

또다시 항자웅의 목소리가 들려왔고, 이번엔 저릿저릿한 기운이 동반되자 팽호는 자신도 모르게 한 걸음 물러났다. 그 저릿한 것의 정체가 무언지 그는 잘 알고 있었다.

수도 없이 느껴왔던 진한 살기였던 것이다. 그것도 살수 따위가 아닌 진짜 전장을 누벼온 사람의 그것이었다.

第十章
항자웅, 결심하다

1

팽호는 긴장했다.

이자는 다르다. 그냥 봐도 양신명 따위와는 비교조차 할 수 없을 정도로 강하다.

물론 본 것은 아니지만 감각이 말하고 있다. 온몸의 구석구석에 저릿한 감각들이 수도 없이 밀려들고 있었다. 흔히 말하는 기파(氣波)다.

내력과는 또 다른 것으로 이건 오로지 경험만으로 생성되는 것이다. 특히 그 경험 속에는 필수적으로 들어가는 것이 있었다.

살인이다. 수많은 살인 속에서나 가능한 것이 이것이다. 호연지기를 통해 기른 기파 같은 것은 이것과는 전혀 다르다.

고양이 앞에 선 쥐가 꼼짝 못하는 이유라고나 할까? 팽호는 온 신경을 다 끌어올린 채 손을 뻗어 거도를 집어 들었다. 그때서야 조금 마음이 안정되는 듯했다.

"양 대주께서 이렇게 당하시는 것은 처음 보는군요. 이 녀석이 쉽지 않던가요?"

"……!"

바로 옆에서 들려오는 목소리에 팽호는 신형을 홱 돌렸다. 그러자 일남일녀가 보였다.

쌍검을 한쪽에 찬 사내와 조그만 여자아이다. 사내 쪽은 몰라도 여자 쪽은 알고 있었다. 하이화였다.

"생각지도 못한 놈이 이 녀석 편에 붙어버려서 말입니다. 못난 꼴을 보여 드렸군요, 국주님. 쿨럭!"

"쌍룡검객 손소!"

국주라는 말에 팽호는 사내의 정체를 알았고, 한 걸음 뒤로 확 물러섰다. 정파의 하늘이라는 진육협의 한 명이었으니 먼저 손을 쓴다면 바로 불리해진다.

하나 정작 손소는 그에게 관심이 없었다. 대신 잔기침과 함께 각혈까지 하는 양신명을 잡아 일으키며 차분히 입을 열 뿐이다.

"희한한 상황에 관심 두는 것은 어쩔 수 없다만 그 관심 방향이 다르다. 이쪽 보다가 넌 죽는 수가 있어."

"무슨……!"

팽호는 두 눈을 부릅떴다. 잠시 고개를 돌린 사이 어느새 눈앞에 벽 하나가 떡 하니 서 있었다. 항자웅이었다.

팽호의 몸도 큰 편이었지만 항자웅과 비교해 보니 그리 큰 편이 아니었다. 오히려 왜소해 보일 정도다.

한데 그 왜소한 느낌이 점점 더 커지고 있었다. 그리고 그 이유가 무엇인지 알기까진 좀 시간이 필요했다. 항자소의 몸이 조금씩 더 커져갔던 것이다.

우득, 우드드득.

참 괴이한 일들을 많이 봐왔지만 이렇게 괴이한 일은 들어보지도 못했던 팽호다. 항자웅의 뱃살이 들어가고 다른 근육들이 터질 듯이 부풀어 오르니 어떻게 설명해야 할까?

"대충 보니. 저 쥐새끼의 꼬임에 빠져 온 것 같군그래. 복수라도 해달라던가?"

화인의 모습을 본 항자웅이 말을 걸지만 팽호는 입을 꾹 다물며 양손에 힘을 가득 주었다. 몸 안에 있는 내력이 모조리 다 끌어올려지고 있었다.

가슴이 답답해질 정도로 엄청나게 끌어올렸지만 앞에 있는 항자웅은 아랑곳하지 않았다. 그는 팽호의 몸을 한번 훑어보고는 다시 말했다.

"그따위 오성도 안 되는 건곤신력(乾坤神力)에 내가 두려워할 것이라 생각하나? 진짜 두려워해야 할 것은 이 나를 앞에 둔 너다."

"……."

팽호는 두 눈을 크게 떴다. 마치 아까 양신명이 놀란 것처럼 말이다. 항자웅은 정확하게 팽호의 내력 수위마저 꿰뚫어 보고 있었다.

건곤신력은 팽가의 기본 내공심법이다. 이름만 들어서는 그저 자기네 가진 힘을 근사하게 칭하는 것 아닌가 싶지만 그건 확실한 내공심법이었다.

대성하면 소림의 역근경이 부럽지 않을 정도로 강하다고 하지만 아무도 연성한 적이 없기에 믿을 수는 없다. 그러나 그 효과가 작지 않은 것만은 확실했다.

"좋아, 이렇게 하지. 한 번의 기회를 준다. 선공을 할 기회 말이다."

항자웅이 고개를 끄덕이며 중얼거리자 팽호는 눈썹을 꿈틀거렸다. 이건 거의 장난치는 것이나 다름없는데 웃기지도 않는 짓이다.

"미친놈, 장난도 곱게 쳐야 장단을 맞추지. 날 봐주겠다고? 선공을 내준다 이거냐?"

특유의 이죽거림이 흘러나오자 항자웅은 오른발을 움직였다. 그러자 바닥에 굴러다니던 구환도 하나가 튕겨 오르더니 항자웅의 오른손에 잡혔다.

"장난이라고?"

툭, 후후후훙.

좌우로 원을 그리며 장난감 다루듯 휘돌리자 공기를 가르는 파공성이 느껴진다. 공기를 가르는 예리한 울림이 너무도 섬뜩하게 느껴진다.

공기를 가르는 것이 아니라 공기가 달라붙는 듯한 느낌이라고나 할까? 칼을 많이 다루다 보면 아주 가끔 실력이 확 느는 듯한 생각이 들 때가 있는데 그때 드는 느낌이 이랬다.

"정말 그렇게 생각하나?"

슛.

지면과 수평으로 그는 칼을 그었다. 그리 빠르지도 않고 이번엔 공기를 가르는 섬뜩한 느낌도 없었다. 그저 장난하듯 팽호의 목 어림을 그어놓았을 뿐이다.

물론 팽호도 목이 잘리진 않았다. 정말 장난이라고밖에 생각할 수 없었지만 팽호의 뒤쪽에서는 입장이 달랐다.

파팟.

"흐읍!"

"헉!"

경호성과 함께 어수선한 분위기가 느껴지자 팽호는 고개를 돌렸다. 그리고는 두 눈을 크게 떴다.

두 명의 수하가 땅에 쓰러져 있었다. 그들의 목은 깨끗하게 잘려 바닥에 나뒹굴고 있었다.

"도, 도기?"

팽호의 얼굴에 웃음기가 사라졌다. 그는 그제야 이 상황의 심각성을 확실히 깨달을 수 있었다.

눈앞의 사내는 진심으로 자신을 죽이려 하는 것이다.

"대단하군요. 저 나이에 도기라니, 자웅이 저 친구는 대체 어디까지 성장할지 모르겠군요."

"도기는 무슨, 눈속임이니 속지 마요."

양신명은 동그랗게 눈을 뜬 채 손소를 바라보았다. 손소는 항자웅을 보지도 않은 채 양신명의 가슴에 응급처치를 하고 있었다.

"그게 무슨 말씀입니까? 도기가 아니라면 허공을 격하고 어떻게 뒤의 사람들을 격살할 수 있지요? 그것도 삼 장이 넘는 거리를 말입니다."

"도기라면 팽호 저 녀석의 목도 같이 잘렸겠죠. 도기가 아니라 장력입니다. 벽공장을 좀 얇게 눌러 날렸다고나 할까요?"

"…그게 가능한 겁니까?"

묵묵히 고개를 끄덕이며 손소는 양신명의 가슴에서 손을 털었다. 다른 사람도 아니고 손소의 말이다. 믿지 않을 수가 없다.

"양 대주께서 어떻게 생각하고 있을지 모르지만 저 녀석은 적어도 그 예상의 네 배 정도 되는 무공을 가진 놈일 겁니다. 솔직히 나도 그의 무공이 어느 정도인지 알 수 없어요."

"국주께서도 느낄 수가 없을 정도란 말입니까?"

"부끄럽지만 맞아요. 지금도 나보다 저 녀석이 더 고수예요."

무인이 남의 무공을 인정한다는 것은 쉬운 일이 아니다. 무공은 곧 자존심과 같은 것. 그것이 낮다는 것을 말한다면 이는 강호에서 스스로 위축된 활동을 한다는 것과 다름없는 짓이다.

그런데 다른 사람도 아니고 진육협의 손소가 이렇게 이야기하니 맥이 풀리는 기분이다. 대체 저 항자웅이란 사람의 무공은 얼마나 높은 것인지 양신명은 짐작조차 할 수 없었다.

"아버지가 말한 게 있어요, 도기는 함부로 사용할 수 있는 게 아니라고요. 만일 그렇게 도기를 자유자재로 쓰는 사람이 있다면 아버지조차 삼초지적이 안 될 거라고요."

"하 사부께서 그런 말씀을? 이거야 놀랠 일일세. 그분께서 스스로 힘들다 말씀하시다니. 헛헛."

하이화의 말에 그는 너털웃음을 터뜨렸다. 곧 죽어도 절대 아프다, 혹은 졌다고 말하지 않는 사람이 바로 그였다. 한데 딸에게 이런 말을 했다…….

"그만큼 그 경지가 쉽지 않다는 이야기겠지요. 아저씨도 아직은 거기까지 안 가신 것 아닐까요?"

이것이 그녀의 결론이었다. 그리고 충분히 타당하게 들릴 이야기였지만 손소는 고개를 좌우로 저었다. 지금 왜 항자웅이 도기를 쓰지 않는지 그는 잘 알고 있기 때문이었다.

"칼 때문이야, 꼬마 아가씨. 저런 말도 안 되는 조악한 칼로는 자웅의 도기를 견뎌낼 수가 없다. 주입하는 순간 부러져 버릴 테니까."

"아……."

하이화와 양신명은 동시에 작은 신음성을 흘렸다. 특히나 양신명은 이 이야기가 무슨 뜻인지 아주 확실히 알 수 있었다.

창도 마찬가지다. 정련이 잘된 창을 가지고 무공을 뿜어낸다면 그 예기가 몇 배는 더 강해진다. 그런 상황을 일컬어 병기에 내력을 담아낸다고 한다.

추상적인 의미지만 일반적으로 그렇게 이야기한다. 그런데 도기나 검기는 진짜 내력을 병기 위에 얹는 것으로 추상이 아닌 실상이다.

정련이 되지 않은 병기는 오히려 그 위력을 반감시킬 따름이다. 아니, 어쩌면 힘을 견디지 못하고 부러지며 시전자를 다치게 할 수도 있었다.

"물론 지금 도기 따윈 필요치도 않지요. 저 녀석 실력이면 아마 맨손으로 상대해도 팽호가 어찌할 수 없을 거예요."

양신명은 이젠 아예 그런가 보다 하고 생각했다. 자신도 은연

중에 고수라 느끼긴 했지만 설마 이 정도의 고수일 줄이야…….

"한데 왜 선공을 양보한 거예요? 아무리 하수라도 위험한 것 아닌가요?"

문득 들려오는 하이화의 목소리에 손소는 쓴웃음을 지었다. 사실 여기에는 이야기하기 힘든 부분이 녹아 있었다.

"선공을 양보할 뿐 아니라 저 녀석, 죽이지 않을 겁니다. 아무리 제수씨가 다쳤다 해도 말이에요."

"…네?"

하이화는 고개를 갸웃거렸다. 항상 실실거리고 웃음을 흘리는 항자웅이지만 일단 손을 쓰면 사람이 달라졌다. 확실하게 명줄을 끊어놓는 사람인 것이다.

우인오살 때가 그 단적인 예다. 한데 그런 사람이 가족 중 한 사람이 다쳤음에도 살려줄 것이라니 말이 되질 않았다.

"후, 그런 일이 좀 있어요. 팽 씨 가문에 좀 얽힌 일이라 말하기가 그러네, 꼬마 아가씨."

하이화의 입술이 비죽 나오는 것을 보며 손소는 살짝 웃었다. 더 이야기해 주고 싶지만 이 이상은 모르는 것이 좋았다.

그건 그들의 스승에 관한 이야기다. 십무원의 스승 중 한 명이 바로 팽가의 사람이었다.

그에게 한 약속이 있었다. 훗날 팽가의 사람이 죄를 짓거든 한 번은 용서해 달라고. 바로 오늘이 그 약속을 지키는 날이 될 터였다.

"하면 여기서 그냥 팽호를 돌려보낸단 말입니까?"

양신명까지도 이해할 수 없다는 표정을 지었다. 하나 그건 좀 다른 이야기였다.

"살려준다는 것이지 그냥 둔다는 것은 아니지요. 저 녀석 화
난 거 안 보여요? 어쩌면 죽는 게 나을 수도 있을 걸요."

하이화는 묵묵히 고개를 끄덕였다. 아마도 오늘 그녀가 이해
할 수 있는 최초의 발언이 이것이었다.

세 사람은 말을 거두고 눈을 돌렸다. 겁먹은 팽호와 그 앞에
서 구환도를 들고 있는 항자웅을 향해 말이다. 두 사람은 서서
히 신형을 움직이려 하고 있었다.

"후웁… 흡!'

정체불명의 기합 소리를 내며 팽호는 몸을 낮게 만들었다. 엉
덩이는 쭉 뺀 채 거도를 오른 어깨에 걸머쥔 동작은 일견 우스
꽝스럽게 보이기도 했다.

하나 오호단문도를 아는 사람들은 절대 웃지 않는다. 이 준비
동작 이후에 나오는 광포한 초식들은 그 웃음을 싹 지우기에 충
분할 정도로 두려운 것이다.

"으아아아!'

한 발 길게 앞으로 내밀며 드디어 팽호는 손을 움직였다. 오
른 어깨를 한번 튕겨내며 거도를 허공에 밀어내더니 바로 오른
손에 힘을 주며 더욱더 빠르게 앞으로 칼을 밀었다.

쐐애액!

똑바로 날아간 칼날은 어느새 항자웅의 목 어림에 닿았고, 팽
호는 작은 미소를 지었다. 이 정도라면 도저히 피할 수가 없는
것이다. 한데,

키잉, 후우우웅!

"......!"

팽호의 눈이 커졌다. 뭔가가 도면을 슬쩍 때렸고, 그러자 자신의 거도가 그 궤적을 바꿔 목 옆으로 비껴 나간 것이다.

그건 항자웅의 칼이었다. 칼끝으로 살짝 퉁겨낸 것뿐인데 이런 결과다. 팽호는 이를 악물며 허리를 휘돌렸다.

부우우웅, 와아앙!

팽가의 무공은 패도적인데다 연격이 상당한 것이 특징이었다. 한번 공격을 시작하면 상대가 죽을 때까지 멈추지 않는데 일단 시작은 상대의 발을 묶는 것에 있었다.

하단에 이은 상단, 그리고 중단과 하단, 이런 식으로 연결되는 공격이기에 막기가 쉽지 않았다. 팽호 역시 그 점을 잘 알기에 최선을 다해 도법을 펼쳤다.

마치 새가 주저앉듯 양반다리 직전까지 가면서 도를 휘두르자 그의 거도는 지면에서 낮게 떠 움직였다. 정확히는 항자웅의 발목이 그 목표였다.

피한다면 그것도 나쁘지 않다. 위로 올라가거나 뒤로 갈 수밖에 없기에 공격이 훨씬 수월했다. 그런데 항자웅의 반응은 좀 달랐다.

오른발을 살짝 위로 든 것이 보였다. 이건 피하는 것이 아니었다. 마치 기다린다고나 할까?

그런데 그 기다림이 진짜였다. 한순간 항자웅의 발이 확 내려지며 휘돌려지는 팽호의 거도를 밟았다.

콰아악.

"큭!"

오른 어깨에 느껴지는 충격이 만만치 않은 가운데 팽호는 온몸에 힘을 주었다. 반사적으로 잡아당긴 것인데, 그때였다.

슛.

"흡."

오른 옆구리에 뜨거운 것이 느껴지자 팽호는 헛바람을 삼켰다. 그는 천천히 눈을 들어 그곳을 바라보았고, 그게 무엇인지 알게 되었다.

칼날이다. 항자웅의 손에 들려 있던 구환도의 칼끝이 약 두 치 정도 들어와 있었다. 칼을 맞는지도 몰랐던 것이다.

한데 거기서 끝이 아니다. 항자웅은 갑자기 손목을 돌렸고, 그러자 팽호는 온몸이 헤집어지는 듯한 고통을 느끼며 소리를 질렀다.

"크아아악!"

따아앙!

구환도의 검끝이 부러졌다. 항자웅은 널브러진 구환도를 한 번 보고는 바로 집어 던졌다. 그러더니 땅에 널브러진 또 다른 구환도를 들고 팽호에게 다가왔다.

팽호는 일어서서 싸우고 싶었지만 옆구리의 고통이 상상을 초월했다. 그동안 많은 칼을 맞았어도 이렇게 아픈 적은 없었다.

아무것도 하지 못하는 팽호를 향해 항자웅은 다시 손을 뻗었다. 그러자 이번엔 반대쪽 옆구리에 칼끝이 박혔다.

숙, 따아아앙!

"으아아악!"

온몸이 비틀리고 혀가 꼬이는 충격에 팽호는 부들부들 몸을 떨었다. 재수가 없어도 이렇게 없을 수가 없었다. 칼날을 잡아 뽑고 싶어도 잡을 곳이 없어 어찌해 볼 도리가 없다.

"이것 참, 요즘 칼날들은 영 쓰기 그러네. 왜 이리 잘 부러 져?"

키릭.

또 하나의 칼을 주워 든 채 항자웅이 다가오자 팽호는 턱을 부들부들 떨었다. 그제야 이 상황이 재수없어 생긴 것이 아니라 는 것을 느꼈던 것이다.

"그러나 너무 걱정하지는 마. 아직 칼은 많으니까. 물론 시간 도 말이야."

"끄아아아……."

어깨 어림에 극렬한 고통을 느끼며 팽호는 몸을 떨었다. 그리 고는 또다시 그 지독한 소리를 들어야만 했다.

따아아앙!

칼날이 또 부러졌다.

화인은 자신도 모르게 손을 떨었다. 뭐가 어떻게 된 것인지 파악할 수도 없을 만큼 그의 머릿속은 공황상태였다.

대체 항자웅이란 자의 무공이 어느 정도인지 아무리 생각해 도 알 수가 없었던 것이다. 상황이 이렇다면 그가 생각한 의도 는 그 어떤 것도 이루어지지 않는다.

아니, 애당초 그리 생각한 것 자체가 잘못된 것이다. 쉽게 말해 건드리지 말아야 할 사람을 건드렸다는 의미다.

어쨌거나 이 모든 것은 그의 책임. 화인은 돌아가지 않는 머리를 억지로 돌렸다. 대체 어떻게 하면 이 상황을 모면할 수 있을지가 생각의 전부였다.

제일 좋은 것은 저 항자웅의 가족을 잡고 흔드는 것이지만 이 상황에서는 불가능했다. 그들은 없고 이제 와 그들을 잡으려 한다면 저 항자웅이 그냥 있을 턱이 없었다.

쌍룡검객 손소 역시 마음에 걸리기는 마찬가지였다. 눈으로는 항자웅과 팽호의 일전을 보고 있지만 이미 그의 신경은 온통 이곳으로 쏠려 있었다.

여타의 상황이 된다면 바로 손을 쓰겠다는 뜻이다. 상황은 여러모로 그에게 불리하게 돌아가고 있었다.

말 그대로 사면초가. 난국을 타개하는 실마리조차 보이지 않는 상황에 화인은 울컥했다.

"어이, 군사님, 왜 그래요?"

화인의 신형이 앞으로 나서자 여기저기서 그를 말리지만 화인은 아랑곳없었다. 이래저래 그냥 있든 꿈틀거리든 죽기는 마찬가지였던 것이다.

따아아앙!

"쿨럭! 그, 그만……"

팽호는 주저앉아 가쁜 숨을 내쉬었다. 대체 몇 개의 도가 몸에 박힌 것인지 그는 알 수 없었다. 열세 개까지는 기억을 한다. 그 이후로도 많은 칼날이 몸에 틀어박혀 더 이상 박힐 곳도 없었다. 물론 머리에는 박히지 않았다.

뭘 어떻게 하는 것인지 모르지만 상처를 입었음에도 불구하고 피가 나오질 않았다. 마치 칼끝으로 상처를 막아버린 듯한 경우인데, 그렇다고 아픈지 않은 것은 아니다.

"그만? 누구 맘대로? 내가 왜 그만두어야 하지?"

푸욱.

"흐으……."

넓적다리 안쪽에 칼날이 박히자 팽호는 아랫입술을 질끈 깨물었다. 이 정도의 고통을 느꼈음에도 불구하고 또다시 아픔은 밀려왔다.

참 피곤한 육신이다. 이럴 줄 알았다면 평소에 몸을 키우는 짓은 하지 않았을 터다. 덩치가 크니 칼날도 더 많이 박힌다고나 할까?

"내… 내가… 잘못 했……. 그러니 그만……."

"네놈이 잘못했다고? 당연해. 그건 두말할 여지가 없어. 그런데 내 가족은 뭘 잘못했지? 네놈에게 욕이라도 하더냐?"

따아앙!

"으극……."

턱을 덜덜 떨며 팽호는 입을 다물었고, 항자웅은 입을 열었다. 오늘따라 항자웅은 참 할 말이 많은 듯했다.

"욕은커녕 평생을 남을 도우며 산 사람들이다! 남에게 피해 입히는 것이야말로 사람이 가장 해선 안 되는 일이라 배웠단 말이다! 네놈들 따위에게 그따위로 대접받아야 할 사람들이 아니란 말이야!"

퍼어억! 우드드득!

"우억… 억……."

항자웅의 발길질이 팽호의 뱃속 깊이 틀어박히며 적어도 뼈 두 개 이상은 박살 냈다. 하나 그럼에도 불구하고 항자웅의 눈매는 여전히 매서웠다.

화가 풀리지 않는 것이다. 한데 그때였다.

"그렇다면 그 가르침을 지켜라. 이렇게 대우할 바에 차라리 죽이란 말이다."

"뭐라?"

항자웅의 눈길이 돌아갔다. 그곳엔 화인이 나타나 항자웅에게 소리치고 있었다.

"그대의 아버지가 그토록 가르침이 훌륭하다면 어디 한번 실천해 보란 말이다! 그따위 주둥이로 떠들……!"

화인은 소리치다 입을 다물었다. 순간 항자웅의 모습이 이상해지는 것을 느꼈기 때문이다.

항자웅의 몸에서 거대한 기운이 흘러나오고 있었던 것인데 딱히 어디서라고 말할 수 없을 정도로 전신에서 넘쳐 나왔다. 한데 그 기운의 느낌이 영 이상했다.

두려웠다. 함부로 입을 열 수도 없을 정도로 강렬한 두려움이 온몸을 엄습하고 있는지라 화인은 꼼짝도 못하고 서 있을 수밖에 없었다.

"주둥이가 뭐 어째?"

기이이이.

항자웅의 미간에서 이상한 기운이 흘러나오기 시작하자 공포심은 배가되었다. 검은 기운이 흘러나와 눈썹과 눈매의 끝에 길게 꼬리처럼 매달리고 있었다.

흡사 피를 원하는 한 마리 악귀라고나 할까. 검은 아지랑이가 몸 주변을 조금씩 일렁이기 시작하자 이건 사람의 모습이라고는 절대 말할 수 없는 형상이었다.

"다시… 말하라 했다!"

목소리마저 바뀐 것이 지옥의 유부에서 날아온 듯한 착각이 들 정도다. 화인은 아득한 심정에 한 걸음 뒤로 물러섰는데, 그때였다.

피이잇!

"아……."

뭔가 빠른 것이 허공에 날아들었다. 그저 작은 바람 한 줄이 몸을 스치고 지나갔다고나 할까?

그러나 그건 바람이 아니었다. 증거로 그 바람이 지나간 자리에서 핏줄기가 뿜어져 나왔던 것이다.

파아아앗!

"우아아악!"

땅에 쓰러진 채 화인은 자신의 모습을 바라보았다. 이미 그의 왼쪽 발과 오른손은 주인을 잃었다. 잘려진 채로 뜨거운 핏물을 뿜어내고 있었던 것이다.

항자웅이 한 짓이 아니다. 어느새 그 앞에는 다른 사람이 서 있었다. 양손에 검을 쥔 사내, 쌍룡검객 손소였다.

"진정해라, 자웅. 그만하자."

"비켜라, 손소. 너라도 용서 안 한다."

반쯤 귀신이 되어가는 항자웅을 보며 손소는 그 앞에 떡 하니 버티고 섰다. 분위기로 봐서는 서로가 싸울 듯한 모습이었다.

"그러기엔 지난 세월이 아깝다, 자웅. 이십 년 동안 세상과 거리를 둔 이유를 잊은 것이냐?"

차분한 손소에 비해 항자웅의 몸에서 흘러나오는 기운은 점점 커졌다. 그건 내력을 떠나 거대한 요기(妖氣)와도 같은 것이었다.

"잊지 않았다. 그리고 소용없다는 것을 지금 깨달았지. 그 깨달음대로 우선 이 두 놈부터 가루로 만들고 말겠다."

"자웅!"

손소가 외쳤지만 항자웅은 아랑곳없었다. 그는 양손 가득 붉은 기운을 담아내려 했는데, 그때였다.

화아아앗!

"......!"

항자웅과 손소 모두 고개를 아래로 내렸다. 어디선가 차가운 기운이 두 사람의 정신을 한꺼번에 일깨워 주었던 것이다.

"아저씨……."

하이화였다. 그녀는 어느새 항자웅의 앞에 나타나 옷깃을 살짝 잡은 채 바라보고 있었다.

그냥 잡기만 하고 있었다면 그리 놀랄 것이 없겠지만 문제는 이 한기였다. 내력을 끌어올리지 않으면 가까이 서 있는 것조차도 힘든 한기였던 것이다.

"너……."

항자웅은 그녀를 향해 의혹의 눈초리를 던졌다. 하지만 이내 고개를 흔들며 생각을 지웠다.

그럴 리가 없다. 분명 그녀에게선 무공을 익힌 흔적이 없었다. 이건 무공과는 전혀 다른 유의 기운이다.

빙궁에서 흔하게 볼 수 있는 빙공 따위라면 항자웅이나 손소에게 이 정도로 영향을 주지 않는다. 이건 무공을 넘어 정신 그 자체에 직접 들어오는 기운이었다.

"빙정(氷情)을 가지고 있었나?'

들은 기억이 있다. 드물지만 빙궁에서는 빙정을 가진 아이가 태어난다고.

빙정은 말 그대로 한기의 정수(精髓), 극도의 음한지기로서 연공이 아니라 선천적으로 생기는 것인데 그 효용 가치는 무궁하다.

무공은 아니지만 그에 못지않은 효과를 내는 것이다. 특히나 잘 알려진 것이 미혼공(迷魂功) 유의 무공에 대한 것인데, 빙정을 가지고 있다면 모두 깨어버릴 수 있었다.

아니, 독이 소용없다는 것 하나로 이미 그 효용 가치는 너무도 크다 할 수 있다. 그러나 이 대단한 것에도 한 가지 약점은 있다.

빙정을 가진 사람 중 제정신을 지닌 사람이 없는 것이 그것이다. 약간 모자라거나 혹은 이해할 수 없는 판단을 내리는 경우가 존재하는데 항자웅은 그제야 하이화의 행동을 이해할 수 있었다.

어린애 같은 행동을 하는 것, 종잡을 수 없는 행동을 하는 것 모두가 다 빙정 때문이었던 것이다.

"괜찮은… 거죠?"

하이화의 목소리가 들려온다. 빙정의 기운을 온몸으로 느끼며 항자웅은 상념에서 깨어났다. 빙정은 오감으로 느끼는 것, 무공으로 차단할 수도 없다.

싸늘히 식어가는 몸 안이 느껴진다. 가슴속 깊은 곳에서 치고 올라왔던 살기가 모두 들어가기 시작했다. 오로지 하이화의 빙정 덕분이다.

아니, 꼭 그것만은 아닐 것이다. 하이화의 목소리에 실려 있는 감정도 한몫했을 거라 믿는다. 그저 두려운 것이 아니라 걱정하고 있었던 것이다.

"후……."

긴 한숨과 함께 항자웅은 고개를 치켜들었다. 휘날리는 검은 기운과 양손에 담은 붉은 기운은 한데 어울려져 미친 듯이 일렁이고 있었다.

하나 그 일렁임은 이내 사라져 갔다. 조금의 시간이 흐른 후 항자웅은 고개를 다시 내렸고, 그러자 예전 모습 그대로 그는 돌아왔다.

"일단은……."

안도의 표정을 지으며 손소는 검을 검집으로 돌려 넣었다. 그는 남모르게 손을 들어 이마와 뒷목에 흐르는 땀을 닦아내었다.

정말 큰 긴장을 한 것이다. 그는 눈을 돌려 바닥에 쓰러진 채 꿈틀거리는 화인을 바라보았다.

"버러지 같은 놈 하나 때문에 진짜 큰일 날 뻔했구나. 정말 네 놈은 살려두어선 안 될 놈이다."

그는 화인에게 다가갔다. 그 명줄을 끊어버리기 위함인데 그런 손소를 제지하는 사람이 있었다. 항자웅이었다.

"놔둬라, 손소. 피가 식었다. 더 이상 손대기도 싫다."

항자웅의 말에 손소는 피식 웃었다. 그가 그렇게 생각한다면 어쩔 수 없었다. 지금 이 순간은 살게 놔두어야 했다.

"도, 동정하는 거냐, 이 빌어먹을 놈들."

역시나 입은 살아 있는 놈이었다. 화인은 꿈틀거리면서도 독기 어린 눈빛을 뿜어냈다.

"우릴 건드리고… 네놈들이 무사할 성싶으냐? 본토에서 반드시… 반드시 네놈들을… 쿨럭… 쿨럭……."

피를 한 뭉텅이 토하면서도 화인은 독기 어린 시선을 보냈다. 정말 사람이 섬뜩해질 정도로 독한 놈이었다.

그러나 그 시선을 항자웅은 담담히 받아내었다. 애당초 전혀 신경조차 안 쓴다는 듯이 말이다.

"그럴 일은 없을 거다. 원살토는 이제부터 제 놈들 살기 바쁠 테니 말이야."

"…뭐?"

항자웅의 목소리에 화인은 미간을 찡그렸다. 옆에서 수하들이 달려와 지혈하고 부축하기 시작했지만 온 신경은 항자웅에게 가 있었다.

"약속하지. 원살토는 내가 박살 낸다."

"……."

너무도 담담히 말하는 항자웅이지만 왠지 화인은 그 말이 두려워졌다. 이건 그냥 사람 놀리는 소리가 아니었다.

그가 누구인지는 모르지만 확실한 것은 충분히 두렵다는 것이다. 그런데 그 화살이 이제 그가 소속된 원살토로 향했다.

소림의 방장이 이런 말을 한다면 콧방귀를 뀔 그였지만 저자는 달랐다. 고수에다 사파도 아니면서 사파보다 더 잔인한 자.

"그러니 가서 전해, 죽기 전에 좋은 일 많이 하라고. 곧 원살토란 이름을 단 놈들은 모두 이 세상에서 지워주마."

뭐라고 입을 열어 반박하고 싶지만 그럴 수가 없었다. 이 사람이 말을 하면 진짜 그렇게 될 것 같았다.

항자웅은 신형을 돌렸다. 바로 옆에 하이화의 신형을 매단 채 그는 병사로 향하기 시작했다. 방금 전까지 보여주었던 그 귀신같은 모습은 마치 신기루처럼 느껴질 뿐이다.

화인은 그런 항자웅의 모습을 멍하니 바라볼 뿐이었다. 마치 너 따위는 신경도 쓰지 않는다는 듯 항자웅의 모습은 너무도 여유로워 보였다.

"이것 참, 네놈에게 화를 내야 할지 고마워해야 할지 모르겠구만."

문득 손소가 옆에서 피식 웃으며 말했다. 화인이 눈길을 던져 보니 얼굴에 잔잔한 미소가 떠오르는 것이 그가 진심으로 기뻐한다는 것을 알 수 있었다.

"이십 년 만의 은거가 깨지다니……. 그리 말해도 안 듣더니, 참나."

화인은 수하들의 부축을 받아 팽호와 함께 움직이기 시작했다. 항자웅처럼 손소 또한 화인을 비롯한 사람들 모두 신경도 쓰지 않고 있었다.

잠시 다른 생각에 이들의 존재를 잊어버린 것이 아니다. 정말 일부러 놔준 것이다. 솔직히 평소의 손소라면 인정 따윈 없다. 뒤쫓아 가 죽여 버렸을 터였다.

그건 이자들이 항자웅의 출도에 기여한 바가 분명히 있기 때문이다. 그것이 자의든 타의든 말이다.

"강호에 다시… 귀월(鬼月)이 뜨겠구나."

야릇한 감성이 깃든 음성이 손소의 입술 사이를 비집고 나왔다. 그리움, 그리고 두려움이 공존하는 끈적끈적한 목소리였다.

『귀월』 2권에 계속…

시공을 달리는 자

RUNNER

임영기 장편 소설 런너

내 꿈은
21세기 나의 제국에서 그녀와 함께 사는 것이다

나는 전쟁의 신이며 또한 전능자(全能者) 런너다.

이제 내 행동은 역사가 되고 내 말은 법이 될 것이다.

Book Publishing CHUNGEORAM

유행이 아닌 자유추구 -
WWW.chungeoram.com

귀환인 歸還人

김동신 퓨전 판타지 소설

모든 마수의 왕 베히모스.

그의 유일한 전인 파괴의 마공작 베르키.
마계를 피로 물들이고 공포로 군림했던 그가
드디어… 꿈에 그리던 한국으로 돌아왔다.

"친구들아,
나 권태령이 드디어 돌아왔어!"

피로 물들었던 마계의 나날을 잊고
가족과도 같은 친구들과 지내는 생활.
그 일상을 방해하는 자들은 결코 용서치 않는다!

살기가 휘몰아치는 황금안을 깨우지 말라!
오감을 조여오는 강렬한 퓨전 판타지의 귀환!

Book Publishing CHUNGEORAM

유행이 아닌 자유추구 -
WWW.chungeoram.com